刘东隅 / 著

东隅种竹

上海社会科学院出版社

图书在版编目(CIP)数据

东隅种竹 / 刘东隅著 .— 上海：上海社会科学院出版社，2022
 ISBN 978－7－5520－3437－0

Ⅰ. ①东… Ⅱ. ①刘… Ⅲ. ①诗集—中国—当代 ②散文集—中国—当代 Ⅳ. ①I217.2

中国版本图书馆 CIP 数据核字(2021)第 230885 号

东隅种竹

著　　者：刘东隅
责任编辑：包纯睿
封面设计：周清华
出版发行：上海社会科学院出版社
　　　　　上海顺昌路 622 号　邮编 200025
　　　　　电话总机 021－63315947　销售热线 021－53063735
　　　　　http://www.sassp.cn　E-mail：sassp@sassp.cn
照　　排：南京理工出版信息技术有限公司
印　　刷：上海龙腾印务有限公司
开　　本：710 毫米×1010 毫米　1/16
印　　张：21.25
插　　页：1
字　　数：274 千
版　　次：2022 年 1 月第 1 版　2022 年 1 月第 1 次印刷

ISBN 978－7－5520－3437－0/I・441　　　　　　　　　　定价：88.00 元

版权所有　翻印必究

自序

东隅：东方的一角。上海位于中国的东方，浦东又位于上海的东方。我的居所在浦东，我的居所就是东方的一角。

古人常以堂、斋、轩等为居所冠名，而我却不能。古人虽然称居所为陋室，如草堂、聊斋、微轩，但他们终有一庭一院，以之为著书立说的地方。而今的我，是上无片瓦，下无寸地，虽然有室，也只是居住的所在，充其量不过是一个可以憩息的地方，所以喻以为隅，我认为是再恰当不过的。

所谓种竹：种，耕耘修养；竹，竹子，节翠而无心，清高又挺拔。种竹，不过是耕耘那人世之情的一竿一节，修养那诗海文山的一枝一叶。我所有的书写便是耕种，在所有的耕种中，所书写的文字便是竹身，所书写的诗词便是竹枝，所书写的散文便是竹叶。

古人云："不可一日无竹。"这是古人对竹的迷恋，也是古人对竹的清高所寄予的向往。所以古人们虽居草堂、聊斋、微轩、陋室，却都以植竹而妆庭院，都以编竹而做围篱。是此，今人虽欲效仿，也只是得其皮表，很难有入其精髓的。故我之种竹，也只能以点滴笔墨，以心灵之诚，以情感之至，于纸上耕耘矣。

我常想：人有情，天地才有情；天地有情，世界才是五彩缤纷，才有阳光灿烂。

白驹过隙，回顾往日，虽也曾经沧海，虽也到过巫山，虽也有过一些风风雨雨的经历，但毕竟是人类社会中的一点一滴，毕竟是历史长河中的一点一滴，毕竟是此生经过的一点一滴。所以，我所书写的一切，只不过是在这东隅种下的竹子、长出的竹枝、迸发出的竹叶而已。

今天，所集成的这部《东隅种竹》，不过是那青山竹海中的一枝一叶，实在不敢有什么奢望。只是想将自己几十年来的随意所想、所感、所悟的一点点情怀，在付诸文字的时候，给自己一点阅读时的快乐，给自己一点回味时的欢欣。

目录

自序 1

诗 歌

3	老妇吟	31	病妇吟
5	武誓	33	滇友迎别
6	忆行程昔日	34	千秋岁引
7	咏白海棠——和《红楼梦》诸王孙小姐	34	忆滇景少描九韵
		35	三七颂
7	思梅	36	我是一只鹰
8	春雪	37	雄鹰又歌
8	四季咏梅	38	赠师
9	十六字令·天	38	己未初秋日习剑后作
9	观电车站	39	随友重得无锡度国庆
11	观食品店	44	书拳后
12	感遇	44	送昔小吟
25	清明赋柳	46	自题小像
25	记昔	46	小草
26	游无锡太湖	47	知了
27	笑傲歌	48	爱情
28	懊侬歌	48	中秋笔记
29	雄鹰歌	49	首作
29	入寒咏梅	49	雷雨中游姑苏
30	送别·迎新	50	采桑子·友谊

50	生命的结	76	雨中情
53	诉衷情	78	人生
54	拳后小吟	79	传书
54	共友游记	81	散步
55	浦江游览	82	纯真
56	观菊展	83	童话——忆滇南往事
57	雪中练	85	剑
57	扬州日记	87	小屋
59	梦中练	89	举杯
59	秋风歌	91	呼唤
60	解惠能偈语	93	相思
60	游普陀山日记	94	等待
62	无题	96	眺望
62	天伦乐	98	母亲
63	无题	101	回首
63	金山观日出	103	早茶
64	游武夷山小唱九歌	104	春风
67	末作	105	愿望
68	旧路——重返西双版纳	106	医院守夜有感
69	行香子·夜思	107	读梦
70	辛未年庐山游记	108	心歌
72	补作	109	梦归
72	莫干山踏青三首	111	中秋
73	渴望	112	竹枝词·绘竹题扇
74	黄山秋游	112	畅想
74	常青藤	113	祝福
75	山雨	115	拥抱

116	知己	142	暮年的细砂
117	挑担	143	小重山·花甲
119	足迹	144	那一天
121	团圆	145	追梦
122	期盼	146	乡间遛狗
124	种子	146	植桂
125	听雨	147	观雨
127	读巴拉格宗	148	中秋采桂
129	中秋	148	秋歌五首
130	崇明水仙	150	乡秋
130	赞美巴拉格宗——和战友梅	150	梅·寒风
131	人生——为摄乡村小像作	151	观新桃
132	退休	151	端午·农家
132	知青情	152	秋晨三首
134	观兰	153	冬阳歌
134	白玉兰	154	元旦有感
135	春梦	154	清明
135	卜算子·咏梅	155	重庆行记
136	归乡歌	157	和无门慧开（外一首）
137	退休乐	157	中秋乡居二首
138	阴雨天闻父病	158	习书画之我见八韵
138	乡下初居	158	立冬日记·菊花
139	慈父颂	159	浓缩人生
139	享春二首	160	相见欢·散步
140	虞美人	160	乡间闲话
140	清明野外行	161	戊戌秋记
141	念奴娇·夕阳	161	清明祭父（外一首）

162　归去——病痛中作	167　己亥中秋赏月叙事
162　我真想	168　己亥江边散步
165　读白居易《中隐》有感	169　久病有感
166　居岛思母儿	170　赏竹林七贤砖画
166　秋雨兴叹	170　春晓
167　诉衷情	171　庚子清明祭父（外一首）

散　文

175　明志篇	213　老家淮南
176　浪花	216　大手
178　梦忆	219　中国结
180　蠢驴传——为自己写像	222　说"鬼"
180　笔缘	225　钥匙和锁
182　五泄游记	227　是"虎抱头"还是"虎豹头"——与武林同好商榷
183　人到中年	
185　芦苇	228　放风筝
187　大海	230　中国文字畅想
189　过年	233　人生有爱
191　杧果树上的遭遇战	235　遭遇尴尬
194　大山的儿子	237　乐趣蛐蛐
197　上大学	239　风雨随想
199　神秘的沙教门二十四锤拳	241　修正自己
200　甜美西塘	243　中国书法漫谈
204　与蛇共舞的岁月	247　中国武术简述
207　情系勐龙塔	251　庐山游
210　武德	254　烙饼

256	欲与佛	295	有兰初开
259	笛琴趣	297	惊奇猫"丑丑"
261	心中的丰碑	301	乡间"三轮"亦浪漫
264	悼念人瑞	303	小镇蝉歌
267	从上海社会科学院大楼谈保护建筑的保护	306	天性爱水
270	下雪	309	长城与都江堰
272	书房梦	311	小镇春歌
273	小镇秋歌	314	小镇橘歌
276	田园暮歌	316	冬歌
278	书法艺术浅述	318	小狗"乐乐"
287	小猫"丑丑"	321	"禅"之我见
289	写对联	324	竹恋
292	今又过年	327	小院之歌
		329	感悟恬淡清静

诗 歌

吾心随翠
迎风舞
我自高歌
向天歌

老妇吟（1974年8月23日）

漫步乡间道，
欣眺美家园。
脑中浮东海，
眸里闪昆仑。
低首淮水莽，
抬头皖中原。
是时正甜蜜，
驰风送吟啼。
睫目扫阡陌，
忽视白发窘。
干枯风欲倒，
幸得木杖撑。
怜悯从胸涌，
疾前扶稳轻。
道谢两颊泪，
起齿叹声声。
"吾小苦熬生，
青年便寡成。
亏生子一双，
望后养残身。

讨求度馁寒，
拉扯子成人。
艰辛几十载，
如今子又孙。
心下老妇热，
出头在今晨。"
老母换叹气，
顿顿齿与唇。
拂袖拭去泪，
齐齐银丝鬓。
"未预有狂妖，
刮去南柯枕。
吃果弃了树，
长大忘了根。
大子不问吾，
二子赴远程。
油盐柴米水，
无力自己争。
偶求子助臂，
吹胡骂我存。
孙幼不知情，
无奈也乞孙。
喊天天不应，
唤地地不灵。"
老妇泪如雨，
越说越动情。

"如今白发顶，
　　断肠七旬近。
　　黄台此不去，
　　何时住伤心。"
　　言至啼更嚎，
　　声似断弦琴。
　　闻此泪盈眶，
　　乎乎雾皖景。
　　目送老妇去，
　　悲愁不自禁。
　　遥思天下事，
　　何日尽分明。

武誓（1974年11月26日）

　　天高星散，
　　玉轮皓霜映影乱。
　　塘清金丝倒挂，
　　大地蒙绿隐丹。
　　挥臂摇山河，
　　踏步环球颤。
　　宇宙寒彻，
　　乾坤晕转。
　　气神满胸填，
　　十形随意换。

怎惧遍躯汗花流？
何畏浑身筋骨酸？
心意六合俱到，
三才五行轮还。
舞出个好汉威风，
练就颗英雄肝胆！

忆行程昔日（1974年12月15日）

当年万里征戍边，
心旷垦荒山。
披荆咽苦菜，
斩棘常食淡。
躺下蒿莱为床枕，
顶星背月盖霜寒。
腰酸背痛，
流血流汗。
虽是艰难此重重，
无人畏惧说同患。
试问血沸如何？
恰似一江澜沧涌。

勐龙坝前千重嶂，
嶙峋狼牙化戈枪。
乌云闷，

阴雨狂，
此事未预——
东明西暗窝里炮，
枯藤朽草独有香。

咏白海棠
——和《红楼梦》诸王孙小姐（1976年1月15日）

中秋佳节寒临门，
盛色艳芳只在盆。
逢皓芬香还阳气，
羞见冰雪颤抛魂。
待到春来满园秀，
空有柴骨花无痕。
嫦娥凄泣勤哺育，
本里枯及尘上昏。

思梅（1976年3月3日）

杨柳披金挂，
旭日映嫩芽。
万绿迎春到，
无悔是梅花。

枝枯甘露挂，
惊雷醒叶芽。
白雪胜绿潮，
三九我开花！

春雪（1976年3月19日）

雷翁施九霄，
天女散素花。
昨日送春来，
今朝把寒话。
拂袖扫鹅鸿，
暖气欲冰化。
聊吟白雪诗，
思途仍如画。

四季咏梅（1976年4月18日）

春月映我只瘦枝，
心中喜爱性非是。
夏雨雷风常侵击，
尘上飘摇根底直。
秋来寒霜警落叶，
身挺枝拔笑颓痴。

冬雪苍茫素大地，
赤花怒放不厌迟。

十六字令·天（1976年8月23日）

天，
万里蓝图绘其间，
笑指点，
朝阳彩霞艳。

天，
空晴日高阔无边，
任鸟飞，
攀峰争渡健。

天，
风暴雷霆胸中填，
齐奋发，
摧枯拉朽千！

观电车站（1977年2月6日）

大街游人忙，
车站队伍长。

欲问何为此，
空车近身旁。
久等见车至，
队乱无规常。
车到站未停，
忽又离此场。
群口怨不绝，
候车苦断肠。
连续几若般，
站头人更旺。
终于停一车，
未稳人已荡。
车停客正下，
众人哄而上。
乖觉见景离，
车无腿稳当。
青年强体力，
各自不相让。
老者护残身，
幼儿唤爹娘。
病者犹呻吟，
懦弱吐夜粮。
下者责司机，
各把拳头扬。
前去劝慰语，
还将吾中伤。

一生四六行，
亲目录此状。
世风何日正？
为人当自强。

观食品店（1977年2月12日）

春后一日晴，
出游回路行。
车未到站阻，
人海噪雷音。
下车步履去，
一店见人群。
闭门窗售处，
拥挤欲身擎。
相搏不相让，
各自抢购勤。
愚者呆眼看，
能者现身灵。
强人衣扣落，
弱妇汗雨淋。
老夫立路旁，
话语喘而轻。
入步夫身边，
细把颤诉听。

"吾早三时来，
队排前几名。
开卖忽哄起，
几乎将我倾。
后门如牛毛，
弃规认面情。
吾老力不从，
没福品此津。"
闻后各摇首，
我亦只叹吟。
目送老夫离，
无语可说清。
物稀已若斯，
追忆几裂心。

感遇（1977年3月18日）

（序）

初春的佳节已经度过，
我的朋友们又要离沪，
那是他们完成了探亲的使命，
再一次向着工作的岗位奔赴。

今天，
似乎想起了什么，

无聊中把那日历来翻除。
啊，三月二十日，
是欢乐？
是惆怅？
又映现在我的眼帘，
往事也在脑海中重复……

一

毕业了，
我们初中毕业了！
那是一九六九年的隆冬，
我们学农返回学校，
分配的方案是"一片红"。
落户到乡村，
全部去务农，
"接受再教育，
改造思想红。"
我想啊，
是雄鹰就得展翅高飞，
是骏马必须千里驰冲。

我的心啊，
如清晨的太阳，
一片胭红；
我的热血，
似广阔的大海，

波涛汹涌；
我的志向，
钢铁般坚定；
我的理想，
美好贯长虹。

分配的工作已经进行，
那是七十年代的第一春，
我终于下定了决心：
边疆、祖国需要的地方，
是我奋斗的方向。

难忘的那一天啊，
一九七〇年三月二十日，
千厦矗立尽向我们致意，
大街上彩旗飘扬花如虹；
十万民众都为我们欢呼，
人群中载歌载舞齐相送。
欢送啊，欢送，
热烈地欢送——
上山下乡的战士，
奔赴边疆的英雄。

二

谁见过龙？
是在山间行走？

还是在空中飞翔？

——据说它象征着吉祥？

那一天啊，

我就乘着一条巨龙，

驰骋在祖国的大地上。

这龙苍莽庞然，

发出那惊天动地的轰鸣，

在平原上颤动，

在山谷间回响。

雷霆万钧，

一往直前，

顺着那铺定的轨道，

沿着那弯曲的路线，

前进！前进！

前进在未来的道路上。

阳春的桃李映山秀，

林中的百鸟争鸣稠。

祖国的河山是多么壮丽，

是我把她的艳容魁体看个够：

上海的大厦，

巍巍矗立，

早已在我脑海里刻留；

杭州的西湖，

碧绿清澈，

也已从书中知秀；

钱塘江潮水，
　　澎湃壮观，
添美的还有大桥俊修。

高山，层峦翠叠，
　　巍峨巨楼；
江河，一泻千里，
　　奔流任舟；
青松，不屈不挠，
　　挺胸昂首；
彩云，百般妖娆，
　　美丽飘绸。
浙江、江西、湖南、
广西、贵州、云南，
祖国的河山风景如画啊，
　　一路的彩绘都是优。
　　蟒龙一意孤行，
　　瞬间就是千里，
它把一切抛在了尾后，
自然也留下了少时的梦。

三

汽车奔驰在盘山公路上，
战友们满怀抱负地歌唱。
　　跨高山，
　　　过平川，

跃大河，
欣赏着沿途的风光。

清晨红日冉冉升，
阳光和煦照前程，
我的心同它一样——
火红旺兴；
五百里滇池起涟漪，
渔舟扬帆水碧玉，
我的心同它一样——
平坦阔清；
温泉蒸气腾百丈，
烟雾缕缕冲蓝天，
我的心同它一样——
炽热凌云；
瀑布高挂如织绢，
崎岖坎坷无阻挡，
我的心同它一样——
奔腾雷霆；
云海排空望无垠，
环绕山巅似雪浪，
我的心同它一样——
洁白晶莹；
澜沧江水滚波涛，
奔流不息永向前，
我的心同它一样——

冲锋前进！

千图万画入眼帘，
思绪翩翩不停息，
我看啊我想：
生命诚可贵，
生命是有限，
我要用这美丽的生命，
建设美好的明天——
祖国的山河新。

四

美丽的西双版纳，
传说中孔雀的故乡；
富饶的西双版纳，
祖国西南的米粮仓。
西双版纳的美丽，
是大自然把她织绣；
西双版纳的富饶，
是大自然把她修养。
我们扎营在西双版纳，
与天地战斗，
把垦田的号角吹响。

垦田啊垦田，
负酷暑背烈焰，

用汗水把青春发扬；
冒风雨顶霜寒，
用热血把私念埋葬。
挥舞着锄头砍刀，
看着太阳出，
顶着月亮归。
"革命加拼命，
拼命干革命。"
把一切献给祖国和人民，
也无丝毫彷徨。

西双版纳啊，
你是否想过？
你的未来将是怎样？
到那时请你不要忘记，
给你新装的还有那——
千万的知青小将。

五

大自然啊，你是伟大的工匠，
却非尽善周全。
虽然哺育出香花鲜果，
为什么也培植毒草恶源？
既然安排了人类生存，
为什么还纵容毒蛇以牙尖？
虽然赐万物以温暖的阳光，

为什么又给大地以寒冷的冬天?
既然把幸福播撒给人类,
为什么又将灾难降落世间?

是狼子本性有恶,
结狐党必损他人。
也就是务农的第一年底,
可恨的狼狐,
因为它们的纷争,
将我推到了壑口崖涧。
于是帽子满天飞来,
棍子也就放在了我的身边。

六

我的所爱啊,
你在何方?
我欲追求你啊,
日夜思想。
我为寻找你啊,
爬上了山岗。
我站在山顶,
举目眺望:
四面层峦连绵,
八方云海苍茫。

为寻找我的所爱,

我遍山地狂奔呼喊。
看那群山起浮，
是我心潮的波浪。
群山，我爱你，
我把你当作亲朋。
可你，回答我的寻找，
竟是遍山的风雨狂；
回答我的呼喊，
竟是满谷涧的回响。

为寻找我的所爱，
我在山中求索，
看那溪水流淌，
是我满腹的惆怅。
小溪，我爱你，
我把你当作挚友。
可你，回答我的寻找，
竟是满溪的水花扬；
你回答我的求索，
竟是水边的枯草黄。

为寻找我的所爱，
我问大树，问鸟雀，
可它们的回答不是沉默，
就是不通人情的鸣腔。
为寻找我的所爱，

我书海里漫游勤索向，
为寻找我的所爱，
我油灯下夜读迎朝阳。

七

我散步在山道，
回顾着走过的路径。
一块瀑布哗哗直泻，
尽向我欢快流淌；
一群鸟儿欣然齐鸣，
皆对我起舞演唱。
瀑布，鸟儿，
你们知道了我的思想？
你们了解了我的衷肠？
是啊，因为我找到了所爱啊，
只有她才能坚定我生活的方向。
我散步在丛林，
忽觉得身边有一股芳香，
那是一片野兰花啊，
不知被谁踏得几乎落荒。
我惋惜地扶起倒下的花叶，
饱饱地吸收着清馨的幽香。
她使我清醒啊，
使我再无悲伤。

有一天，我采来兰花，

插一枝在狼狐的身旁，
可它们却把兰花踏折了茎。

八

我坐在返沪的火车上，
心中顿生无限忧伤。
忆去时，心中炉火旺；
看现在，周身冰壶凉。
祖国的大好河山，
又在我眼前重映。
可我心潮翻滚，
却不同以往。

我散步在小河旁，
常把心中的郁结思想。
我看着满河的污水自由自在，
那是因为它能顺潮流淌。
我闲暇在大路上，
常把心中的疑虑思想。
我看着路边的垃圾自由自在，
那是因为它能顺风而往。

九

满天的风雨啊，
不用为我焦心挂念；
万里的雷霆啊，

不用为我叫屈申冤。
我准备在清贫中度过自己的一生，
决不为个人的得失，
强作奉迎的笑脸。

珠穆朗玛啊，
世界的最高峰峻峭挺拔。
它不怕严寒风暴的袭击，
我要像它那样——
顶着大气重压，
依然巍峨屹立。

扬子江水啊，
祖国的大动脉波涛涌急。
它不怕电打雷劈的阻击，
我要像它那样——
冲破顽石险滩，
向着大海汇集。

十

三月二十日又将来临，
几经风霜我已清醒。
我送走了最后一个朋友，
把惆怅也送上了青云。
眼泪不属于我，
我会永远自信。

啊，三月二十日啊，
是欢乐，
还是庆幸？

清明赋柳（1977年4月4日）

琼珠朦胧初绿纷，
桃李迸发迎新春。
蜡梅别辞暂不归，
枯枝重作翡翠魂。
志士憔悴日趋靡，
男儿彷徨尽出门。
雪寒风冷未冻死，
更添豪情十二分。

记昔（1977年6月6日）

阳光明媚，
阴矢乱寻昧。
美蔷薇，
名不愧，
万刀剑藏于内。
暗诋毁，

使魔鬼，
难张嘴，
无奈故里归。

君回，
追忆随：
农场徘徊，
刀锄征垦挥。
汗流浃背，
未顾己安危。
何以为？
意在迎光辉。
自信人生三百岁，
秉直是吾规。

游无锡太湖（1977年9月3日）

强台狂雨骤，
雄鹰冲霄抖擞。
兴致去游太湖，
却落个鸡汤浑身透。
无锡也有奇景，
早知太湖山清水秀。
鼋头渚碎浪拍岸，
飞云阁望尽天边白帆瘦。

万浪桥下波光粼粼,
横云处蝉声奈何奏。
蠡园好神工,
还镌古墨留。
长廊又浴秋风,
迎客琼雨舞纱袖。
乌云没惠山,
朦朦胧胧俯瞰锡城楼。
天下二泉久闻名,
可是已酿酒?
游罢太湖忆西湖,
低眉更怀滇池加思愁。
祖国河山谁为绝?
东南西北都属九!

笑傲歌（1977年10月5日）

大笑举步来,
高歌闯关隘。
屏障三千重,
未能阻我爱。
八极任纵横,
性喜游山海。
万事不蹉跎,
须有毅力在!

懊侬歌（1977年11月21日）

正月爆竹闹新春，
粉艳桃李比芳芬。
千折百曲觅侬去，
但觉馨香未见魂。

夏日炎炎柳色深，
琼池芙蓉颜质真。
徘徊对影舟无片，
瘦叶难载有情人。

云高天清闻鸟声，
秋菊争妍更如轮。
相思咫尺实万里，
隔岸对波心似焚。

冰雪三日欲封门，
寻梅引来寒风忿。
奋发坚定全不负，
仍把誓词向春生。

雄鹰歌*（1977年11月24日）

天生吾兮为翱翔，
今缚吾兮竟为何纲？
兴致冲霄去兮穿云跨浪，
展雏翅兮却就碰伤！
吾行路兮并未向错？
吾敌鼠兮为何毒矢于我？
天苍苍啊地茫茫，
吾欲展翅兮，
万里游航！

入寒咏梅（1977年12月28日）

一

九天清高大地寒，
万乔枯翠入腊难。
莫看满处银花裹，
红梅一枝若火烂。

二

封扉陋室自暇，

---

* 已谱曲。

佩兰德馨独佳。
任风寒，
凭霜冻，
心志更清雅。
待到晶银遍地白，
看我枝头有情花。

送别·迎新（1978年1月2日）

别过去时寒，
将迎新年雪。
四季今复冬，
阳春难能越。
赏梅此正为，
仍盼中秋月。
人生想未来，
再奏狂欢乐。

北风吹梧桐，
枝摇叶坠空。
舞武身挺直，
月照能似弓？
耿介同梅洁，
昂天向寒宫。
任尔相煎逼，
报桃一处红。

病妇吟（1978年1月6日）

数九寒风吹，
求学无闲累。
散步串邻舍，
与友研讨会。
购药暂出门，
友母面憔悴。
病妇类风关，
半身已不遂。
吾问友何去？
让我床前对。
"吾病入膏肓，
活着也添罪。
汝友三班制，
回家还煮烩。
爷老今九旬，
如今耳已聩。
身患冠心病，
家务难相随。
友父事江西，
常也书信慰。
书信不济事，
需是人料绥。

日前寄书去，
望其当速回。
来信说欠妥，
何能反常规。
再言劝退休，
返书仍难为。
单位人不够，
老也暂不退。"
友母痛呻吟，
我助轻敲捶。
"周身若电麻，
何日能向瑞。
有病念亲人，
相思更增倍。
友姐在新疆，
其子才五岁。
好在女成家，
忧是孙尚蕞。
别离太遥远，
此辈盼难归。"
病母续呻吟，
道风刺骨髓。
吾去关紧门，
轻扶母下睡。
"医院路太远，
哪能常诊回。

病体日趋恶，
心肺似针锥。"
吾断病母语，
劝其莫气馁：
"人生需乐观，
向安能转危。"

滇友迎别（1978年1月23日）

晶花喜舞迎远客，
万厦齐伫以礼和。
同行旧友踏独木，
并进新宾渡寥廓。
长天有感驱云雨，
大地生情落绿波。
神州美景尽欣谈，
甘苦友谊越巍峨。

笛轮鸣动违群襟，
两地相隔亦有情。
红尘屈绊识知己，
海疆天涯尚比邻。
挫折羁缚量坚毅，
艰难困苦看志凌。
人生枷锁须砸碎，
奋斗桎梏终得平。

千秋岁引（1978年2月28日）

狂风呼啸，
雷雨滔天，
雏鹰出庐难得此炼。
纵然有魔鬼刀尖，
又怎碍报国心愿？
披荆棘，
顶阴霾，
受暗箭。

而今无聊度年，
尔曹闲，
醒来空悬念。
不学无术共患，
青春毁灭说无怨？
天地不平应垂元——
给知识，
还韶华，
赔时间！

忆滇景少描九韵（1978年3月13日）

歌漫驰龙风送笑，

燕飞川峦万里娇。
春城沐朱樱花雨，
白荷撒碧异香飘。
滇池西山丽相戏，
美人静睡魂逍遥。
千雪半空托琼阁，
神尘拂来东海潮。
玉乳潺流甘溪涧，
穿地炽绢冲九霄。
密林鸟兽趣盎然，
苍翠劲松无谓憔。
凤凰载舞赤绿黄，
棕侣情浓恋吻抱。
澜沧江畔满金浪，
西双坝上披橡胶。
血汗换取新生活，
百族同篝幸福谣。

三七颂[*]（1978年6月15日）

朝霞霓瞬兮，
子命何堪怆？
冷雨作伥兮，

---

* 已谱曲。

尽亦袭寒窗。

梦醒遗衣兮，

步轩微茎却壮。

深山移来之兮，

仙踪此处迹扬。

昂首挺胸又兮，

神影抑郁苍苍。

敢鄙刀风兮，

忘身之负殃。

薄叶能顶剑霜兮，

誓驱魔而治伤。

抗病魔为正义之主持，

拒鬼魅为真理而伸张！

我是一只鹰（1978年12月7日）

我是一只鹰，

一只奋力的雄鹰。

我勇敢地飞行在高空，

穿过狂风暴雨的袭击，

向着那重霄挺进！

浩瀚的蓝天啊，

你是希望的证明。

只有投入你的怀抱，

与你同呼吸共命运,
那才是人生的欢欣。

我展翅在碧空,
高天的空气是多么清新。
我自由自在地翱翔,
那辽阔的天际,
足以使我尽情。

九霄凌云俯望眼,
祖国是一幅彩锦。
我多愿我的母亲,
早日强大昌兴,
赶超世界的先行!

我是一只鹰,
一只坚毅的雄鹰。
我爱我的祖国啊,
哪怕是牺牲自己的生命,
也永远不离心。

雄鹰又歌(1979年3月10日)

狂啊顶破天!
乐啊冲过崖涧!
挣脱囚笼啊,

展翅志倍坚！
砸去桎梏啊，
重上九霄直前！
忆往昔，
任凭乱箭。
看今朝，
欣满轩辕。
几经风霜啊，
我饱闻见。
奋力吧！
翱翔雄鹰，
喜迎再炼！

赠师*（1979年5月30日）

旧岁为吾师，
今朝仍如是。
提笔诗言志，
功论当年师。

己未初秋日习剑后作（1979年8月19日）

翠玉披风未染黄，

---

* 此诗是为柳兰英老师七十岁生日而作。

苍虞唾气凉。
院外旭日银龙爽，
　金凤伴舞忙。
　　站山望，
　　狮雄壮，
鸿雁双飞九霄扬。
入海斩蛟鲸鲨让，
弯弓射月上太行。
虹消雨霁乾坤朗，
眸底青峰首更昂。

随友重得无锡度国庆（1979年10月1日）

　　一、到达
申锡图在咫尺间，
往返乘龙半日闲。
水临堪叹彼岸阔，
山近可为路途远。
匠元奇布升蓝帐，
农夫巧排荐青绢。
城中六月劳累余，
朱阳夕暮逸田园。

　　二、夜宿
星稀月光散，

阡陌蟋声寒。
午兴时程摧，
夜宿田家湾。
栖鸟一曲止，
主东炊烟繁。
朦胧魂游去，
仍把浦江还。

三、家庆

南柯断游斩鬼狐，
醒来幻已住。
秋风瑟瑟青苗舞，
吹射凉咻咻。
爆竹惊破黎明，
笑声冲窗入。
旭日红彤彤，
彩霞飞扬，
国庆家庆同度。
手中点心撒罢，
心头落就大梁柱。
喜面汤团酒席，
终日食饱肚。
满堂子孙共欢欣，
亲戚朋友兴一处。
生活日如此，
何再存悲楚？

四、采菱

秋中风舒兮日已当午，
餐罢操橹兮戏弄扁舟。
池虽不广兮锦鳞涟漪，
水葫花笑兮暗送香幽。
别船四载兮难稳舵向，
乡童赠菱兮沁润肺喉。
天然野景兮惠赐远客，
愧无酬报兮心若悬悠。

五、登山

锡惠两山巍翠葱，
致登巅瞰城容。
映水湖畔龙光塔，
虚实欲加对峙雄。
陡甬达佳处，
桂花一径香浓。
精神爽快觉岭矮，
疲乏煦风也重。
欢歌笑语林中荡漾，
身高满收脚下万物尽耀眼瞳。

六、临泉

流水潺潺呵清澈，
芳名传呵二泉。

人呵熙攘欢笑，
物呵重把精神抖擞。
劲笔运呵鲜明俊秀，
庭阁奇呵巧夺天工。
重临此景呵兴味更浓，
恋恋不舍呵流连忘返。

七、叹梅
碧塔半露似空悬，
三友唯梅颓艳颜。
类伤枯荷泪一池，
羡为桂香霸客前。

八、访蠡
桂香迎我入古园，
秋阳煦和赛春天。
　万顷碧，
　　层峦翠，
花红柳绿尽霓烟。
　琼阁鲜，
　　新厦连，
更有野菊助景添。
著名诗书铭廊壁，
半湖微波情绵绵。
芭蕉修竹羽裳舞，
人语鸟唱俱欢颜。

忆当年，
七国纷争图霸权；
范公事越，
吴宫宠美耻遗篇。
鸱夷子皮今何在？
旧址上下敬寻遍——
良弓贤士荒冢间，
泪挂两颊前。

九、听松
躺卧石床趣听松，
恍惚奇志诉膺胸：
"冬雪夏雹取次过，
吾只翡翠状景雄。"

十、望湖
畅阳普照，
金辉闪灿。
足踏鼋头兮心旷神欢，
恨不能振翼兮凌云旋盘。
一盼阔堑远山小，
浩瀚点点竞白帆。
沧海若镜万柳金，
浪打千年群石顽。
珠飞花溅兮坚壁不碎，
横云锤岸兮铮声訇然。

林荫葱郁，
徒步往攀，
却勾起我遥想版纳当年——
腹中苦泪潺潺。
展望眼，
待到春来万华日，
尔曹共睹芳兰。

书拳后（1980年1月1日）

练罢武术，
汗湿衣衫透。
挥珠梅花似羞，
我却精神抖擞。
迎风独自绕栏走，
微喘悠悠——
仍把击技研究，
内功还当补就。

送昔小吟（1980年2月16日）

夜幕又垂，
星稀光亦微。
人悄悄，

帘外几声爆竹雷；
　　都忙送旧岁。

昨晚酒罢入寐，
他乡美景作陪。
　　云袅袅，
　　雾蒙蒙，
寥廓彩云飞。
情为马兮虹作帔，
　　似赴约会。

艳质之美兮穹冥迎，
面面笑对兮知是谁？
携手同游兮落英丛，
姹紫嫣红兮尽霓辉。
相依相偎兮醉桃源，
欢颜欢语兮馨芳摧。
君琴卿曲兮赛莺喉，
我奕尔棋兮迷忘归。
奇訇异燃兮响霹雳，
神志恍惚兮寂寞回。
枕边忆梦兮甜如蜜，
细数人生兮当无悲。

晨起开扉，
　　凭栏处，

拔剑空中挥。
小憩喜迎旭日升，
清风送我把梦追。

自题小像[*]（1980 年 5 月 30 日）

双眸平眺，
曲径闲野草。
瘦脸微笑，
闯过艰难多少？
今日还未了——
所以鄙眼乜斜。
正气傲然在，
何惧霜剑风刀，
梅枝伴我迎春早。

小草（1980 年 7 月 12 日）

漫茫的天际冬去春到，
看啊，那绿色中唯我最小。
我没有桃李那样颜艳质娆，
所以人们从不将我夸耀。

---

* 为1979年10月1日无锡梅园留影作。

啊，狂风暴雨似鞭刀，
好像是叫我屈膝躬腰，
我，仍然枝繁叶茂哟，
就认它是生活的熏陶。

啊，赤日炎炎似火烧，
似乎是叫我低头求饶，
我，还是要高歌欢唱哟，
只当它是战火的锻造。

我虽然叶少，
但不愿做花瓶里的娇娇，
我，扎根在祖国的山川平原哟，
那锦绣的江山中，
也有一份我的颜料！

知了（1980年7月21日）

知了知了，
未见怎晓？
为何来此，
你真知道？

知了知了，

不要乱叫。
今是密约，
告之过早。

知了知了，
不知害臊！
我爱哥心，
你怎明了？

爱情（1980年7月22日）

烈日旺，
爱得也旺。
欲知爱得有多旺？
呵！算一下太阳的热核能量。

柳丝长，
情谊亦长。
要问情谊有多长？
呵！把世上的柳丝统统接上。

中秋笔记（1980年9月24日）

风雨栏栅淋秋魂，

逸云遥飞送昔真。
沉默患得忧国病,
惆怅为赢万户生。
当有初志天行健,
常保馨德日月恒。
孤鸿素怀今何报?
举把香樽问玉轮。

首作（1981年1月1日）

寒风遣旧情,
蜡梅寞寞迎新。
闲吟陋室孤影,
提笔纸墨飘馨。
龙飞凤舞停,
喜操琴。
曲罢方悟无人听,
更弦——
但愿遇知音。

雷雨中游姑苏（1981年3月25日）

玉滴飞檐喜润春,
鱼凫水面亦飘魂。

醒梦钟磬耳边起，
朦胧翡翠目中生。
芳志驷虬辞旧晓，
壮心乘凤迎黄昏。
莫道此行人笑痴，
琼浆沐浴正登程。

采桑子·友谊（1981年5月3日）

提笔作诗须新意，
不落俗气。
今又俗气，
纸上铺墨书友谊。

兰蕙同芳情共济，
非是兄弟。
可似兄弟，
相互扶助信馥郁。

生命的结（1981年6月10日）

蓝天上有朵白云，
<u>丝丝缕缕聚又散</u>。
不！那是我的魂魄在乾坤游览。

升腾、集汇，又分还，
有自觉，无意识，
完全是任凭自然。

不要说：
你没有骨头，
没有头脑，
更没有肝胆。
请不要忘记：
我也曾炽热、凌空、俯瞰。

有人说：生命是火花，
美丽、璀璨；
有人说：生命是梦幻，
缥缈、荒诞。
生命，作为人，
不应是想象得辉煌烂漫；
不应是沮丧得天昏地暗。

不要以为自己高大，
世界上没了你就不能衍繁。
也不要以为自己无能，
总觉得生活着常没有事干。

摆脱虚荣的枷锁，
务实奋力，

毫不惧畏生活的艰难；
冲破颓废的囚笼，
勇往直前，
切莫哭叹自己的短暂。

生活的大海，
到处都是暗礁险滩，
生活的大海，
时刻都会泛起波澜。
不能因为这样，
就自甘沉没自己的航船。

生活的大海，
经常都是阳光灿烂，
生活的大海，
大多也是湛蓝平坦。
不能因为这样，
就过高扬起自己的征帆。

不要以为自己善于高攀，
而不厌其贪，
即使权势无限，
也难逃死鬼的纠缠；
不要以为自己般若解脱，
而高枕无烦，
纵然是阿弥陀佛，

也要敲木鱼钟磬。

面对着生活的现实，
生命不能只是望洋兴叹；
面对着生活的现实，
生命不能只是盲目空喊；
面对着生活的现实，
要时刻清醒自己的头脑，
从而认准自己生命的罗盘。

太阳的光辉普照大地，
阳光下的尘埃千千万万，
它可以是，
微不足道的极点，
也可以是，
广阔宇宙的浩瀚。

诉衷情（1981年10月28日）

曾经万里赴荒沟，
一心为神州。
挥汗洒血何处？
风霜小作酬。
国未富，
人已瘦，

情亦秋，

不堪回首。

松菊犹存，

青云俱休！

拳后小吟（1981年11月16日）

挑灯拔剑向空挥，

此生青春能几回？

寒风吹，

金叶坠，

人世常有来与归。

何愁明日路？

淡却过去岁，

立足今朝争光辉！

共友游记（1982年8月26日）

晨鸟催起鸣，

爽风献天明。

欢步出游去，

谈笑缘路行。

辰时逐竹树，

午至憩榭亭。

举杯邀朋用,
斟酒劝友饮。
载谊扁舟溢,
盛情相机盈。
互尊秋蝉赞,
无猜蟋蟀欣。
游罢独感慨,
兴余聊自吟。
尔曹手足念,
此生当记铭。

浦江游览（1982年8月28日）

秋气仍暑炎,
乘龙黄浦间。
朝日破地迸,
鳞甲腾云天。
千舟喜争渡,
万厦礼两边。
沙鸥齐飞跃,
皓浪尽落烟。
对席窈窕女,
披霓影婵娟。
欲饮无须酒,
笑语醉心甜。
情景自融汇,

衷肠照不宣。
人生得知己，
高山流水连。

观菊展（1982年11月13日）

一

朱帘瀚挂隐群星，
一舞龙泉到天明。
无邀东篱强做客，
有意西窗聊伴君。
幽香绿团带笑望，
驱冷紫簇尚微吟。
天工难夺人艺巧，
锦绣他年欲更新。

二

煦阳天高又是春？
紫万红千足逍魂。
擦肩触脚寻芳秀，
笑语欢声览景盆。
垫趾仰首侏儒累，
携妇举童老夫昏。
做遍东篱西窗客，
往返犹忘别主人。

雪中练（1983年1月11日）

冻非一日寒，
功欲几时成？
寅起红缨舞昊茫，
龙光指天浑。
入缥缈，
任逍魂；
游寥廓，
遁无尘。
强身须练筋骨皮，
保健必得精气神。

扬州日记（1983年4月11日）

一

日月无闲兮日月忙，
瘦却身骨兮断罢肠。
悲极生乐兮游性忽起，
聊解疲乏兮初会维扬。

二

煦风拂绿缀长江，
旭日迎我运河旁。
新雷旧雨润在地，

杨柳翩翩舞春装。

三

红花古院，
笑脸推门喜相迎。
主欣客敬，
老少举杯品新茗。
膳香榻暖，
盛情铭记谢款待。
知冷识热，
问长慰短慈母心。

四

春风沐浴西湖瘦？
三月琼珠落扬州。
锡惠雕阁飞来居？
花港碧水到此留。

五

杨柳随意，
碧翠早发。
迎春逢时，
喜相争华。
东风不便，
刘郎无暇。
玄黄世态，
感悟生涯。

梦中练（1983年6月3日）

寅卧弛仙境，
习武当凌空。
先师云里笑，
天机授吾聪。
十形转瞬变，
枪剑继争雄。
沙门兼太极，
玄秘点穴中。
起落取静意，
柔刚幻无穷。
挥臂乾坤舞，
踏足鬼神躬。
演练不知倦，
山岳皆羞蒙。
精华健体小，
瑰宝传承洪。

秋风歌（1983年9月14日）

秋风秋雨浸栏杆，
落花落叶满篱栅。
举剑舞武大地热，
捧书咏文小筑寒。

意荡五洲浩气壮，
神游四海远志酣。
为得太白豪放技，
须欲学林访名山。

解惠能偈语（1983年10月27日）

一

世人造瀛台，
吾从无中来。
身生如游梦，
何必染尘埃。

二

人本无识，
有识亦空。
无识不通，
有识难容。

游普陀山日记（1984年4月20日）

一

桐花四月满天游，

佛国燕尔尚初求。
乘风踏浪莲台上，
仙境缥缈神自悠。

二

春涛化雪映梵宫，
千年古樟馨园通。
盘陀朱阳奇晚照，
佛顶俯瞰喜闻钟。

三

未卒身先客西天，
无望炼丹做神仙。
只因生来不信佛，
观庙何必叩香烟。

四

千步金沙云空行，
南天门上感潮音。
佛国雨后盈瑞气，
神州赋我乾坤情。

五

欲得正果夜听经，
向往他年渡迷津。
可恨金乌东海起，
惜为顽石始到今。

无题（1984年10月17日）

挑灯拔剑向空挥，
青春至此何有辉？
天罡仍是垂，
玉璜早已归。
忆旧梦——蹉跎悔，
恶风满把好景吹。
看今日——伤志回，
金秋遍地枯叶飞。
噫嘻！人生知足五十岁，
无累赘，
不须桑榆追。

天伦乐（1986年6月1日）

春风洒笑过，
喜阳携绿灼。
斑斓花好日，
与儿同游逐。
草地行爬滚，
身若猕猴活。
乐园滑梯上，
形比熊猫拙。
调皮尿遗颈，
却是扮骑骡。

海滩扑蹒跚,
还把螃蜞捉。
鱼虾亦相戏,
稚脸泥沙浊。
父子乾坤情,
双双浪里搏!

无题（1986年8月2日）

十年掠风劫雨后,
多少兴亡事悠悠,
　江山依旧。
天南地北兴致游,
世间春色满目秀,
　何须杞人忧。
韶华已逝意难留,
　休,休,休!
　不必桑榆求。

金山观日出（1986年8月10日）

稍游太虚幻境初,
忽闻世间泰山呼。
濯足沙滩心肺沁,

拂面海风周身舒。
雪浪腾欢披霓彩，
飞霞羞笑染玉珠。
燃破长夜冲霄去，
红火一轮跃地出。

游武夷山小唱九歌（1986年10月24日）

一

九月逍遥夕阳暗，
秋蝉小唱游兴宽。
武夷奇秀东南景，
怡然神仙半下凡。

二

仰看金屏欲顷慌，
连天铁板向日张。
玉帘垂珠三百丈，
饭头滴泪话衷肠。

三

巨浪千峰天际涌，
雄鹰万壑引啸中。
解乏饮清涧，
心旷观奇松。

幽兰沁脾如痴如醉,
轻风舒身若腾若融。
　　品流香,
　　登峻峰,
　　睹绝茗,
　　谈笑风。

　　　　四
　　危岩孤峭,
崖壁似剑从天劈;
　　竹松环绕,
山花如仙子任心意。
　　寻神众,
　　倚幔亭暂小憩;
　　登险峻,
　　临绝顶瞰武夷。
大王十万八千丈,
　　秋风送,
　　与天齐。
玉女娉婷含羞立,
　　晚霞照,
　　共融夕。

　　　　五
九曲清澈任泛舟,
棹歌晚唱筏轻流。

险岩环翠，
争灵百喉鸟语稠；
奇石林立，
葱茏山色草径幽。
饱胜境——
丽景化肴，
碧水为酒，
吟诗留影聊作酬，
更待何时方可求？

六

丹峰陡峭插烟空，
豁船半架欲乘风。
遗棺长航仍见在，
陆离千年古人聪。

七

吹箫引凤一线天，
列罅攀缘延寿年。
伏羲玉斧今安在？
神仙楼阁空云烟。

八

攀石登阶，
喜上天游。
千峰拥翠，

云雾飘绸。
晴空凝紫,
雨岚迷虬。
花草迎风,
松竹鸣秋。
峭壁叠嶂,
碧溪绿洲。
亭阁巧缀,
书葩精留。
晨霞飞彩,
暮霭垂旒。
清潭明镜,
君子好泅。

九

身临武夷心胸开,
流连始知尽情怀。
只缘幼儿牵肠肚,
刘郎有暇必重来。

末作（1986年12月3日）

夕阳话旧情,
爆竹訇然迎新。
镜中相对双影,

　　　　案上水仙飘馨。
　　　　酒菜茶饭停，
　　　　　　难操琴。
　　　　吟歌榻前与儿听，
　　　　　　更曲——
　　　　　　戏为半知音。

旧路——重返西双版纳（1989年4月1日）

　　　　脚下，是二十年前的旧路，
　　　　眼前，江山依然如故。
　　　　太阳，在阴霾中渐渐西下，
　　　　月亮，却未能于祈盼中复出。

　　　　面对那，惆怅黑暗的夜晚，
　　　　回味着，辛苦人生的迷途。

　　　　旧路，二十年前的火红，
　　　　有多少颗火热的心在这里破碎，
　　　　有多少个美丽的梦在这里断送。

　　　　旧路，二十年前的希望，
　　　　在这雨季的泥泞中逝去，
　　　　也在这荒芜的山林中消除。

旧路，二十年的旧路，
什么时候再见青春跳跃的火球？
什么时候再现群星闪烁的苍穹？

二十年，再来一个二十年吧！
我们已在生活中认识自我，
从而去寻回那失去的路！

行香子·夜思（1990年12月5日）

夜阑人静，
挑灯聊吟。
每读时，
非常用心。
人生如梦，
惜苦真情。
叹十年废，
五年补，
三年追。

勤恳奋力，
未通一技。
不戚戚，
我行我素，
求个安宁。

抚一柄剑，
　一本书，
　一把琴。

辛未年庐山游记（1991年9月20日）

一

久梦匡庐有缘逢，
清秀突兀湖江中。
含鄱口上眺千里，
五老垂钓聚芙蓉。

二

碧水微拂状如琴，
玉桥翠轩履步轻。
天然明镜高山卧，
松涛迎我访仙亭。

三

锦绣谷幽看险峰，
当年阴云袭劲松。
一代神圣今作古，
留影后生叩警钟。

四

信口谈笑渡花径，

竹高蕊雅助怡情。
草堂金秋日夕照，
庭前犹吟《琵琶行》。

五
翠影红霞生紫烟，
探奇登攀林豁间。
玉帛三叠从天落，
珍珠飞溅尽身前。

六
寻径踏险访天池，
鸦雀不知笑吾痴。
高僧古贤乘鹤去，
空留佳话叹往时。

七
山高林密天街逛，
万感齐发观长江。
星明月亮银河近，
疑是牯岭灯彩煌。

八
烟雨过后清香炉，
银河尽泻如古书。
登临忘却烦和恙，
沁泉洗罢一岁除。

补作（1994年4月1日）

春潮引旧情，
煦阳融融迎新。
临窗思看鹃影，
时感幽兰飘馨。
龙泉金穗停，
又操琴，
高山流水细细听，
更奏——
如今遇知音。

莫干山踏青三首（1994年4月18日）

一、游兴
常伏书案人笑痴，
一事无成又何时？
忽念江南春光好，
菜花深处正有诗。

二、探春
东风布柔烟雨浓，
春意抚笑杜鹃红。
杨柳垂绿思千万，
尽在相恋无语中。

三、访竹

轻舟游弋竹海行，
节操自高日月明。
本无心计顶天立，
一生风雨一身情。

渴望（1994年7月2日）

走进记忆的长河，
激情便在脚下流淌。
满天的彩霞，
无尽的思量。
清甜的泉水，
奋进的双桨。
那一叶小舟，
乘风破浪。

曾临浩渺的沧海，
未敢遗却那清澈的一滴；
尽收排空的白云，
难以忘怀那纯粹的一朵。
渴望——梦中的小岛；
渴望——心中的玫瑰。

黄山秋游（1994年9月6日）

夜半依稀听松涛，
晨起漫步唤云潮。
叹观奇石拟人物，
惊摄峻峰幻碧霄。
泼墨写意造化功，
染彩工笔自然描。
细品当年神仙境，
身临此景尽逍遥。

常青藤（1994年9月8日）

迈着坚定的步子，
走出那古老的丛林；
伸展渴望的长臂，
追求着理想的意境。
越过空间的鸿沟，
用叶充实着心灵；
架起七彩的桥梁，
用藤缠绕着爱君。

那青青的叶，

是片片的琴，
在风中召唤，
弹奏着思念的音。
那紫紫的藤，
是根根的弦，
在月下低吟，
梦牵着不了的情。

天之高难测风云，
无阻升华的激情；
地之阔不知有垠，
一任向前地伸行。

山雨（1994年9月10日）

雨一夜随风，
轻扣着窗牖，
自得地咏诵着，
千古的诗篇——

银珠，碎玉，
飘飘洒洒，
粒粒坠落，
到松树下吟读——

曾在白云中思念，
为追求来回的心慌意乱。
从那一日起，
春的缠绵给以启迪，
这才看懂了丝丝细语——

也曾在山道上拍打，
把自己摔成了七八瓣。
是秋教会了成熟，
从而享受着收获的喜悦。
却难以止住，
早搏的侵袭——

石阶漫漫，
小道弯弯，
松涛瑟瑟，
歌声，一路送来；
脚步，渐渐清晰。
是幻觉，是臆想，
是玉人在追寻，
与我相逢……

雨中情（1994年9月16日）

两颗心在伞下行走，

那泥泞的小路，
已经留给了背后。
再向前，是平坦，是绿洲。

大风从树隙穿过，
变了模样飘得柔柔。
滂沱被踏个粉碎，
涌成了清泉细细地流。

恋过的柳枝，
把春吻个难舍；
缠过的荷叶，
让夏拥个火热；
偎过的稻谷，
和秋唱出成熟；
伴过的梅花，
与冬共舞欢歌。

借一叶绿色，
孕育新的生命。
点一朵玫瑰，
化作爱的神箭。

伫临沧海，
俯瞰白浪起伏；
越过高山，

感受层峦低谷。
是花期催出了骚动,
是共鸣赠予了硕果。

两颗心还在伞下行走……

人生（1994年9月28日）

我知道人生怎样成长,
虽然我平凡,
渺小得可以想象;
我不知人生有多悲伤,
虽然我简陋,
贫穷得几乎落荒。

我常想：我是一介村夫,
凡事知足,永远开朗;
我常想：我是一粒沙金,
不惧深埋,自会发光。

我曾经,拜过深邃的蓝天,
是他授我自身的修养;
我曾经,请来古老的大地,
是她教我自由地歌唱;
我还曾,求助奔腾的江河,

是他启迪我随心地游逛。

读着人生的故事，
品味着酸甜苦辣涩，
同星星一起遐想；
奏着理想的胡琴，
欣赏着角徵宫羽商，
携白云一起游荡。

我还想，用我纯洁的心，
携着梦中的伊人，
去邀那——
春的东风，夏的牡丹，
秋的明月，冬的蜡梅，
请那时光永驻，
伴我人生一场。

传书（1994年10月20日）

鸿雁捎来了那颗心，
没开封口，
小屋就溢满了激情。
手捧馨香的笺纸，
面对大海，
一点一画地咏吟。
清晨的太阳冉冉升起，

是我理解了彩霞的欢欣。

一笔笔秀字，
是连绵的春雨，
催出了追求的新芽；
一笔笔秀字，
是碧绿的丛林，
充实着心底的山洼。
一幅幅图画，
是十五的明月，
规划着未来的团圆；
一幅幅图画，
是湛蓝的大海，
沸腾着希望的浪花。

那丝丝切切，
是悠悠的韵律，
引来了潺潺的小溪，
奔入江河湖海。
那字字行行，
是粼粼的秋波，
牵动着绚丽的彩虹，
挂满了秋冬春夏。

鸿雁捎来的那颗心，
冲出封口，
一下将我紧紧拥住，

热烈地说着悄悄话……

散步（1994年11月18日）

又是一次星星的约会，
相吻着发出碰撞的欢欣。
大海碾平了沙滩的足迹，
浪花却摄下了嬉戏的身影。

夕阳映红了小草的心，
听他诉说了过去的痛苦，
是柔和的樟树，
送来了慰抚的温馨。

秋风吹动了菊花的蕊，
听她畅谈着未来的美好，
是金色的稻谷，
献上了衷心的祝福。

漫聊在恬静的阡陌中，
是那绵绵的细雨，
理解了相互的喃呢，
润着殷红的唇。
闲逛在辉煌的大街上，
是那闪闪的星辰，
领会了彼此的眼神，

　　　　激动着高耸的胸。

因了缘分，那种思念日益加深；
因了执着，那份情感日益神圣。

　　　　是浪花携着脚印，
　　　　　是脚印带着笑声，
　　　一阵笑声带出一个脚印，
　　　一个脚印又引来一朵浪花。
　　　那浪花仍将小岛抱紧……

纯真（1994年12月1日）

　　　　山谷有条小溪，
　　　随着光阴不停地流去。
　　　　远方有间小屋，
　　　坐落在心头难以忘记。

　　　那天，是欢快的小鸟，
　　　　舞着翅膀飞东飞西，
　　　　播撒着清纯和甜蜜。
　　　那天，是愉悦的竹林，
　　　　摇着翠枝晃来晃去，
　　　　歌唱着无猜和相聚。

　　　茅屋在月老的催促下，

打开了神秘的门窗；
竹榻在玫瑰的感召下，
坦露出诱人的胸膛。

是月亮拉开了天际的夜幕，
把爱的神箭悄悄地施放；
是星星点亮了床前的油灯，
让爱火燃烧在彼此的心房。

那一刻的激动，
是雪崩震撼了封闭的心灵；
那一刻的相拥，
是芳兰溢满了简陋的小屋；
那一刻的缠绵，
是雨露使山花开得好鲜艳；
那一刻的温柔，
是春风使大地锦绣一片。

晨，是耕耘的牛鸣，
抑扬顿挫，将太阳唤出了地平线。

童话——忆滇南往事（1994年12月10日）

从大道到小路，
从平原到山岗，

从清晨到黄昏，
　　从梦幻到现实。
　　曾列着队，举着旗；
　　也曾弹着琴，唱着歌。
　　自由自在，无牵无挂，
　　迈进那神秘的童话。

　　转弯又转弯，
　　自大却尽情地享受；
　　误点又误点，
　　无知仍一味地追求；
　　悔悟又悔悟，
　　盲目是一再的重复。
　　寻着小溪的可以解渴，
　　遇着好风的可以借力。
　　自私和愚昧，
　　同在一个躯体里膨胀；
　　善良和正直，
　　都被一个论调封闭。

　　绿色的琴，是泥土埋没；
　　蓝色的歌，是乌云阻断；
　　七彩的虹，是风雨驱散；
　　彤红的霞，是黑幕更换。
　　抬起了双脚四处地寻找，
　　扯起了嗓门八方地呼叫。

两腿已经疲乏，

　　喉咙也已嘶哑。

　　在那昏灰的迷途，

　　就是爬，也要冲出沼泽。

　　顶着寒冷，踏着泥泞，

　　挑着恐惧，冒着狂暴。

　　在那亘古的原始森林，

　　摸索着未来的出路。

　　去绘那梦中的图画……

剑（1994年12月30日）

　　雄鸡唱着高昂的赞歌，

　　夜幕中扯起了东海的一角。

　　是旭日点燃了熊熊的彩霞，

　　　熔化了天罡，

　　铸就了青锋入云霄。

　　　阴阳的玄黄，

　　　在太极中开合；

　　　四梢的坚强，

　　　在乾坤中迸发；

　　　五行的生克，

在混沌中循环；
　　八卦的变幻，
　　在浩气中进行。

　　丹田里鼓荡着——
　　　黄山的云海；
　　血管里奔腾着——
　　　长江的波涛；
　　手臂下翻覆着——
　　　珠穆的巅尖；
　　脊背上流淌着——
　　　昆仑的雨珠。

　　　乌龙绞柱，
　　伸展的是女娲造就的身躯；
　　　猛虎下山，
　　运动的是盘古锻炼的力量；
　　　入海斩蛟，
　　翻腾的是黄帝留下的威风；
　　　犁步剌蛇，
　　起浮的是达摩授予的奇功。

　　　聚皓月的寒光，
　　在黑夜中驱散鬼神；
　　　撒苍穹的大网，
　　在广袤中捕捉豺狼；

凭雷电的霹雳，

在隐蔽中消灭魔怪；

借太阳的能量，

在阴霾中打败熊罴。

金穗旋转着矫健的武步，

晨曦中闪烁着灿灿的光芒。

是蓝天播下了希望的甘露，

滋润着群山，

磨砺出利刃仰天啸。

小屋（1995年2月14日）

我有一间梦的小屋，

是用青春的年轮搭建的小屋。

芬芳的茅草做它的顶篷，

挺翠的龙竹做它的门窗；

金色的桑木制成了桌椅，

高雅的樟树做它的柱梁。

小屋建在了高高的青山上，

那绚丽的彩霞，

描绘着人生的理想；

小屋建在了潺潺的小溪旁，

那清澈的流水，

书写着美好的时光；
小屋建在了茂密的松林里，
那吟吟的松涛，
弹奏着生活的希望；
小屋建在了辽阔的大海边，
那阵阵的波浪，
鼓动着心中的向往。
春绿大地的时候，
是绵绵的柳丝把小屋梳妆；
夏雨茫茫的时候，
是簇簇的绿叶把小屋装潢；
金秋收获的季节，
是累累的硕果使小屋充实；
冬雪裹银的季节，
是幽幽的蜡梅使小屋馨香。

难以忘怀的那一天早上，
是白云把那朵玫瑰带到了屋旁。
我打开了久久封闭的门窗，
迎她进屋尽情地欣赏。
她望着小屋笑得好甜好甜，
从此我便拥有了温柔和欢畅。

我有一间现实的小屋，
是用满腔热情搭建的小屋。
坚定的信念做它的顶篷，

爽朗的笑容做它的门窗；
　　所学的本领制成了桌椅，
　　永久的真诚做它的柱梁。

　　　　那一屋子的爱哟，
　　　　　　难分难舍；
　　　　那一屋子的情哟，
　　　　　　如磐如石；
　　　　那一屋子的亲热哟，
　　　　　　如胶似漆；
　　　　那一屋子的温柔哟，
　　　　　　铭心刻骨，
　　　　　　刻骨铭心。

举杯（1995年3月8日）

　　　　燕子剪断了冬天的寂寞，
　　　带着呢喃勤奋地筑起了小窝。
　　　　杜鹃衔来了春天的温馨，
　　　唱着布谷繁忙地催促着耕作。

　　　　　在一个神奇的傍晚，
　　　　她从彩霞中悠悠走来。
　　　　那一簇簇蜡梅欣欣吐芳，
　　　　是她采撷了清香的花粉，

做成了上好的曲子，
　　以备我配制。

在一个朦胧的早晨，
她从云雾中袅袅走来。
那一滴滴露珠晶晶明亮，
是她收集了纯净的水源，
做成了绝佳的琼液，
　　以供我造酿。

我曾邀初夏的牡丹，
　　举杯共祝——
从中感知世界的富华；
我曾邀十五的明月，
　　举杯同贺——
从中感知人间的团圆；
我还曾邀梦中的伊人，
　　举杯笑谈——
从中感知爱情的幸福；
　　我还将，
还将邀仲春的东风，
　　举杯畅饮——
从中感知生命的美好。

　　举杯啊举杯，
　　　举杯相邀，

举杯畅饮，
酒不醉人春醉人，
春不醉人景醉人，
景不醉人情醉人，
情不醉人噢，
人醉人……

呼唤（1995年4月7日）

小楼又回到了夜半的平静，
时钟却敲打着无眠的清音。
窗外淅淅沥沥轻吟着春的新曲，
海浪豪爽地弹奏着拍岸的古琴。

长空积蓄着满天的乌云，
孕育着心中无限的感情；
大地畅露着嫩绿的躯体，
迎接着肌肤春抚的欢欣。

一声轰隆：我爱你——
那是思念的呼唤。
一阵雷霆，
是激动冲破了古老的丛林，
震撼着人性的迷津。
一声霹雳：我爱你——
那是拥抱的呐喊。

一道闪电，
　是欲望劈开了压抑的长夜，
　　照亮了封闭的心灵。

　　　我爱你——
　为寻找曾爬上山岗，
　　俯瞰群山，
　　忍耐着思念的折磨；
　　　我爱你——
　为追求曾徒步临海，
　　举目碧波，
　　备受着企盼的煎熬。

我爱你——是千古的诗篇；
我爱你——是万年的绝唱；
我爱你——是人性的欢呼；
我爱你——是天地的力量。
滩头的芦苇摇曳着旧岁的枯蕙，
　诉说着冬日冰封的艰辛；
篱前的桃花飘曳着新绽的花蕾，
　歌唱着东风春潮的来临。

　　小楼回顾着床头的温馨，
　航标灯替代了往日的繁星。
　　　遥想着久别的伊人，
　细听着长天发出的轰鸣……

相思（1995年5月20日）

去南国采一颗红豆，
把她挂在火热的心口；
去东园摘一枝勿忘我，
把她插在真诚的胸前。

一颗红豆就是一段遐想，
在那密密的星云中潇洒地飞翔；
一枝勿忘我就是一个梦幻，
在那圆圆的月儿旁自由地飘荡。

那是一个初夏的晚上，
她跟着彩霞去向远方，
是我送她踏上漫漫的旅途，
从此我就穿上了相思的衣裳。

我躺在嫩绿的大地上，
把心中的伊人来思想，
我看着小草欣欣向荣，
知道了它对大地的向往。

我蹲在交错的田垄间，
把心中的伊人来思想，
我看着葵花朵朵朝阳，
理解了它对太阳的信仰。

我坐在清澈的小河边，
　　把心中的伊人来思想，
　　我看着鱼儿条条欢畅，
　　明白了它对流水的渴望。

　　我站在辽阔的旷野中，
　　把心中的伊人来思想，
　　我看着雄鹰个个抖擞，
　　读懂了它对蓝天的理想。

　　谁说男儿立地七尺汉，
　　实在遇到知音体己也企盼；
　　都道男儿有泪不轻弹，
　　岂知待到相思苦恋也枉然。

　　一日相逢是一日的缘，
　　日日相逢是一世的缘。
　　一日相思是一日的情，
　　　日日的相思哟，
　　那才是一世的情！

等待（1995年6月18日）

　　时钟敲响了午夜的清音，
　　生命度过了一天的时光；

日历撕下了最后的一页，
生命逝去了一年的期望。

没能忘——
是小站让我承受了雨雪的洗礼，
在忍耐中细数着过往的车辆。
在那雨雪纷飞的时刻，
期望着理想的伊人，
出现在空旷的小站上。

没能忘——
是海湾让我经过了风浪的考验，
在理解中眺望着远方的船只。
在那风浪迷漫的时刻，
企盼着理想的伊人，
出现在繁忙的码头上。

一个雨后的黎明，
漫步在清澈的小溪旁，
踏着晶莹的晨露，
看着溪水汩汩地流淌。
等待着小溪的汇集，
小河，大江——
日复一日，
奔流着涌进了无边的海洋。

一个晴朗的黄昏，
安坐在翠绿的山岗，
披着绚丽的晚霞，
看着群星闪闪地发亮。
遥想着星辰的聚会，
星座，星团——
一颗复一颗，
旋转着拥成了浩瀚的天堂。

柳枝挨过了严冬的寒冷，
伸展着绿芽在春风中舞荡；
稻谷熬过了仲夏的炎热，
垂挂着金穗在秋霞下欢唱。
等待——是爱的无奈，
也是爱的力量；
等待——是爱的温度，
也是爱的希望。

眺望（1995年9月22日）

玉盘似的月儿，
在云朵的衬托下轻挂夜空；
钻石似的星星，
在银河的流泻中遍撒苍穹。

我执笔书写在桌前,
诉说着久埋的激动。
十五的月亮十六才圆,
耐心地等待着午夜的鸣钟。

是葡萄在架上说明了她的理想,
在金风的吹拂下变得色正味浓;
是石榴在枝头告知了她的愿望,
在露水的滋润下长得果圆心红。

因了缘分,
翘首临窗,
虽有千楼万厦的屏障,
也能凭着直觉,
知道她的相望。

因了思念,
静心描绘,
虽有层层云雾的迷蒙,
也能凭着想象,
知道她的容光。

因了无猜,
屏息倾听,
虽有崇山峻岭的阻挡,
也能凭着灵感,

知道她的呼唤。

因了执着,
登高祝福,
虽有五湖四海的隔断,
也能凭着体会,
知道她的形象。

午夜的钟声在寂静中敲响,
明月圆满地挂在天上。
是彩霞献出了她的爱心,
使蓝天披上了新秋的霓裳。
是菊花捧出了她的光彩,
将大地装点得更加辉煌。
是我插上了彩凤的双翼,
与心中的伊人在梦中翱翔。

母亲（1995年9月27日）

燃一支生日的蜡烛,
精诚地为母亲祈祷;
切一块生日的蛋糕,
衷心地为母亲祝福;
弹一首生日的曲子,
歌舞地为母亲欢庆;

写一阕生日的诗词，
激昂地为母亲赞颂。

漫步在高高的大山，
低头倾听，
那缭绕在山谷的回声，
母亲——是亘古绝唱的第一音；
翱翔在蓝蓝的天空，
俯首细看，
那撒遍大地的温馨，
母亲——是人类世界的第一情。

人之初，性本善，
是母亲教会了清清白白地做人；
性相近，习相远，
是母亲教会了堂堂正正地处事；
玉不琢，不成器，
是母亲教会了孜孜不倦地学习；
人不学，不知义，
是母亲教会了宽容地善待他人。

坐在纯朴的草地上，
思想着抚平母亲脸上的皱纹，
那粒粒晶莹的露珠，
闪烁着母亲慈祥的面庞；
站在开朗的山岗上，

思想着挽回母亲满头的白发，
那片片洁白的云朵，
映现出母亲和蔼的形象。

宇宙天体无边无际，
母亲——那广阔的心胸，
是一样包罗万象；
珠穆朗玛至顶至巅，
母亲——那高大的形象，
是一样崇高无上；
汪洋大海深不见底，
母亲——那吐哺的恩德，
是一样深邃无量；
东风春雨和煦滋润，
母亲——那舐犊的情怀，
是一样温柔慈祥。
母亲——心中的彩霞，
是您把美好披在了身上，
是您使生活充满着希望；
母亲——心中的太阳，
您是前进路上的动力，
您是努力奋斗的能量。

燃一支生日的蜡烛，
我祈祷：母亲——
您平安无忧；

　　　　切一块生日的蛋糕，
　　　我祝福：母亲——
　　　　　您健康长寿；
　　　　弹一首生日的曲子，
　　　我欢庆：母亲——
　　　　　您快乐无愁；
　　　　写一阕生日的诗词，
　　　我赞颂：母亲——
　　　　　您的恩德贯长虹！

回首（1995 年 10 月 10 日）

　　　　　秋风携着惬意，
　　　　欢快地摇着镶金的树；
　　　　夕阳披着彩霞，
　　　　精心地裁制着绚丽的霓裳。
　　　　迎着那修长的石阶，
　　　　思绪翩翩拾级而上。
　　　　看那远山的层峦起伏，
　　　　竟是我的心潮——
　　　　　沸沸扬扬。

　　　　我走在漫漫的小路上，
　　　　眺望时把心中的伊人思想。
　　　　高山流水叮咚地吟唱，

恍惚间俞伯牙坐在那边的山岗。
享受着绵绵细雨的抚慰，
在那温柔的春潮里徜徉。

山道是那样弯弯曲曲，
鲜花簇拥却是扑鼻的馨香。
是小路给了理想的启迪，
企盼着到达那边的山梁。

我走在茫茫的小路上，
低头时把心中的伊人思想。
风拂松涛萧瑟地弹奏，
觉悟间钟子期站在那头的云端。
经受了炎炎暑日的考验，
在那热烈的夏雨中向往。

山道是那样坎坎坷坷，
白云纯洁却是诱人的希望。
是小路给了未来的指点，
坚定着继续前行的志向。
秋风携着凉意，
飒飒地清扫着满地的落叶。
夕阳泛着红光，
渐渐地脱下灿烂的盛装。
踏着那清凉的石阶，
一步一回首地缓缓而上，

　　　　望着深潭的碧波透底，
　　　　恰是我的心境——
　　　　　　坦坦荡荡。

早茶（1995年12月4日）

　　　　点一客甘糯的汤圆，
　　　　献上一颗火热的心；
　　　　泡一杯馨香的花茶，
　　　　送上一片真诚的情。

也许，冬不是恋爱的季节，
　可我，仍对着皑皑白雪，
　　诉说着往日的无奈。
也许，冬是当沉默的时刻，
　可我，仍对着殷殷红梅，
　　坦露出赤诚的胸怀。

　　　　曾经爬上山岗，
　　　为寻找所爱四处奔忙。
　　　　满山地狂呼大喊，
　　　那群山就是我心潮如浪。

　　　　也曾跋涉山涧，
　　　为追求所爱沿溪逆上。
　　　　遍地地来回觅索，

那曲水就是我内腹衷肠。

点一碟上佳的蒸饺,
带上高贵的郁金香,
与那张笑脸相望——
同享愉悦的梦乡。

唤一盘清新的青团,
捧上美好的红玫瑰,
与那个倩影相伴——
共度幸福的晨光。

春风（1996年3月14日）

东风习习,
将春雨纺成了万缕千丝;
燕子啾啾,
向海棠喜报着它的梦忆。
煦阳融融,
将大地染成了五颜六色;
小鸭嘎嘎,
向柳枝示意着它的先知。

在那冷气袭人的冬天,
一枝红梅若火地灿烂。
白雪皑皑银裹着万物,

她站在那红梅的旁边。
　　我欣喜地走近前去，
　　狂吻着彤红的苞蕾，
　　听到了春潮的来临，
　　沉浸在扑鼻的馨香里。

　　在那乍暖还寒的春天，
　　嫩绿片片点缀着河山，
　　一棵迎春如光地辉煌，
　　她站在那迎春的旁边。
　　我兴奋地走近前去，
　　抚摸着鲜艳的花瓣，
　　看着那含泪的微笑，
　　深陷在爱恋的甜蜜中。

　　水仙飘逸着未来的潇洒，
　　与小溪同唱欢快的和曲。
　　小草悟出了生活的真谛，
　　与大地谱写七彩的梦境。

愿望[*]（1996年5月30日）

　　　　衷心地祈祷，

---

* 已谱曲。

你我彼此拥有；
　衷心地祝福，
你我天长地久。

曾经过泪水的痛苦，
风风雨雨依然手牵着手；
　曾经过是非的磨难，
来来往往依然肩并着肩。
　曾经过梦臆的思念，
清清楚楚依然面对着面；
　曾经过孤独的烦恼，
聚聚散散依然心连着心。

纯洁、真诚、执着，
理解、信任、关怀，
　一样的目的，
　　相互的痴心，
　　　共同的愿望。

医院守夜有感（1997年2月8日）

一

举杯沽酒论英雄？
去冬来春自然风。
生老病死寻常事，

积德扬善情义浓。

二

人生何必诉炎凉，
自行自路自胜强。
世事修得梅一剪，
妆成小屋雅与香。

读梦（1997年5月8日）

亲朋好友聚会，
我捧着一枝玫瑰，
介绍说：她是我的……

乘着小舟，
希望在茫茫的海洋。
狂暴是真诚顶住，
暗礁是纯洁绕过。
那座玫瑰的小岛，
那份情爱，
是我曾经的渴望。

穿着草鞋，
期待在苍苍的丛林。
风雪是理解融化，

雷电是执着解脱。
那个玫瑰的小屋，
那缕芬芳，
是我唯一的向往。

我终于站在了云端。
远眺：万紫千红一片，
春天已经来到。
可我心中——
仍然只有那朵玫瑰。

高朋满座举杯，
我拥着那朵玫瑰，
宣布说：她是我的……

心歌（1997年5月20日）

爬上入云的山岗，
去听那松涛的歌唱，
那歌声萧萧瑟瑟。
是我听懂了崇山的高尚，
听懂了大风的雄壮。

散步在清澈的小溪旁，
去听那流水的吟咏，

那咏声叮叮咚咚。
　　是我明白了山花的美丽，
　　　明白了小草的馨香。

　　晨，走出夜的梦境，
　　　打开苍穹的门窗，
　　拥抱起辉煌的旭日，
　　　去听那朝霞欢唱。

　　她不断变幻着舞姿，
　　用光彩赞颂着未来，
　　是我领会了她的向往，
　　　理解了她的愿望。

　　手抚动人的玫瑰，
　　凝视着蓝天的彩云，
　　　我的心在歌唱。
　　那歌声携着纯洁，
　　　携着诚朴，
　　　携着宁静，
　　　飞向希望。

梦归（1997年6月28日）

　　　蒙蒙的细雨，

流连在翠绿的叶上。
雾里，万珠滴莹，
跳跃拍打，
一帘兴奋。
是她，欢快地走在归来的雨中。
似曾是，青梅竹马的纯净；
却原来，小桥流水的互映。
似曾是，两情童真的无猜；
却原来，红花绿叶的衬托。

高山流水——
是朝露依恋着桃，
滋润着春的清新；
渔舟唱晚——
是彩霞难舍着荷，
酿造着夏的火热；
平沙落雁——
是竹篱相伴着菊，
维护着秋的成熟；
禅院钟声——
是白雪衬托着梅，
保持着冬的幽静。

弯弯的小路，
蜿蜒在清香的丛林。
远方，一曲小调，

随风吟唱，

满山欣喜。

是她，轻盈地走在回家的路上。

中秋（1997年9月18日）

月，

难得翩翩，

一年一度的团圆。

夜幕下，

举起杯，

追逐着往日的欢颜。

喝着香醇的美酒，

仰望长天，

遥想着难舍难弃的倩影，

燃烧着思念的火焰。

克制不住的泪水，

滴滴流淌，

汇入生命的小河，

谱写爱的豪言。

酒浓才有醉意，

情深方知刻骨铭心。

只有相互拥有，

才是人生真正的缘。

竹枝词·绘竹题扇（1981年6月23日）

春花秋月人几何？
举笔丹青四季和。
无心挺翠迎风舞，
我自节高向天歌。

杨柳罢舞垂青纱，
闲来小歇捧壶茶。
闷热忽得馨风至？
扇里绽开芙蓉花。

畅想（1999年8月15日）

我用心去畅想，
那是高山的流水——
汇入了小溪，
集成了大江。
从原始的丛林，
到古老的平川。
追逐的浪花，
一路嬉笑；
追逐的浪花，
一路歌唱。

伴着理想的伊人，
欢度着幸福的时光——
涌入那无猜的海洋。

我用心去畅想，
那是阳春的白雪——
瓣瓣朵朵，
缀满了山峦，
覆盖了大地。
从生活的点滴，
到心灵的深处。
思念的霓裳，
一片舞韵；
思念的霓裳，
一片诗情。

携着理想的伊人，
憧憬着美丽的未来——
迈进那圣洁的殿堂。

祝福（2000年3月10日）

我不是太阳，
没有普照万物的光芒。
但我有太阳一样的温情，

用它去激动伊人的心房。

我不是大地，
没有广袤无垠的海洋。
但我有大地一样的胸怀，
用它去拥抱伊人的臂膀。

我不是高山，
没有挺拔苍翠的松柏。
但我有高山一样的稳重，
用它去坚定伊人的向往。

我不是江河，
没有层层叠叠的浪花。
但我有江河一样的快乐，
用它去充满伊人的欢畅。

我虽然什么都不是，
但我还是要用——
太阳的温情，
大地的胸怀，
高山的稳重，
江河的快乐，
祝福你——
祝福你啊我的所爱，
青春永芳。

拥抱（2000年9月28日）

我用真情去拥抱，

拥抱着深邃的蓝天，

从而——蓝天给了我希望。

我用真情去拥抱，

拥抱着无垠的大地，

从而——大地给了我活力。

我用真情去拥抱，

拥抱着广阔的海洋，

从而——海洋给了我宽容。

我用真情去拥抱，

拥抱着巍峨的高山，

从而——高山给了我坚定。

我用真情去拥抱，

拥抱着千姿的鲜花，

从而——鲜花给了我美好。

我真情地去拥抱，

那是因为我有了心中的挚爱；

我真情地去拥抱，

那是因为我有了新生的感觉。

白云缭绕着逶迤的山峦，

缠缠绵绵……

使山峦激动得热泪盈眶；

香兰依傍着蜿蜒的小溪，

卿卿我我……

使小溪欢快地歌唱不停。

我还是用真情去拥抱，

拥抱着我那可爱的伊人，

从而——把幸福永远地拥在了身旁。

知己（2001年1月31日）

我把小草当作知己，

小草用纯朴与我交往，

是我——读懂了小草的知足自乐。

我把大山当作知己，

大山用崇高与我交往，

是我——读懂了大山的坚定不移。

我把小河当作知己，

小河用毅力与我交往，

是我——读懂了小河的百折不挠。

我把大海当作知己，

大海用广博与我交往，

是我——读懂了大海的豁达宽容。

手抚火红的玫瑰，

徜徉在缠绵的杨柳树下。

我把心中的红颜当作知己，

红颜用她的温馨与我交往。

我们用相互的真情，

倾吐着生活的苦涩酸甜辣。

是她——让我读懂了人生的希望。

挑担（2001年11月18日）

挑着情感的重担，

爬上了思念的群山。

为寻找所爱，

在那痴情的密林中呼唤。

我的所爱啊，

为寻找你的到来，

迎接着虎狼的杀戮，

搏斗着自然界的凶残。

向往着的那一天，
是金秋挂满了枝头。
我终于卸下了久负的重担，
疲惫地来到了所爱的身边。

打开了几度磨难的重担，
看那情感仍旧炽热，
让太阳感到了汗颜，
红着脸盘躲在了云层的后面。

我用心捧出了炽热的情感，
激动地送到了所爱的身边，
献上那份久久的思念，
携手重登那高高的群山。
那山峦又开出了七彩的鲜花，
得到了美好的果实……

挑着情感的重担，
走进了牵挂的荒原。
为追求所爱，
在饥渴的大漠上呐喊。

我的所爱啊，
为追求你的到来，

面对着蛇蝎的狠毒，
　　　忍受着人世间的暑寒。

　　　向往着的那一天，
　　　是硕果堆成了小山。
　　我终于卸下了久负的重担，
　　倦怠地来到了所爱的面前。

　　打开了历尽艰辛的重担，
　　　看那情感依然温馨，
　　　让月亮知道了惭愧，
　　遮着身体退到了黑色的夜里。

　　我用心捧出了温馨的情感，
　　欣喜地送到了所爱的面前，
　　　献上那份久久的牵挂，
　　并肩再涉那茫茫的荒原。
　　那荒原又鼓起了绿色的波涛，
　　　得到了欢快的拍岸……

足迹（2002年1月8日）

　　　趟着洁白的云朵，
　　在那高高的山岗上惆怅；
　　　挥舞着手中的锄头，

用足迹种下了未来的理想。

　　踩着彤红的阳光，
在那崎岖的小路上徜徉；
　　带着激昂的歌喉，
用足迹唱出了明天的向往。

　　涉着湍流的小溪，
在那悠悠的山涧里嬉戏；
　　敞开着激动的心扉，
用足迹摄下了共同的愿望。

　　踏着清澈的海浪，
在那平坦的沙滩上疯狂；
　　拥抱着心中的伊人，
用足迹体验了爱情的欢畅。

　　山岗上趟出的足迹，
　　　被云朵遮盖；
小路上踩出的足迹，
　　　被阳光抚平；
小溪里涉出的足迹，
　　　被清流带走；
沙滩上踏出的足迹，
　　　被海浪冲刷。
只有那爱情的足迹，
　　从那一刻开始，

就相叠着——
　　印在了心坎上。

团圆（2002年9月21日）

　　远方寄来了一轮明月，
　　　挂在窗前，
　　　辉辉煌煌，
　　　团团圆圆。

　　遥看深邃的夜帘，
　　　星座连连，
　　　闪闪烁烁，
　　簇簇片片——
　　明月就在他们中间。

　　举头璀璨的明月，
　是梦寐以求的这一天？
　　回首古人的感叹，
　是游目骋怀的哪一年？

　曾经挥动着激情的锄头，
　　开垦过愚昧的荒原。
　　播下了衷心的祈祷，
　　撒下了美好的祝愿。

曾经浇灌着真诚的汗水，
　　滋润过封闭的田园。
　　企盼着人间的花好，
　　期待着天上的月圆。

　　雪白的游云在蓝天翱翔，
　　是夕阳撒下了欢快的彩练；
　　金色的稻穗在大地歌唱，
　　是秋风谱写着收获的诗篇。

　　远方寄来的那轮明月，
　　　冲过迷雾阴霾，
　　挂在了我的面前——
　　呵！不只是为了今天。

　　仰望着空中的明月，
　　遐想着人生的期盼。
　　那是伊人捎来的祝福啊！
　　让我常相思念——
　　　天天团圆。

期盼（2003年1月8日）

　　黑暗，
　　不是夜的唯一，
　　那长空——

还有群星的光辉。

站在高高的楼顶，
仰望着最亮的金星。
纵然是乌云密布，
也难挡思念的电闪雷鸣。

挥动电闪和雷鸣，
用激情把黑暗驱赶。
冲破密布的乌云，
迎接着最亮的金星。

你——我心中的爱，
在黑暗中为我歌唱，
使我在期盼中收获光明。

风浪，
不是海的唯一。
那港湾——
还有旭日的温馨。

坐在茫茫的海边，
眺望着胭红的旭日，
哪怕是波涛汹涌，
也无阻向往的彩霞昌明。

泼洒彩霞和昌明，

用坚韧把风浪抚平。
撕开汹涌的波涛，
拥抱着胭红的旭日。

你——我心中的爱，
在风浪里为我起舞，
使我在期盼中奋勇前行。

种子（2004年4月12日）

我有一颗梦的种子，
一颗美妙的种子。
是理想做成了外壳，
是愿望做成了内核。
把它播在伊人的心田，
用理想把它灌溉，
用期望将它培养。

我有一颗诗的种子，
一颗美好的种子。
是灵感做成了外壳，
是真情做成了内核。
把它播在伊人的心田，
用悟性把它灌溉，
用自信将它培养。

我有一颗爱的种子，
　　一颗美丽的种子。
　是思念做成了外壳，
　　是牵挂做成了内核。
　把它播在伊人的心田，
　　用纯洁把它灌溉，
　　用激情将它培养。

　我有一颗玫瑰的种子，
　　一颗旺盛的种子。
　是坚强做成了外壳，
　　是温馨做成了内核。
　　不怕风吹雨打，
　　不惧酷暑严寒。
　把它播在伊人的心田，
　　在梦中发芽，
　　在诗中成长，
　　在爱中开花。

听雨（2004年4月12日）

　　轻音伴舞，
　　漫无边际地飘洒。
　霓裳，绢纱，蝉翼，
　　在夜幕下——

旋转，飞扬。

楼影，灯光，伊人，
　隐隐约约，
　　朦朦胧胧，
　　忽闪忽现。

　翘首窗前，
馨风，温柔，缠绵；
　　轻轻的，
　　　细细的，
　　吻在了脸上，
　　润进了心田。

　　蒙蒙的，
　　　绵绵的，
　　　是珍珠，
　　聚在了芭蕉。
　　千滴万滴，
　　落入在玉盘；

　　　闲闲的，
　　　　悠悠的，
　　　　是音乐，
　　　聚在了窗檐。
　　　长弦短弦，

弹奏着古琴；

甜甜的，
柔柔的，
是爱恋，
聚在了耳边。
亲语昵语，
激发了情感。

轻音伴舞，
那是心中的伊人，
欣欣然然，
来到了身边——
把温馨洒在了脸上，
把缠绵绕在了心田。
轻音伴舞，
歌唱，祝愿，
把美好带入了梦间。

读巴拉格宗（2009年4月16日）

眼前是一片缤纷的画廊，
心中却荡起了遥远的畅想……

那山噢，

是神的儿子,
峻拔高昂;
那水噢,
是仙的女儿,
柔美开朗。

看那,
高高的山挺立在白云中,
尽享着爱的缠绵……
听那,
淙淙的水缭绕在绿色间,
低吟着情的流连……

峡谷张开了小伙诚朴的臂膀,
等待着心上的姑娘;
冰川飞扬着姑娘纯洁的霓裳,
向往着梦中的儿郎。

雪山迎送着远方的来客,
衷心地高举着洁白的哈达;
杜鹃呼唤着四方的朋友,
尽情地挥舞着彤红的硕花。

是谁把高山精心描画?
让祥云依偎在他的身旁;
是谁把碧水细致梳妆?

　　　　让五彩映照在她的脸上。

　　呵！巴拉格宗噢，
　　湛蓝的长空飘过一阵呐喊：
　　　我爱你——
　　才有了你美丽的天堂。

中秋（2009 年 10 月 4 日）

　　　　　一
　　　夜幕窗前同举茶，
　　　笑语欢声如秋花。
　　　天际人间共团圆，
　　　不论江湖只叙家。

　　　　　二
　　　舞剑吟诗逸乡间，
　　　操琴泼墨亦神仙。
　　　风雨豪气存逝月，
　　　春秋清闲留田园。

　　　　　三
　　　风雨起兮天地唱，
　　　凭栏远眺心飞扬。
　　　剑器一举当空舞，
　　　英雄豪杰今何方？

崇明水仙（2010年2月8日）

一

天下水仙当崇明，
蕊丰瓣重倍馥馨。
今隐乡间人不知，
偶遇恨晚喜且惊。
雪压翡翠未憔悴，
玲珑巧雅自含情。
吾欲退休广栽种，
他年供尔满案新。

二

孤芳虽自赏，
婷婷惹寒霜。
洁白迎风雨，
春来归故乡。

赞美巴拉格宗——和战友梅（2010年3月9日）

世上有一条美丽的画廊：
那洁白的雪顶岚雾缭绕，
馨香的牧场牛羊欢畅。
那闪烁的星星点点洒落，

　　　　缤纷的花朵竞相绽放。
哦，那是神秘的巴拉格宗大峡谷——
　　　　姑娘卓玛手捧五彩的哈达，
　　　　在那情歌高唱。

　　　　世上有一条古老的画廊：
　　　　那湛蓝的天空游云翱翔，
　　　　奔腾的岗曲尽情流淌。
　　　　那绿色的山峦叠翠坐落，
　　　　神圣的湖泊碧波荡漾。
哦，那是传奇的巴拉格宗大峡谷——
　　　　小伙洛桑身着斑斓的藏服，
　　　　在那劲舞飞扬。

人生——为摄乡村小像作（2010年5月16日）

　　　　　一
　　　　采豆北畦上，
　　　　拾禾南沟旁。
　　　　谈笑乡间路，
　　　　淡泊泥瓦堂。

　　　　　二
　　　　操琴东屋檐，
　　　　吹笛西堤边。

散步田园乐，
吟咏彩霞天。

退休（2011年12月16日）

日落彩霞天边，
操琴放歌庭前。
遥忆昔日当年——
读书不觉寒窗苦，
习武未惧筋骨酸，
只为忠孝一念。

月升白霜屋檐，
举杯谈笑田园。
展望未来明天——
挥笔思绪仍灵巧，
舞剑身手还轻便，
以寄康健长远。

知青情（2012年11月24日）

缤纷的菊花，
送来了聚会的信息；

绚丽的夕阳，

唤醒了往日的记忆。

是欢声，

带来了相互的问候；

是笑语，

传递着彼此的祝福。

没能忘，

挥锄荒山上的向往，

共享着一盆"黄金饭"；

没能忘，

围坐篝火旁的理想，

同饮着一锅"玻璃汤"。

曾经有过误会，

那都是年少无知的过；

也曾经有过争斗，

那都是荒诞愚昧的错。

光阴逝去，

带走的都是错误；

江山依旧，

保存的尽是友情。

今天，

我们举杯——庆贺重相聚。

没有误会，

我们倍感自信；

没有争斗，

我们和睦生活。

今天，

我们欢唱——高歌颂情谊。

观兰（2013年3月6日）

一花一世界，

一草一生灵。

花红满园艳，

草绿大地馨。

花落又归根，

草枯还复新。

本是过境客，

老来当隐形。

白玉兰（2013年3月8日）

九片雪白韵，

一朵清香诗。

吟来当空屹，

舞就高雅持。

不惊夏炎宠，

无意冬寒辞。

点缀秋色锦，
修得春风姿。

春梦（2013 年 3 月 14 日）

东风欢，
春意浓，
圆月缀星空。
梦里与她又相逢，
恰都在——
绵绵巫山云雨中。

舒醒，
倩影玲珑，
帘外夜蒙蒙。
枕边拥，
却见伊，
回眸兰花丛——
隐形踪，
来去匆匆。

卜算子·咏梅（2013 年 4 月 28 日）

白雪催花开，

朔风伴枝舞。
虽为夕阳云雾中,
阴霾也跋扈。
无意迎霜寒,
造化我独秀。
翘首高歌唱冬去,
清香幽雅驻。

归乡歌（2013年5月18日）

混沌到花甲,
无为始还家。
乡天遍馨风,
农地尽庄稼。
与叟聊耘耕,
听妇叨媳娃。
江边垂钩钓,
畦里栽菜瓜。
吟诵捧书册,
品茗抚紫砂。
笔剑舞豪情,
管弦唱暮霞。
茅舍醉橱香,
散步赏芦花。
我生桑榆日,

田园觅芳华。

退休乐（2014年1月28日）

一

人生花甲自还家，
风和日丽徙乡下。
你来我往任由去，
读书劳作亦闲暇。

二

早睡早起农家夫，
晨耕暮耘种田人。
从此不问星期几，
只把节气记心上。

三

晨起树下练太极，
饭后捧书晒太阳。
下午涂鸦事杂务，
黄昏散步清气肠。

四

南院无聊戏猫狗，
北畦举锄耘菜蔬。

东街伴妻逛集市，
西堤放眼观长江。

五
一事无成人渐老，
花甲始至赶网潮。
每日三朝逛微信，
说学逗唱亦逍遥。

阴雨天闻父病（2014年2月25日）

二老年耄耋，
无子贴身居。
我今宅小岛，
鞭长有不及。
忽闻父缠恙，
如坐针毡急。
回忆慈爱时，
尽孝当赴趋。

乡下初居（2014年2月26日）

躬身叩黄土，
田垄采菜蔬。

闲坐蓝空广,
推窗绿野出。
艳阳事劳作,
阴霾读报书。
闻鸡起舞剑,
观鸟晚归舒。

慈父颂（2014年3月14日）

夕阳西落去,
彩霞映我心。
慈父不愧为,
清正一生勤。
忍让处世事,
温厚作庇荫。
辛劳养育情,
天恩必永铭。

享春二首（2014年3月16日）

一

惠风携着新绿来,
乡间野花次第开。
踏青才上小桥头,

大江豁然揽胸怀。

二

煦雨润出柳芽来，
玉兰亭亭苞欲开。
喜鹊晨上树梢头，
情歌唱和乐开怀。

虞美人（2014年3月26日）

幸福美好时光少，
转瞬身已老。
夜静尘寂忆青春，
往事风雨无奈保自尊。
笔墨如今写晚霞，
聊以守光华。
我自乡间勤种竹，
俯仰地绿天蓝好知足。

清明野外行（2014年4月5日）

一路惠风爽，
两边菜花黄。
贤妻带笑坐，

宠狗偎身旁。
树下野色艳，
枝上翠绿扬。
三轮画中行，
欢歌伴长江。

念奴娇·夕阳（2014年5月20日）

晚霞绚丽，
映黄昏，
洒遍苍穹七色。
东临大江，
望苍莽，
仰首放声歌唱。
练武习文，
走南闯北，
亦情豪志壮。
青春时光，
尽作无为流淌。

试想中国千年，
举旗挥兵战，
你争我抢。
成王败寇，
读史册，

几为民众着想？
红尘滚滚，
拂晓又清晨，
白驹一瞬。
人身易老，
桑榆当守欢畅。

暮年的细砂（2014年7月4日）

我知道人世没有来生，
所以我不想来生做个什么；
我也明白人生没有来世，
所以我不想来世会是什么。

在今世的人生，
我曾经饥饿贫穷，
迷茫失落；
也曾勤苦作舟，
无奈无为。
在今生的人世，
我曾经潇洒交友，
放歌遨游；
也曾得到爱情，
享受天伦。

如果人世真有三生，
但我只相信今生；
如果今生确留遗憾，
但我主张大道无争。
如果人生真有三世，
但我也只看现世；
如果现世有所收获，
但我立意真谛为空。

如果，如果真有来生，
如果，如果真有来世，
我想：如果真的可以——
我愿生成一粒细砂，
在广袤的宇宙徜徉；
去体会宇宙的胸怀，
去尽享宇宙的自在……

小重山·花甲（2014年9月27日）

八月夜蝉争相鸣。
惊醒青春梦，
已天明。
窗前举目心脾沁。

秋风送，
飘洒桂花馨。

如今世事新。
吾却白发重，
少光阴。
欲放高歌唱东君。
力不从，
枉了阳雪情。

那一天（2014年10月6日）

那一天清晨，
我离开了喧嚣，
离开了繁杂，
来到了田垄上。
化作一棵青草，
扎根在广袤的乡土，
去看那庄稼静静地生长，
尽享着清新空气的滋养。

那一天中午，
我离开了仇恨，
离开了嫉妒，

走到了小河边。
化作一块卵石，
沉浸在平坦的沙滩，
去看那鱼儿轻轻地游动，
尽享着碧水涟漪的欢畅。

那一天晚上，
我离开了争斗，
离开了虞诈，
停在了大树旁。
化作一株树苗，
静立在高大的树林，
去看那大树窃窃的交谈，
尽享着平和温馨的气场。
那一天，那一天，
我离开了，离开了……

追梦（2014年10月8日）

一

一生追梦梦朦胧，
每有美梦醒无踪。
追梦追到花甲日，
奈何仍在梦臆中。

二

少年梦游无愁春，
花甲醒来满目秋。
愚昧任性东隅事，
觉悟静心桑榆修。

乡间遛狗（2015年2月22日）

春风田野过，
新草泛青波。
小狗狂奔乐，
橘园响铃播。
众鸟枝头唱，
轻舟涟漪泊。
红日柳间照，
笛声水上歌。

植桂（2015年3月5日）

春植庭前一株桂，
秋风院里满檐香。
清晨树旁刀剑舞，
月夜花下箫笛朗。
夏驱酷暑黑白弈，

冬迎严寒东西阳。
枝壮当午吴刚守,
叶黛黄昏嫦娥忙。

观雨（2015年6月16日）

夏雨连连,
聊坐廊檐,
听淅淅沥沥,
天籁绕耳前。

楼下庭院,
绿肥红瘦,
看花落几许,
残瓣点点。

芭蕉叶旁,
靓容倩影,
佳人笑靥,
引浊男魂牵。

小镇桥边,
喜鹊啾啾,
流水荡漾,
白鹭翩跹。

人生如梦，
难得清闲，
何不自雅？
一书一茶，
一箫一剑，
一笔一生缘。

中秋采桂（2015年9月27日）

一

金乌落南窗，
采桂歌北塘。
秋风瑟瑟起，
竟染一身香。

二

彩云伴夕阳，
摆酒邀吴刚。
明月年年有，
嫦娥舞何方？

秋歌五首（2015年10月23日）

一、观兰

深深小院清雨淋，

剑茎坚毅待知音。
春风大地和煦沐,
素花雅致别样馨。

二、弄笛

一岛西沙绿大江,
数鸟东飞华夕阳。
芦花连天秋风舞,
竹篱村夫歌笛扬。

三、金桂

秋蝉一夜唱芬芳,
白云飘过沐晨光。
半树金黄满枝雅,
独立清风洒幽香。

四、重阳

遍地金黄又重阳,
桂花稻花处处香。
身居宝岛守清静,
笑对壶茶品夕阳。

五、夕阳

秋色满园缀花甲,
阴晴日月写年华。
朝雨晚风一拂过,
留下夕阳绘彩霞。

乡秋（2015年11月2日）

乡里晚秋美夕阳，
手捧诗书吟对窗。
柿树橘园硕果累，
桂花稻田满金黄。
万籁清静闻鸟唱，
泡壶龙井燃炷香。
《紫竹调》后《采茶曲》，
枇杷叶下琴韵扬。

梅·寒风（2016年1月28日）

一

案上一剪梅，
花枝俏影随。
举笔欲书画，
幽香扑鼻催。

二

飞雪和箫韵，
俏花依枝听。
朔风若解意，
相惜绕道行。

三

一夜北风狂，
满院铺金黄。
晨起舞帚扫，
小狗逐叶忙。

观新桃（2016年3月20日）

一

桃花四五朵，
后院婀娜开。
问蜂何日果？
静待蝉歌来。

二

嬉柳三月荡绿新，
轻舞细雨绽初晴。
夜半榻上读风语，
拂晓窗前迎春临。

端午·农家（2016年6月8日）

一

端午清和是初夏，

处处翠绿满眼花。
食粽挂艾龙舟赛,
传统祭祀进万家。

二

田园菜蔬妆畦架,
叶肥枝壮藤蔓爬。
人勤地旺喜收获,
茶余饭后摘果瓜。

秋晨三首（2016年10月18日）

一

院前一树桂,
八月满枝金。
舞袖馨风过,
幽香沁静心。

二

喜鹊梢头唱,
晨曦洒桂香。
爱犬迎门吠,
知是有吉祥?

三

乡间旭日早,

醒来望啼鸟。
白头窗前逐,
恩爱知多少。

冬阳歌（2016 年 12 月 16 日）

大地日短兮人间夜长,
日照温暖兮阳光无私。
冬日灿灿兮撒满天地,
天朗气清兮地披金光。
亦真亦幻兮如锦如画,
亦情亦意兮如赋如诗。

舍繁杂避喧嚣兮,
居田园以享宁静。
坐小院晒太阳兮,
捧壶茶以品香茗。
观秋菊未落英兮,
赏枇杷之蜂恋花。
美哉美矣!

捧诗书细细读兮,
挥笔墨而静静写;
抚笛琴悠悠奏兮,
执刀剑而漫漫舞。

种收菜举锄耙兮，
挑水粪而洒浇园。
乐也乐乎！
沐冬阳之惬意兮，
请君听我笛一曲。

元旦有感（2016年12月31日）

一

微信连接你我他，
好言吉语大家发。
迎新祝福寻常事，
庭前凋谢秋菊花。

二

千家清扫迎晚辈，
万户晒被为子孙。
土鸡草鸭有机菜，
空巢艰辛知几春？

清明（2017年4月4日）

一

桃红柳绿又清明，
东风化雨倍思亲。

泪眼追忆音容在，

全家福里少二人*。

二

煦风三月润春华，

万紫千红妆农家。

蜡梅谢冬才辞去，

庭前又绽玉兰花。

三

春来二月兰花紫，

院后桃蕾满树枝。

渔舟晚归扬帆唱，

正是刀鱼美味时。

重庆行记（2017年4月8日）

一

朦胧山城影，

春来重庆行。

欲知渝今貌，

待到天朗晴。

---

* 祖母与父亲。

二

山城烟雨后,
满眼是高楼。
山城变城山,
轻轨厦中游。

三

老街是古镇,
丰都成鬼城。
温泉有仙女,
南山夜观灯。

四

渝沪大江牵,
头尾两地连。
知青情不断,
艰辛版纳缘。

五

盛情宴款待,
真诚意如兰。
人生得穿越,
奔七亦狂欢。

和无门慧开*（外一首）(2017年9月13日)

冬踏寒雪夏避暑，
秋收果实春赏花。
世事若无烦心欲，
应是人生好年华。

天寒数九心不冷，
坐看田园雹落尘。
小院残菊未凋谢，
含苞枇杷已迎春。

中秋乡居二首 (2017年10月8日)

一

秋来遍地金，
稻桂处处馨。
白头东篱唱，
悠悠惜晚情。

二

陋室一壶茶，
稻田十里香。
人生少烦欲，
天地自晴朗。

＊ 无门慧开诗：春有百花秋有月，夏有凉风冬有雪，若无闲事挂心头，便是人间好时节。

习书画之我见八韵（2017年10月24日）

书法写心气，
绘画描修身。
浓淡显意境，
粗细示精神。
启功笔朴素，
白石墨童真。
艺术贵新创，
传统需继承。
技巧可探讨，
不以名利争。
个性情共济，
切磋也互尊。
能者得欣慰，
拙生思改成。
虽为秋暮事，
恬静守混沌。

立冬日记·菊花（2017年11月8日）

一

四季轮回立冬来，
小院菊花次第开。
去岁眼前只一色，

今朝红黄与橙白。
读书看报游学海，
喝茶望景曝阳台。
盘古自在人生少，
珍惜当下舒心怀。

二

秋菊烂漫开冬时，
共舞夕阳非为迟。
待到天寒白雪下，
与梅同艳赋小诗。

浓缩人生（2017年11月12日）

一

清清白白做事，
心明更需手净；
堂堂正正为人，
身直不怕影歪。

二

此心光明入红尘，
悲喜交集贯一生。
天上不会掉馅饼，
会忍能耐方有成。

相见欢·散步（2018年7月10日）

携手乡间情浓，
夕阳红。
馨风漫舞笑语溢荷丛。

步履健，
身骨松，
心意融。
却是另类安逸田园中。

乡间闲话（2018年8月11日）

紫藤葡萄门头挂，
庭前高枝雀喳喳。
树下操琴院中吟，
歇罢廊檐去喝茶。
夕阳彩霞蓝天下，
退休田园是为家。
粗菜淡饭平常事，
夫唱妇和嘉年华。

戊戌秋记（2018年10月30日）

秋风落日胭红挂，
一帘绚丽尽彩霞。
奔七人生我有爱，
万古情怀只为家。
傍晚庭院看菊花，
绕膝小狗如娇娃。
兴致操琴同吟唱，
芭蕉叶下共饮茶。

清明祭父（外一首）（2019年4月2日）

慈父墓前泪双行，
追忆两界徒悲伤。
而今失去如山爱，
方知儿时是天堂。

古稀不奇话人生，
天伦奢侈想未曾。
《好了歌》醒红尘梦，
暂凭书画长精神。

归去——病痛中作（2019年5月20日）

原野苍苍，我欲归去。
留下爱恋，带走憎怨。
化朵白云，自由翱翔。

山林莽莽，我欲归去。
留下成功，带走遗憾。
化缕清风，自信飞扬。

大海茫茫，我欲归去。
留下快乐，带走惆怅。
化滴净水，自在淌漾。

星空蒙蒙，我欲归去。
归去归去，何来何往。
人生留空，再无痛伤。

我真想（2019年8月6日）

火热的夏，
在蝉鸣中离开了大堂；
高爽的秋，

带着清凉的笑声来到了身旁。

我站在阳台上，
眺望着远处的大江。
呼吸着惬意的青气，
观赏着楼前的白杨。
白云遮住了西下的太阳，
太阳倔强地播撒着光芒。
一对白头翁悄然飞来，
卿卿我我，
停在了枝头歌唱，
让我顿生往日的忆想。

大江奔腾，
滔滔涌涌向东方；
夕阳胭红半挂，
像那古稀的大旗在飘扬。
生命如阳，
朝生暮降，
不知不觉，
从前那懵懂孩儿，
如今变成了老者尊长。
呵，往日如烟，
世事万变，
时间的巨轮，
是谁也不能将她阻挡。

忆往昔，如泣如诉，
如颂如歌，心绪淌漾。
我真想——真想再做一次乖宝宝，
依偎在祖母的怀抱，
听她把童谣轻轻吟唱；
我真想——真想再做一次跟屁虫，
紧跟父亲的脚步，
去那乡下的小河边，
撒下快乐的渔网；
我真想——真想再调皮一次，
踢去盖好的被褥，
让母亲为我温柔地盖上；
我真想——真想再疯狂一场，
与发小们玩一回，
官兵捉强盗的迷藏；
我真想——真想再与同胞兄妹会聚一桌，
重享童年的欢畅；
我真想——真想回到初为人父的力壮，
让宝贝的童儿骑在肩颈上……

胭红的夕阳已经西下，
此时的白云已被染成了彩霞，
那蓝色的天空也变成了缤纷的天堂。
我从楼上下来，
就像走在人生的下坡道上。

秋风拂拂，

凉意沁脾。

我看那庭前桂花即将开放，

看那周边的稻田也将飘香。

我想，如今我虽不能再与心爱的人疯狂，

也不能再将自己的能力张扬，

更不能再现我的真想。

但我仍然自信，

因为我还可以欣赏夕阳，

赞美夕阳，

拥抱夕阳，

最终走向夕阳，

融汇于夕阳……

读白居易《中隐》有感（2019年8月10日）

台风雨前读《中隐》，

恍若穿越晚唐行。

处世不功丘樊里，

身虽冷落宜静心。

东方隅角余自号，

明性慧根枉为名。

朝升暮降晓元客，

红尘闹市皆浮云。

居岛思母儿（2019年8月20日）

退居田园得心愿，
却将天伦分两边。
各家诸多难言事，
顺孝恩爱顾不全。

身处宝岛清静远，
疾病常缠少团圆。
而今慈母鲐背岁，
叹借电传了思牵。

我心虽未老来贫，
但身却惹恙频频。
人生不羡大富贵，
只求体健家安平。

秋雨兴叹（2019年9月4日）

秋雨潇潇，我心烦闷；
病痛缠缠，周身苦疼。
心欲探母，阴雨作梗；
身欲前往，病痛难成。
吾心惆怅，郁郁坐等；
吾身无奈，忍忍待程。

意求医疗，妙手不再；
依靠本命，聊支残身。
境临古稀，往忆来袭；
天伦亲情，难舍难分。
仰天长叹，斯事已去！
信守当下，何冀久存！

诉衷情（2019年9月7日）

西临大江日已暮，
秋风带笑过。
花甲又成旧梦，
往昔不屑说。
处事艰，
人世难，
皆拂过。
遥想当年，
情无知识——
今有着落。

己亥中秋赏月叙事（2019年9月14日）

中秋皓月升，
万户赏一轮。

乡里树下坐，
品茗影四人。
狗猫膝边绕，
特色享天伦。
举杯叙往昔，
处世不功成。
少年习武术，
为在疗病身。
青壮学文化，
梦想补前程。
老来写书画，
慰寞了余生。
本就凡俗子，
知足是乐恒。

己亥江边散步（2019年10月26日）

一

人生有爱真不舍，
世间知音更难得。
叹看大江东逝去，
笑谈余晖向天歌。

二

花甲依稀成旧梦，

桂子飘香染秋风。
当年顽童今何在？
宝岛西沙一龙钟。

久病有感（2019年11月1日）

一

更年多病成半医，
小恙自治不稀奇。
人生苦痛七八九，
其中得意三二一。

二

秋来夜半闪电鸣，
窗前花果任雨淋。
余身更年多病榻，
人生有爱恙无情。

三

人生八苦谁能奈？
非为贵贱论成败。
早有觉悟留空行，
修来德善与博爱。

赏竹林七贤砖画（2020年2月6日）

魏晋有七贤，
未遇隐竹间。
虽时不待见，
砖上留美篇。
清风君子身，
坦荡人生诚。
程途必伯乐？
行空难自成？
鼓琴笑世俗，
诗词叹性真。
书画涂心正，
醉酒蔑红尘。
吾今奔古稀，
去岁无多奇。
来日求安顺，
恬静伴余生。

春晓（2020年3月8日）

一

乡间寥落人家静，

夜半淅沥春雨轻,
梦里忽闻喜鹊唱,
挑帘看天已黎明。

二

春光绚丽桃花美,
睹物思人往忆追。
睡眼蒙眬带笑意,
梦里相拥又一回。

庚子清明祭父（外一首）(2020年4月4日)

一

又是清明雨纷纷,
我祭亡亲悼逝魂。
慈父生前子女孝,
阴阳两隔忆天伦。

二

梦里醒来听鸟唱,
散步田间看夕阳。
鹬蚌相争身外事,
竹园茅舍悟玄黄。

散 文

明志篇

登高远眺，胸怀广垠；临海极目，心旷神怡。山不在铭，水不必灵，善于学习，天道酬勤。

草木随风，是无节操；鸟虫贪食，是无理知。人，不能同之。树，理而直；兽，训而艺，然终非本性。

人，需授受，更需自理。无自理之力者，人矣？非矣？

人生，以我为万事之本，此私也。然小人之私，除我而我，唯我是尊，独我钻营，全不顾他人苦难之一点一滴；而君子之私，则以我及他，我他相连，束我宽他。有更可敬者，则常以我之愧对于人类，愧对于时代，愧对于他人而自扪。

人，生当何旨？曰："为人。"曰："偏也。"人，有善恶之分，何人可为？两者之中，舍恶从善，抑恶扬善，此为人之正道也。

权势者，邪恶有之。然权势不能使之媚，邪恶不能使之畏，自古君子之道也。古人云："多行不义必自毙。"故人生主持正义，不以淫威而求苟命于偷安，此明志一也。

金钱者，富贵之本。然金钱不能使之贪，富贵不能使之侈，自古善人之道也。古人云："千金散尽还复来。"故人生勤俭奋发，不以富贵而慕荣华于卑贱，此明志二也。

女色者，天然使之。然女色不能使之奸，天然不能使之淫，自古正人之道也。古人云："淫破义。"故人生举止检点，不以任性而效风流于放荡，此明志三也。

盗窃者，魔怪是也。然盗窃不能使之从，魔怪不能使之乱，自古良人之道也。古人云："思知足以自戒，思知止以安人。"故人生安分守己，不以邪念而生妄想于胡为，此明志之四也。

总此四志，终身为铭。遇事慎而察之，三思后而行之。言须尽其理，行必循其德；心能出尘之想，形能拔俗之寄；生可排难解忧，死无后顾之愁，又何必为区区鸡毛蒜皮之事，牵肠挂肚哉！

（1982 年 2 月 28 日）

浪花

为寻旧梦，了却萦绕在心头十多年的凤愿，我决定自费重返西双版纳农场，去看看在农场时曾和我一起工作过、曾对我有过帮助的老工人，也去看看自己曾经流血流汗、亲手栽培的橡胶树林，以及我常常梦到的原始森林和矗立在连队的那棵高大雄伟的杧果树。

略做了些准备后，我踏上了旧日走过的路，行程万里，终于又回到梦中的往日，也见到了那棵梦中的杧果树。

回返时，战友们提议折道重庆，从长江顺流回沪，这样既可以见到一些四川的老朋友，又可以领略一下三峡奇特的风光。我觉得有理，便接受了这个建议。

在重庆逗留了五天以后，我们就乘上了从重庆开往上海的轮船。离渝那天，山城上下细雨绵绵，淹没在一片朦胧之中，如同一个蒙着面纱的少女，可望而不可即。一阵汽笛声响，大船起锚缓缓地离开了码头，顺着长江的水流，向东方驶去。

船舱又闷又热，我想透透气，就来到船尾去看那长江的景色。长江两岸，不高的山峦一座连着一座，缓缓地、有秩序地向后退去，就像有什么巨大的力量在驱赶着它们似的。天仍然是阴沉沉的，四周的一片也始终隐在这雾中。我便低下了头，向那船下的浪花看去，看着看着，忽而觉得这船并没有在行进，而只有那江水在不断地涌着、滚着、翻着，把自个儿挤来挤去，变成无数朵雪白雪白的浪花。

我看着那浪花，定了神儿。只见那浪花翻滚着，像云朵，像梨花，像堆雪，像冰珠，千变万化，竟无一点重复。再看那浪花簇拥着，拼命地向前赶，谁也不愿意落后似的追逐在离船尾两三米的地方。这时我心里便为浪花们使着劲，还暗叫着："加油！加油！"一会儿，我看那浪花追近了，心里暗暗叫好，可是，不一会儿它们又落到后面去了。

浪花簇拥着，翻滚着，追赶着，似有使不完的力量，不知疲倦地把自己由白色的变成青色的，又由青色的变成黄色的，直到落后很远，这才慢慢地散去。那浪花就这样一直不停地簇拥着，翻滚着，追赶着。我看着浪花的簇拥，心想这浪花就是源泉，就是力量，就是生命。你看它们前赴后继，那前面的浪花一浪接一浪地用自己的全部力量推动着大船的行进；那后面的浪花助送着前面的浪花，在用尽了力量之后，又悄然地逝去，回归到那大自然之中。我看着这浪花的翻滚，就好像看见了《海的女儿》中那美人鱼的跳跃欢唱。那美人鱼为了她的向往、她的爱，宁愿受尽折磨，脱去鱼鳞，变成哑巴，而最终化作大海的泡沫。我佩服这种一往无前的精神，佩服她那为了爱而不畏牺牲的个性。

以前，我也曾乘过船，也曾见过浪花，那是在去青岛的途中。那里的浪花出自大海，与长江的黄水相比，虽然清澈一些，但浪花却是一样美，一样白，一样有力量，一样前赴后继，一样回归大自然。

夜色拉下了帷幕，长江两岸的山峦也渐渐地模糊了起来，只有那航标灯和两岸偶然的灯火，时不时地闪烁着微弱的光亮。天终于黑下来了，我也终于看不清那雪白的浪花和两岸的一切了，但是，那浪花不断簇拥、不断翻滚时发出的声音，却不停地回响在我的耳边，不断地映现在我的记忆之中。

（1988年5月10日）

梦忆

　　人生如梦。一场三十多年的梦已经过去了，这梦仍在继续，至于还要做多少年，那要看冥司判官给我安排的寿限了，但我明白，只要还活着，这梦就得做下去。姑且不论这梦是美梦好梦，还是怪梦噩梦，总而言之，只要活着，这梦算是做定了。

　　梦，是五颜六色、千奇百怪的。在过去的许多年中，我做过好梦美梦，也做过怪梦噩梦；做过五彩缤纷的梦，也做过妖魔鬼怪的梦。但不知怎的，梦仙对我总是不公，给我的好梦美梦大多是太虚幻境，而只有做那怪梦噩梦的时候，才大实不误。

　　梦，是辽阔深邃的天空，任百鸟展翅，也令人遐想。孩提时，童心天真，太阳与月亮一样辉煌。在我很小的时候，母亲对我讲过，我是在一个有着花园的小洋房里出生的。以后，在我记忆中的世界里，总是鲜花争妍，阳光灿烂，就做了几年花园小洋房的梦：那小花园内春意盎然，绿色丛荫下鲜艳夺目的花，千姿百态，美丽极了。我在落英缤纷之中玩耍，仿佛自己长上了翅膀，变成一个下凡的小天使，在甜蜜中自由自在地翱翔。

　　好梦不长。没过几年，天狗吞食了太阳，魔鬼摧折了鲜花。六岁那年，严重的贫血症使我那幼小心灵中的美梦破灭了，取而代之的是无数个狰狞的面孔。那些张牙舞爪的魔鬼，常常时哭时笑、时喊时叫、时唱时跳地追逐着我，使我竭尽全力也总是不能摆脱，甚至被抓住撕食，而后我大叫一声，跌下万丈深渊。

梦，是直冲九霄的高山，任坎坷崎岖，千回百折，只要不畏艰难，尽可奋力登攀。读书时，金子的光芒和着色彩的旋律，生命似乎不断地升华，又做了几年工程师的梦。那时父母亲常常勉励我：要好好读书，至少读个大学以上。为此，我发奋勤勉，认真读书，争取将来做个名副其实的工程师。造大厦，造大桥，光宗耀祖。于是，那梦中尽是自己建造的各色各样的、长圆方尖的大楼、厂房、桥梁。那时，自己总是站在云雾中欣赏着自己的杰作，放声欢笑。

但，好梦也不长。一个"文化大革命"便冲走了色彩和旋律，也冲走了梦中的大楼、厂房、桥梁。尽管各项成绩优良，也只能响应号召，拿起锄头，屯垦戍边，去那广阔天地的大学里接受再教育。

梦，是反复无常的大海，任狂风巨浪，暗礁险滩，一经泛舟，便只能一意向前。在那广阔天地里，血液无限制地沸腾，神经无限制地膨胀，"为国为民""为革命""死而后已"之类的梦，又大做了几年。流血、流汗、赴汤蹈火，确有不消灭资本主义不为英雄，不实现共产主义不是好汉之慨举。

于是，在梦中，我又常常望着那流过自己血汗的胶林和那汩汩成河的胶乳，心中有说不出的喜悦，自然又在那山岗上狂蹦乱跳了起来。

做梦嘛，不管是谁，哪有不爱做好梦美梦而宁愿做怪梦噩梦的事？你看那《红楼梦》《蝴蝶梦》，不都做得很美的吗？其结局不佳，那确实也是梦人不能逆睹而为之的。

梦，继续着，以至于今。

晨，太阳升起来了，我从睡梦中醒来，看清了世界和人类，也看清了我自己。我觉得累了，也实在是累了。不想再做梦了，更不愿再做到好梦美梦。因为好梦美梦对于我只属于模态范畴，它常和"可能""也许"联结在一起，而那些怪梦噩梦，却实实在在地和精神与皮肉的痛苦结伴而行。

然而，我还是做起了好梦美梦，因为好梦美梦毕竟是理想，是希望……

(1988年11月21日)

蠢驴传——为自己写像

东隅有居民，生于上海工人之家。性秉直不识抬举，情温和不好争斗；埋头苦干，为人爽快率真。曾而立而未立，不惑又有惑。勤奋好学，努力一生，文武兼备，终无建树。

世故不甚灵利，行路常有碰壁；做事便疾，不过劳碌之命；咬文嚼字，也是自我欣赏。所认之理，坚守自信，如驴之犟，自戏曰：蠢驴。

居民居陋室而自命德馨，好写作未只字发表，勤棍剑为祛病强身，爱书画寄情有所托，喜弹唱伴知足之乐，常相助不企图酬报。不自悲身为平庶，不奢望大富大贵，归心于田园，亦怡然自得。

居民生性如此，驴之所蠢，可想而知哉！

(1994年1月12日)

笔缘

笔，不知什么时候与我结下了不解之缘。只记得很小的时候，我就喜欢写写画画。听父母讲，周岁那年，父母当着众亲朋的面给我抓周，我就是没抓过笔。可现在是一日不动笔，就好像一日里没做过事情似的。除了有特别的事件发生，每日里总想着要拿上一次笔，不是写写就是涂涂画画。虽知道成不了什么家，出不了什么名，也卖不出个什么价,但着实让我有了几分自足自信、几分自我欣赏、几分自得其乐。

笔,对我来讲,是一种快乐。只要一见到笔,就会有一种冲动、一种莫名的向往,总会想着要去写些什么。与笔有缘,就是一见到笔,就想写,就想写要写的字、要写的词、要写的句子,就想写要写的人物、要写的风景、要写的感情,就想写要写的诗词、要写的短文、要写的故事。

笔,对我来讲,是一种寄托。只要一见到笔,心中便会激情荡漾,如浪如涛,总要想着去涂画些什么。与笔有缘,就是一见到笔,就想涂画,就想涂要涂的金篆、要涂的隶楷、要涂的行草,就想画要画的花草、要画的楼台、要画的山水。

笔,对我来讲,是一种安静。只要一见到笔,便会心中清平,便会无心去做其他的事情,无心去投机,无心去取巧。与笔有缘,就是一见到笔,就会无心去追求那些身外之物,无心去捣搅那些人为的糨糊;也就不去关心那些要写、要涂、要画的以外的人、以外的物、以外的名、以外的利、以外的是是非非;也就不会去关心那些要写、要涂、要画的以外的馅饼、以外的恩赐;更无心去想那些要写、要涂、要画的以外的包装修饰、以外的奢侈享受。

笔,对我来讲,也许就是我的一种娱乐、一种休闲、一种生活的方式吧。

与笔有缘,也就是大凡有事无事之时,总会想着要去动动笔,总会想着要写些什么,要涂些什么,要画些什么。要想写出些什么,要想涂出些什么,要想画出些什么,那就要多做些自我修养,加强些个人素质;就要多读些书,多行些路;就要多听多看,多想多做;就要"自讨苦吃",忍辱戒妄。想要写出些什么,涂出些什么,画出些什么,除了要多向前人学习、练好基本功以外,还要人格坚强,不媚不俗,不人云亦云;还要目光远长,胸怀宽广,心情开朗。

与笔有缘，就是用笔写画出自己的感受、自己的认识、自己的情意、自己的志向，就是用笔写画出自己的龙凤、自己的风景、自己的个性、自己的人生，就是用笔写画出自己想写画的一切。

与笔有缘，不是整日里把笔插在胸前，向人示才；也不是将笔悬在家中，向人显雅；更不是拿笔到处涂鸦，向人炫耀。

与笔有缘，愿此生此世，此缘永存。

（1994年3月12日）

五泄游记

办公室里坐得久了，总想着出去走走。一年里凡胎俗身不出入几次大自然，心里总是野野的，有所不甘。五月四日清早，与几位同事驱车长行了六个小时，一路上打打纸牌，说说俏皮话，嘻嘻哈哈、轻轻松松地就到了中国第一号美女西施的故里——浙江诸暨。在诸暨市区闲闲地游览了西子殿后，找了家宾馆食宿。五月五日，我们一行又在"党委书记"（上海方言"打弯司机"）方向盘的领导下，来到了五泄湖风景区。

下车后，登上五泄湖大坝，五泄湖立刻展现在眼前。五泄湖湖面不是很大，但也让人心旷神怡。看五泄湖水，虽然不如千岛湖广阔，却也碧绿清澈；看五泄青山，虽然不如峨眉之高耸，却也秀巧翠幽。远远望去，整个五泄湖是水托着山，山屹于水。苍翠之中，又是水裹着山，山夹着水，山山水水相映成景；山高水低，互逗兴趣；山静水动，各抒己情。

游五泄风景区，给我感觉最好的就是除了水之外还是水。五泄之水全然不同于其他地方的水，那是因为五泄之水不但玲珑秀丽，而且有其独特的娇巧韵律，可以说，这是其他湖水可望而不可即的。

顺着五泄湖进入山中，又沿着山道拾级攀登，看那五泄之水，歌唱而各扬其声，蹈舞而各展其形：轻扬慢舞，缓缓碎步，流流淌淌，尽在抒情之中的是一泄之水；飘带拂袖，急急前行，滑滑溜溜，尽在忘情之中的是二泄之水；翻云覆雨，曲径缭绕，滚滚沸沸，尽在欢情之中的是三泄之水；龙腾虎跃，奔驰疾进，蹦蹦跳跳，尽在激情之中的是四泄之水；如雷似电，一日千里，泼泼泻泻，尽在尽情之中的是五泄之水。

五泄之水是美妙之水，奔腾之水。青山之下，峭壁之旁，那弯弯曲曲之中，万珠成帘，碧玉垂瀑。五泄之水是欢乐之水，激昂之水。嶙峋之中，巨石之上，她们唱着、吟着、翻着、跃着、溜着、泻着、舞着，无一不在尽兴演艺，就像美女西施身披白纱，伴着绝妙的音乐，翩然歌舞一样。

然而，就整体而言，五泄之水，又如巨龙之身。五泄为首，一泄随尾，二、三、四泄可为龙鳍、龙爪。龙舞而身动，龙飞而身腾，整个五泄就是一条银色的巨龙，时起时落、时急时缓地在峻岭之间缭绕，在苍翠之中奔流。秀亦秀哉！美亦美矣！

五泄之水，沧海桑田，千年之前就已被载入《水经注》，历代文人墨客亦多有驻足，不一一细述。今我东隅一介居民，试作此记，以表五泄之秀，以书五泄之美，既已抒发了自己的情怀，就不枉五泄一游了。

（1996 年 5 月 28 日）

人到中年

突然想到自己已是中年人了，真有点白驹过隙、眨眼即逝的惊叹。回首往日，虽然风风雨雨，辛辛苦苦，但总算得了一些自知的感觉。这种感觉，就好像是用了九牛二虎之力，才终于读懂了天书似的读懂了人生——多看，多听，多想，多做，少说话。

女人说："男人四十一枝花。"可我却没这份自信，只想着死亡即将临头，还是抓紧多做些自己想做的事情。于是，人未老，却已先衰。回忆往事，便成了心里的一大乐事。

小学时，学校成立了足球队，我任队长，虽然带着大家踢到了区亚军，心里却总是不满足。到了中学，由于个性太强，又常常不服气别人，有时还非争出个你输我赢不可。文的方面在同辈中还过得去，每每争论之后，总有几分赢家的自豪感。可在武的方面，因为自己身材瘦小，力气难以过人，而常常不能如愿。后来就去拜师学习武术，学习摔跤，而且还大着胆子与那些比自己个儿大的师兄摔打。几经磨炼，总算找回了一些自尊。

上山下乡在农场，也不知得了哪家的驴劲，就不知天高地厚，一味地以为自己最真，自己最正。几年下来，直碰得鼻青脸肿、头破血流方才醒悟，但又因痼疾难改，只能将就着自己的短处，躲进小屋一心一意地发扬点自己的爱好去了。

人到中年，心里不再想着以往的那些自豪了，只想着"山外青山楼外楼""还有英雄在前头"。凭着自己前半生的所学，去加以巩固，加以总结，加以发展，以望日后有些成绩，不枉活了一生。

人到中年，心里也不再念着以往的那些自尊了，只念着"思知足以自戒，思知止以安人"。在茶余饭后的时候，放浪地涂画几幅作品，以寄幽雅之托，自我欣赏；在早晚空闲的时候，凭空地演习几下武艺，以望身体康健，能够多活上几年。

人到中年，心里想的，每每做的，都是几经熟虑后，不坑人、不害己的事。凡待人，"宽容"二字自然会使自己"海阔天空"起来；凡遇事，"和睦"二字带给自己的又常是"柳暗花明"。有时，别人以为你傻，你蠢，大可不必争论，你自己也认为自己是个大傻帽儿，天字第一号蠢驴，不知不觉中再遇见了什么，也就平和得多了。

总而言之，人到中年，虽然学得多了，看得多了，听得多了，想得多了，做得多了，但也还是需要少说话，有时还得不说话。

（1996年12月10日）

芦苇

秋风萧瑟，天清气爽，我散步在金山卫的海滩上。海潮哗哗地涌来又退下，没多一会儿，海潮就退去了几十米，原来是退潮的时候了。

海风徐徐地吹来，我时而低头思想，时而极目远眺。海滩的东面，往日那一直被蒙在雾气中的大金山、小金山和乌龟山，此时清清楚楚地屹立在大海之中，就像三座绿色的金字塔，使空阔的大海一下就变成了一幅立体的画卷。向南看，黛色的大海和蓝蓝的天空由近及远，平平地连在了一起，形成了一条平面的投影线。这时，我才觉悟到：我原来是站在大海与蓝天的夹缝里。

海滩的北面是石化新城。地平线上，一幢幢楼房拔地而起，整齐地排列着。特别是那一幢幢直入云端的高楼，各具其形，五颜六色地矗立着。地平线下，是一片片芦苇，那一顶顶白色的芦花，直扬在芦苇秆头，若不细看，还以为这偌大的一个石化新城是被这芦苇给托起的呢。我停下脚步，采一枝芦花在手，饶有兴趣地欣赏起来。

金秋的芦苇，都已花开，洁白洁白的、柔软柔软的。一簇簇的芦花，随风摇动，就像大海的浪花，一字地排开着，翻滚着，在阳光的照耀下，泛着透明的白色，衬托着彩色的石化新城，美丽极了。

芦苇，多年生草本植物，生长在山上或者是田野里，生长在海滩上或者是河沟边,有的比较高大,有的相对细小。芦苇主要靠根繁衍,茎有节,高一米至四米不等,叶宽长,夏季开花,色白而柔软。芦苇很美,不管是远眺还是近看,也不管是共赏还是独看,都美丽得可以让人流连。芦苇那笔直的茎,如竹有节而挺拔;那宽长的叶,如剑锋利而坚韧;那柔和的花,如云雪白而纯洁。

芦苇不但有观赏价值,而且有很高的实用价值。芦苇的根,细腻而白嫩,性甘,可以入药,主治胃火等病;芦苇的茎,纤长而有韧,可以编席,也可以制布造纸,是工业的好原料;芦苇的花,洁白而轻柔,不但可以入药,而且还是填枕和点缀居室的上佳用品。

记得小时候,每每端午节前,奶奶会买来很多芦叶,在为我们包粽子的时候,总要用芦叶给我们兄妹卷上个哨子,让我们吹着玩耍。后来在西双版纳农场时,我还用从奶奶那学来的手段,给农场的孩子们卷哨子吹。那芦叶哨吹出的嗡嗡声,一时间响彻了整个山谷,为我们那单调而死寂的艰苦岁月,增添了不少的乐趣。

还有一次,我突发异想,用了几十张芦叶,卷了个一尺多长的芦哨,用力一吹,那哨声竟也同螺号一般响亮,自然又惹得那些孩子追逐着争相索要。

春天,芦苇从冬的寒冷中苏醒,伸着懒腰从根中发出嫩芽。那嫩芽在春雨的滋润下,很快地破土长成芦笋,继而又很快地抽出绿叶。如果一个星期不见,再见时,就会发现,原来那金黄的芦苇滩头,早已是旧貌换新颜,翠绿一片了。有个成语叫"雨后春笋",那是写竹子的,如果用来描写芦苇,我想也一样贴切。

芦苇,是一种平凡而又不引人注意的植物,可能是因为它太普通、普通得到处都是,但芦苇确实很美,我认为最美的时候应该是秋天。秋,天蓝地金,大地沉浸在一片成熟之中。此时的芦苇,花满茎梢,一枝枝顶着雪白的头穗,在秋风的爱抚中,整齐地摇摆着,像是海边的浪花,又像是蓝天的白云。特别是清晨和傍晚,在那红似烈火的彩霞中,芦苇通身披上彩色的霓裳,那洁白的穗梢被彩霞染成了红色,微风一吹,就像一个个红衣少女似的蹈舞在天地之间。如果,换上一个角度,从逆光中看那芦苇,就会发现芦苇的美竟也独树一帜。逆光中,芦苇的身影全都嵌在一轮火红之中,那茎的黑影、叶的黑影、花的黑影,在红彤彤的背景中,又像一位位气宇轩昂的黑衣大侠,英姿飒爽地屹立在大海边,那绝妙的光彩一下就进入了妙不可言的境地。

海潮声声,思绪翩翩。我站在海边看着那金黄的芦苇滩头,心想:来年,在春的召唤下,芦苇又将是一片碧绿。

(1996年12月25日)

大海

我生长在上海,从地图上看大海就在咫尺之间。可说来惭愧,真正亲临大海,却是在我而立之年以后。

小时候爱画画,也爱读连环画。常常看到别人笔下的大海是那么绚丽多彩,也常常读到别人笔下的大海是那么波澜壮阔,心里总是有一种说不出的羡慕。心想:大海真是太美了!我一定要看看真正的大海,也去画画大海,写写大海。

光阴易逝,不知不觉中,自己已经走过了"三年困难时期"的"艰难岁月",走过了"文化大革命"的"迷茫岁月",又走过了"上山下乡"的"蹉跎岁月"。当我第一次伫立在大海边的时候,才发现自己仍然是一个一事无成的人。

那是个风和日丽的阳春,我来到了东海之滨的金山卫海边。面对着那万顷大海,在煦风的吹拂下,我心情激动,热泪盈眶,禁不住深深地吸了一口长气,高举起双臂,从心里大声地喊道:"大海,我终于见到你了!"是啊,大海!我终于见到你了,我终于来到了你的身边,真正看到了你那博大的胸襟,也真正领略了你那无边的宽容。

曾记得,上山下乡去西双版纳农场,当我第一次站在一座山岗上向四处眺望的时候,也有过这样的感觉。当时,我看那远山,山峰是一座连着一座,山峦是一片接着一片,无边无垠,直到看不见为止。日升时,太阳就从那远远的山峰后冉冉升起;日落时,太阳又从那远远的山峦后缓缓而降。我看那连绵起浮、层峦叠嶂的山是海,那是土的海、石的海、树的海。遇到阴雨天,有时兴起,一鼓作气爬到山顶,站在山岗上举目四望,白云茫茫尽收眼底,也是一望无际。我看那翻滚的白云,一会儿向上隆起一座座山峰,一会儿向下泻出一条条河流。我看那云也是海,那是气的海、雾的海、雪的海。每当此时,我也会情不自禁,伸展着双臂,深深地吸上一口长气,大喊一声:"我来了!"

我来了,我从那丛草密林的原始森林里走了出来,走过了坎坷崎岖的羊肠小路,走过了酸苦辣涩的独木吊桥,走过了千难万险的悬崖峭壁,走过了顽劣愚昧的黑暗洞穴,终于来到了波澜壮阔的大海边。

我站在大海边,想着古今中外的贤人智士。我想,那也是一个海,那是一个思想的海,一个文化的海,一个艺术的海。在这海中,那灿若群星的人物,那启迪后人奋进的哲理,那万世不朽的诗文画乐和创造发明,才是人类得以存在的精华,才是人类赖以发展而取之不尽、用之不竭的财富。

我面对着广阔的大海,看着大海那此起彼伏的波浪,回顾着自己走过的路,陡然升起一种欣慰的知足感,就好像一生中所有的挫折和磨难,都在此一瞬间被大海那层层的波浪卷向远方,直至烟消云散。还有那千年的封建残余和那狭隘的劣根心理,在我身上也都已随着时光的流逝,被那清澈的海水荡涤干净。我站在大海边,久久不愿离去,我想象着大海那深邃的内涵，想象着大海那容万壑的宽广体魄，想象着大海那纳百川的博大胸怀。

傍晚，我看那巨轮似的太阳，降落在天与海的投影线上，就像一颗硕大的心脏，跳跃在大海那张开臂膀的胸膛。它喷薄出火一样的光芒，为天空、大海、新城和一群海鸥披上了彤红的霓裳。我看着那自由飞翔的海鸥，我的心也随之飞翔了起来，我飞进了太阳那火红的光芒中，飞进了大海那宽广的胸膛里……

（1997年12月28日）

过年

除夕夜，轮到我值班。为了赶时间，急急地给父母亲拜了年后，就一个人急匆匆地向单位赶去。按照中国人的习惯，除夕夜这一天叫"大年夜"，是全家人团圆的日子，晚饭叫"年夜饭"，也是全家人围着桌子聚餐的时刻。所以此时，大街上便是人影寥落，商店虽不是门可罗雀，却也不像平常那样热闹繁忙。

我走在大街上。大街上虽然行人稀少，却仍然霓虹纷争，灯彩辉煌。若不是那此起彼落的爆竹声和那不时飞向夜空的焰火，我还真不以为这夜就是农历旧年的最后一夜呢。

过年是中华民族每年一次的最盛大、最庄重、最欢乐的节日。自然也少不了燃放爆竹，送走旧年，迎接新年，以示祈福。

人到中年，自然也过了半百的"年"。然而，几十年来，对于诸多的"过年"，印象最深的却只有两次。

一次是1963年，我整十岁，正值小学三年级，由于平时自己在德智体方面表现得比较优异，被学校批准为年级组第一批加入少先队的学生之一，而且还被选为班里的大队委员。寒假里学校举行了新队员入队仪式，在庄严的大会场上，在五角星和火炬的队旗下，在队鼓的奏鸣后，在全校上千师生的注目中，我站在主席台上，代表着全体新队员讲话，并举起右臂向少先队队旗宣誓。

入队仪式后，我颈戴鲜艳的红领巾，臂佩三条红杠的委员标志，又蹦又跳地跑回家中，向奶奶和父母报喜。记得那年过年时，我虽然没有穿上新衣服，可我一直戴着红领巾和那有着三条红杠的委员标志。即使是大年夜给奶奶叩头拜年、索讨压岁钱时，也没有摘下。那次过年，虽是处在祖国大地"三年困难时期"，可我却一直沉浸在入队的欢乐之中。

还有一次是1970年，我响应号召，上山下乡来到西双版纳农场。那时，正是"文化大革命"的狂热时期。"每逢佳节倍思亲"，知青们远离家园，只想借此节日，在祖国的西南边陲聚上一聚，过个他乡异客的年。于是，大家就早早地安排起来，从街上买来了罐头、酒、面粉之类，准备在大年夜那一天欢快一下，但由于上级的一道命令，移风易俗后的大年夜，就变成了读报夜。

大年初一那天清晨，我们几个好朋友正准备补回大年夜的遗憾时，却又接到了连部的通知：过个革命化的年，全连义务劳动一天。就这样，我们又扛起了锄头，拿起了砍刀，上山开荒去了。从那以后，春节这个节日便在我的生活中淡去了。

转眼，几十年过去了，现在已为人父的我，早已饱尝了做家长的辛苦。至于孩童时那种对于过年的渴望、对于烟花爆竹的大胆，也早已随着时光的流逝和年龄的增长而荡然无存。虽然这样，但每到过年，总还想着带上孩子去看看年老体弱的父母，去温暖一下父母的晚年，以此敬上一份做儿子的孝心。

我只身走在大街上，脑子里空空地看着来往的车辆。突然，叭叭的几声爆竹在我脚边响起，抬头望去竟见一对老年夫妻正带着几个孩子在燃放鞭炮，他们喜气洋洋的样子，又使我想起了自己的父母和孩子。这时，我才觉得，这过年确实应该属于老人和孩子。我想：有"年"过真好啊！为了老人和孩子的欢乐，这"年"要永远地过下去，而且，要一年比一年过得好，一年比一年过得强才是……

子夜时分，那烟花爆竹在整个城市响亮了起来。此时的天空满目彩华，此时的大地震耳轰鸣。我站在单位的高楼顶上，放眼眺望，洗耳倾听，仿佛这世界又一次地激情喷发，仿佛这大地又一次地翻江倒海，仿佛我们人类又历经了一次生命的重新孕育。

我看着满天的焰火，听着那冲霄的响声，心里感叹着：新的一年真的来了。

（1998年1月28日）

杧果树上的遭遇战

西双版纳的水果很多，不说野生的吧，那人工培植的就有芭蕉、菠萝、柚子、西瓜、甘蔗、波罗蜜、荔枝、椰子、杧果等。难怪云南的当地人都说西双版纳是水果的故乡："头顶芭蕉，脚踩菠萝，摔个跟头也能抓把杧果。"

在西双版纳到处都有杧果树，到处都可以看到杧果树那高高大大的身姿。山上山下，寨里寨外，屋前屋后都可以看到杧果的身影，现在就连景洪的大街上也种上了杧果树。

在西双版纳，杧果有两大品种，一种是"大杧果"，就是我们在市场上经常可以看到的那种有拳头大小的杧果，这种杧果是从野生的大杧果培植出来的。另一种是"小杧果"，这种小杧果很难储存，没有培植的必要，所以也只能在西双版纳才能见到、吃到。

小杧果，果小如鸽子蛋，皮薄肉少，成熟后皮为黄里透红，肉为橘黄色糊状。小杧果四五月开花，七八月结果，果黄叶绿，树干粗壮挺拔，树枝茂盛蓬大，远远望去，其势其形雄伟而又美丽。

小杧果结果是渐进式的。结果期可持续一个多月，成熟后就陆陆续续地往下落。有时一阵风雨过后，大树下就是一片黄里透红、又好看又让人嘴馋的小杧果。每到这时，孩子们总是不约而同地拥到树下争捡着落在草丛里的小杧果，边捡边往嘴里送。小杧果汁香味浓，其味奇特而又绝妙，非亲尝而不知个中真味。一口一只，吸进果汁，吐出果核，美味无穷，实在可以说是一种极佳的果品。

1970年初，在西双版纳大勐龙农场开垦荒山的时候，我们连队的荒山上就有很多杧果树，其中有一个山头就长了九棵杧果树，有大杧果，也有小杧果，而且每棵果树的树径都在五十厘米以上，高大挺拔。开垦时我们都舍不得将它们砍去，只是到了定植橡胶苗的时候，才忍痛割爱地炸倒了杧果树。

那是到连队后的第一个七月，山上的大小杧果都开始成熟了，风一吹总有一些杧果掉落下来，只馋得连队的孩子们捡完了草丛中的果子后，又都仰着脖子盼着树上再落下来杧果。

有一天中午，我从农场办事回来，走进连队的领地，就看见一棵小杧果树下孩子们的那副馋相，一下子勾起了我的"慈悲心肠"，就自告奋勇地为孩子们做点好事，为他们创造点小小的福利。于是，我看中了挂在杧果树上的一株约有小碗口粗细的野藤，三下五下地攀上了近十米高的小杧果树。我试着站稳后，就使出浑身解数，一会儿用手摇，一会儿用脚踹，直弄得小杧果噼噼啪啪地往下掉。这下可乐坏了树下的孩子们，他们欢呼着在草丛中争捡着从树上落下来的果实。而我呢，也被孩子们的欢呼所激励，就更加兴奋地摇着踹着。没过多少时间，突然间一阵抽筋似的疼痛传到我的头皮，差一点让我从树上掉了下来，而后又是一阵疼痛传遍全身，一阵接着一阵，腿上、手臂上不断有疼痛袭来。我被这突如其来的疼痛惊吓，举臂一看："不好！"不知什么时候从哪里冒出来足有两厘米长短的大红蚂蚁，早已爬满了我的全身。那大红蚂蚁肯定认为找到了美好的食物，一个个正撅着屁股，拼命地撕咬着我。我颤抖着咬着牙，忍着疼痛，抽出一只手连忙扑打。可是，我打下了这一批，又被另一批给咬上了，我强忍着疼痛拼命地扑打着。就这样，我打下了一批，又上来一批，一时间弄得我手忙脚乱、狼狈不堪。我顺着树干看去，树干上是一支有着成千上万大红蚂蚁的蚂蚁军队，正排着长队向我这边挺进。看到这个情景，我忽然想起了以前在少年刊物上看到的有关非洲"军蚁"的故事，那是一批连狮子、大象都害怕的东西。这时我真的有点害怕了起来，也真正领会了什么叫"寡不敌众"，于是我只好"三十六计，走为上计"，强忍着疼痛，快速地从树上溜了下来。

下树后，我不顾一切地脱下衣裤，这时我身上也还叮着几十只大红蚂蚁，而且它们仍然个个勇猛、只只顽强地撕咬着我的身体。最为恼火的是背上的蚂蚁，靠我自己根本就打不着，无奈之下，我也顾不得"英雄形象"了，便大声地向孩子们求助。不一会儿，在孩子们的帮助下，我总算摆脱了群蚁的困扰。

一场人与蚂蚁的遭遇战结束了，那是在战术上以小胜大的"战争"，也是在战略上以少胜多、打不过就走的战略转移的"战争"。

回到连队以后，在连队卫生员的细心治疗下，我那肿胀了好几天的身体，才渐渐地恢复了原来的模样。从那以后，虽然我还常为孩子们做些"慈善事业"，但再为孩子们采柁果时，就再也没有上过柁果树。

（2000 年 3 月 6 日）

大山的儿子

我是大山的儿子。虽然我出生于上海,而且现在仍然居住在上海,但对于我来讲,至今没能忘却曾经生活过的那一片大山,至今仍然想念着曾经磨炼过的那一片原始森林……

1970年3月,我上山下乡落户在西双版纳的大勐龙农场。初到农场,见连队就建在四面大山之中,心里十分高兴,并暗暗地盘算着什么时候可以去闯一闯大山,游览一下原始森林。于是在第一个休息日里,我就迫不及待地约上两位同学,一起向大山冲去。

第一次进山,看见什么都稀奇,都精彩。第一次看见的猴子,翘着尾巴上蹿下跳,自由地在树间嬉戏;第一次看见的眼镜蛇,直立着大扁头,盘在山路边向我们示威;第一次看见的六角昆虫,甲壳闪烁着七彩的光,在灌木叶上取食;第一次看见的小鱼儿,摇摆着透明的身躯,在水塘中游弋;第一次看见的参天大树,竟让我们三个都没法抱住它的树干;第一次看见的竹子,乱七八糟地长满了整个山坡。那一天第一次看见的实在是太多了,有树、竹、草、花,有猴子、松鼠、蝎子、毒蛇,还有小溪、瀑布,各种各样,千姿百态,真是数不胜数。

第一次进山,我们在山里整整流连了半天,直到太阳西下时,才连奔带跑,心满意足地返回连队。自那以后,我总是一有空就往山里跑。有时是约上个把战友同往,有时是跟着少数民族的猎人,但大多数的时候是我一个人进山。

每次进山,我都很开心。特别是在那"阶级斗争年年讲,月月讲,天天讲"的年代,每当我心情不舒畅时,就想着进山转转。说也奇怪,山林里真有灵丹妙药,每每从山里回来,心境自然就缓和了很多。

在旱季时进山，林中是鸟语花香，小溪潺潺。山林中的杜鹃花一丛一丛、非常耀眼，小溪边的兰花一簇一簇、异香扑鼻。在雨季时进山，林中是雨打芭蕉，叮叮咚咚。山林中的各色植物一株一株、青翠茂盛，小溪边的彩蝶一对一对、翩翩起舞。就是现在回想起来，还让我魂牵梦萦，心驰神往。

有一次进山，也是因为心情不好，加之那天阴雨连绵，不知不觉中又向大山里走去。雨过天晴，当我来到小溪边的一块鹅卵石滩时，眼前忽然出现一片密密麻麻的蝴蝶，让我一下目瞪口呆。哇！那么多的彩蝶，少说也有几千只！它们五彩缤纷、悠然自得，全然没有防范人的到来。它们有的飞来飞去，有的停在鹅卵石上；它们有红的，有黑的，也有其他色彩和色彩相间的；它们大小不一，有大如书本的，也有小如一片杜鹃花瓣的。它们聚在一起，好像是在开着盛大的集会，真让人眼花缭乱。

走进大山，也有惊险的时候。有一次进山砍竹子，回来时，想抄近路，结果让自己走进了一条绝路。当我站在山顶上时，才发现横在我脚下的竟是一堵悬崖断壁。当时已是下午三点多钟，返回原路实在是时间不允许。于是，我就毅然地先将竹子扔下悬崖，而后面向崖壁，用"之"字形的走法，成功地爬下了约有十多米高的断壁。当我重新扛起竹子大步走在山中，再回头望那崖壁时，心中禁不住升起了一丝寒意。

还有一次，我到离自己连队有十五公里的朋友那里聚会，当我想起要回连队时，天空已是漆黑一片了。当时，正值"一级战备"的非常时期，农场规定不得在外过夜，于是，我不得不马上赶回连队。因为走十五公里的大路至少也要三个小时，情急之下，就决定走那只需一个多小时就可到达的山路。

那天晚上，也是阴雨连绵。我没带手电筒，一个人手执一根二尺多长的实心竹子,心急火燎地闯进了原始森林。虽然没有月亮,林中一片漆黑,但凭着对山路的熟悉,我一直正确地走在林中。当翻过两座大山,走进山岗上一片茅草地时,突然发现右侧方不远处有一对亮绿的眼睛,正慢慢地向我靠近。那时,我的心一下就到了头顶。我意识到,这是不祥之物,但又马上镇静了下来。我抓紧了手中的竹子,活动了几下手脚,做好了迎战的最坏准备后,就又加快了行进的步子。

我边走边不时地回头张望,只见那对亮绿的眼睛一直在十几米的距离中跟着我。就这样走了十来分钟,走完了茅草地又将钻进树林时,不知哪来的灵感,我突然转过身来,面对着那双亮绿的眼睛,将手指放在口中,用力地拉长着吹了一阵极响的口哨。当口哨声停下后,它竟已不知去向了。

生活在大山里,有很多可以观赏和食用的东西。那几年,生活环境艰苦,我不但学会了不少生产上的本领,而且还学会了不少用于改善生活的本领。在大山中,我可以识别很多生产上用的东西,也可以准确地识别很多野生食物和药材。

有一次进山,我在一株大树下发现了好多大如拳头的金黄色野果,再抬头望时,那株大树上竟挂满了同样的果子。那果子经风一吹,还不时向下掉落。我捡了一只在手,怕有毒,不敢食用。就用从老工人那里学来的本领,在附近寻找蚂蚁。当我在草丛中望见地上有很多蚂蚁正在搬运那些果子时,我才大大地咬了一口,呵!又甜又香,似梨而非梨。于是,我就脱下了外裤,采了满满的两裤腿带回连队,让战友们也美美地饱尝了一顿。

大山里可以回味的事情太多了,让我一想起来就可以说上几天。可以从天上的说到地下的,可以从动物的说到植物的,可以从鸟儿的说到鱼儿的,可以从鲜花的说到野果的。但这都不值得我骄傲,因为这些都是大山的功劳,都是原始森林的造化。对于我,所值得一提的是生活在大山里的那些时光，是大山教会了我很多；所值得一提的是生活在原始森林的那些岁月，是原始森林教会了我很多。在那里，我学会了很多常人不能学到的东西，我认为这才是我的财富。

大山里的我，是自由自在的……

（2002年3月20日）

上大学

不知不觉中，儿子就要考大学了。上大学，这可是我父母和我期盼已久的事。从我祖父那辈算起，我们家就没有一个上过大学的。我祖父那一代正值改朝换代，军阀混战，也就不去提它了。到了我父亲那一代，又经历了抗日战争、解放战争那些没有安宁的年代。况且，父亲又是个"扛码头"的工人，在那个年代生活尚且难以支撑，自不必奢谈什么上学、上大学了。

1949年，中华人民共和国成立，政府关心人民的文化素质。这样，父亲才在工厂办的扫盲班读了三年的业余学校，总算得了张"高小"的结业证书。

上大学，对于父母亲是一个美丽的希望。曾记得，父母拉着我去报名上小学的时候，就一路告诉我："要好好读书，将来还要上大学。"虽然那时的我还小，也根本不懂上大学对我意味着什么，只知道那是父母亲的要求，总是没错的。于是我就将父母的这句话牢牢地记在心中，在读小学的那几年里，我非常努力，以至于德、智、体都比较优秀。到了将近毕业的时候，虽然学校的各科老师都在为我争取一所较好的学校，但我还是因为一场史无前例的"文化大革命"而无法继续读书。

上大学，对于我是一个美丽的理想。革命总算有了一个段落，我们

"初中毕业"了。毕业后，我和我的同学们响应"知识青年到农村去，接受贫下中农再教育"的号召，跨进了一所学习开荒种橡胶的大学。在那所大学里，虽然面对的是疯狂、无知和愚昧，但也始终未敢忘怀父母亲的叮嘱。这一边认真地接受再教育，另一边却又在悄悄地、努力地学习一些可能是有用的东西，以备将来云开日出，可以重新跨进学校的大门。后来听说办了工农兵大学，于是满心欢喜地报了名去应考，可因为领导认为我不是"优秀知青"，只能眼巴巴地看着别人喜气洋洋地上学去了。后来虽几经努力，也没能达到可以上大学的标准。

上大学，对于我是一个美丽的愿望。回沪后，我在一家粮食加工厂做维修工，虽然工作繁忙，也还是没能忘却父母亲的希望。工息间，回家后，还常常捧着书本，读得"像个真的大学生一样"。后来，政府拨乱反正，为提高全民的文化素质，大张旗鼓地办学。于是，我又欣喜万分，日日夜夜地下了一番苦功，准备参加大学的考试。可是，就在我办理报名手续而需要厂家盖个章、出个证明时，又被厂家的主管部门告知："你不是培养对象。"真是欲哭无泪。那时我想：读书为什么还要是"优秀知青"？上大学为什么还要是"培养对象"？我要读书！为什么还要别人"同意"？我要上大学！为什么还要别人"批准"？

上大学，对于我是一个美丽的奢望。在我始为人夫、初为人父的时候，我总算进了一所业余的函授大学。那时，我是一边工作，不断排除着人为的困难；一边肩挑家务的担子，又不断克服着养儿育子的难题；一边还要抽出时间去完成大专的十几门课程，不断冲破因时间问题而产生的阻力。三年后，当我从学校领回那本盖有学校大印的毕业证书时，我快乐得真想大哭一场。

时间过得太快，转眼间我的儿子要考大学了。因为我们家没能有一个上过正规全日制大学的人，所以我特别想我的儿子能够考上大学，成为我们家真正的大学生。

上大学是我父母对我的美丽希望，读研究生则是我对儿子的美丽希望……

（2003 年 3 月 20 日）

神秘的沙教门二十四锤拳

说起沙教门二十四锤拳，总好像有点神秘的感觉。首先是因为师父在其所传授的几十个徒弟中，只把这路拳术传给了我，其他师兄皆为一知半解。其次是我习得此拳三十多年，曾为查明此拳的理论根据，翻阅过不少的资料，也许是我查阅的资料还太少，没有发现还有这么一个拳路。

沙教门二十四锤拳，听师父讲是南少林拳术，一直是有目标、有对象地进行传授的。所以我师父在传授此拳时，总是神秘兮兮地避开其他师兄。

沙教门二十四锤拳的整个拳路分为三个内容，即起势（五个动作的一个小套路）、二十四锤（带、抓、拉、点、穿、钻、挑、斩、马蹬、双对、双臂、大刀、单撞、双撞、敲打、扁担、探子、斩挑、挖心、双挽、顺步、挂耳、一步三、十字蹬）和一个收势动作。另外，还有一个埋伏锤，是为用法锤。

沙教门二十四锤拳虽是南少林拳术，但在演练方面却不像其他少林拳那样，以展示外力和套路拳的方式出现，而是像心意六合十大形拳那样，是以蓄气迸发和单个动作分散演练的形式出现的。师父选其为心意六合十大形拳的辅助拳种，我想是有他的理由的。

众所周知，心意六合十大形拳以勇猛强悍著称，手打三分脚打七，以屈身近打为主，属武当内家拳类；而沙教门二十四锤拳除勇猛强悍以外，却是手打七分脚打三，以直体远打为主，属少林拳外家拳类。

沙教门二十四锤拳虽然是少林拳种，但从它的一招一式上看，其动作简练，实用性强，对于调和心意六合十大形拳，了解少林拳的练法和用法，是有一定帮助的。

在演练上，沙教门二十四锤拳架子低矮、直进斜进的演练方式与心意六合十大形拳类似，虽然弓步比较多，但像心意六合十大形拳中"鸡步"的动作也不少，所以也可以像心意六合十大形拳那样用"鸡步"演练。另外，还有几个动作如"挂耳锤""双臂锤"等，也与心意六合十大形拳中的"夜马奔槽""白猿献果"等有相似之处。

今写此篇短文，谨告天下同好，有知之者，共同探讨。

（2003年12月8日）

甜美西塘

本没打算去西塘的，因为西塘离上海太近了。以前也知道西塘的美丽，但只想着退休以后，不能跑远门的时候，再去一揭西塘那千年古镇的绚丽面纱，再去一睹西塘那千年古镇的闺秀风采。

看来还是与西塘有缘。冷不丁地蹦出个朋友告诉我，他在浙江嘉善办了个培训班，只因缺少人手，想让我去帮忙，我几乎不假思索就答应了。于是，我便每星期一次"走马上任"，穿梭于上海和嘉善之间。

一个黄梅天的星期六，我们的课程安排了一个讲座，而且又由东道主丕老师主持班务，于是我就空了下来。丕老师一向待人热情，上课前，他带来了一位貌若天仙的小姐，拉至我面前说："刘老师，今天你没课，就休息休息，让我们干部科长何小姐陪你去看看我们嘉善的千年古镇西塘。"说着对何小姐吩咐了几句，之后我们就欣然地驱车直奔西塘而去。

西塘古镇离嘉善县城十一公里，四季分明，与上海的气候基本相同。我们的车只用了十几分钟，就到了西塘，从车里望去，街头巷口虽然清静，但大街两边那些摆满了土产杂货的商店大多已开业了。

小车停在了一条小巷的弄口。我下车来，立马被七八辆人力车给围住，他们七嘴八舌地介绍着西塘的旅行路线和价格。我因初到西塘，不敢妄言西塘的行情，只是木木地看着他们，等待着何小姐前来。不一会儿，何小姐停好了车过来，用本地方言说着："伲自己去，不用车！"便拉了一下我的袖管，径直向巷口走去。

走进巷口，但见两边皆为商铺，有卖字画古董的，有卖日用杂货的，有卖陶瓷竹器的，也有卖绸缎丝绣、旗袍纸伞的，再加上小镇那白墙青路、石阶小弄，一下将我置于古色古香的氛围之中，仿佛我也变得古色古香了起来。

走进巷子，忽然觉得整个身体被挤进了高墙夹弄之中。那巷子深而且长，粉墙石路延伸眼底，就好像行走在一线天之下。巷子深处偶尔走过两三女子，使我想起了"暗想玉容何所似，一枝春雪冻梅花，满身香雾簇朝霞"的诗句来。

我与何小姐肩并着肩，边走边看，边聊着西塘的闲话，在这闲话中，我才对西塘有了略知一二的感觉。

西塘古镇，相传春秋时就有建制，因为伍子胥曾在此地屯兵，故又有胥塘一说，并从此闻名。现又因改革开放，西塘古镇成了旅游的胜境、江南古镇的奇葩。

西塘古镇，在江南诸多古镇中，以其弄多、桥多、廊多而别具一格。说其弄多，河道两边皆为窄弄，石板铺地，青砖高墙之间多是通往河边的小弄。说其桥多，河道之上、岔口之处必有石桥。那石桥多为拱形，牢固又美观，不失为西塘一景。说其廊多，实为廊长。河道两边，一边为居家后院，一边为长廊过道。长廊中木格门窗、红柱白墙，加之长廊边红灯高挂，与绿柳相衬，林立于水波之中，相映生辉，也别有一趣。

我们漫步在长廊，不一会儿来到一家挂满了中国结的商铺门口。何小姐走进商铺伸手从货架上摘下一对蓝色和一对红色的彩鞋，二话没说，就从两双鞋上各剪下一只，将蓝、红二色错开后，又系在了彩绳上。"刘老师，这双鞋给你，让我们穿着它共走西塘之路。"何小姐将一双彩鞋塞进我手中。说着她自个儿就先笑了起来，那笑声银铃似的荡漾在廊棚里，那么自然，那么甜润，西塘的游人乐了，西塘的柳树乐了，西塘的河水也跟着乐了。

走出店铺，转个弯到了河岔口，河上一座廊桥，彩虹似的跨在小河上。那廊桥也是青瓦粉墙，花岗岩建造，有别于西塘其他古桥的小巧玲珑，显得高大庄严。桥头一对小石狮立于栏杆之上，行至桥上，才见这桥是左右两条道路，中间有道粉墙隔着。我还以为西塘人过桥也有"交通规则"，就问何小姐，何小姐说："这'来凤桥'为西塘人送子、送孙、送夫、送婿外出求取功名时的必经道路，出去时走右边的一条，功成名就，载誉回乡时，就走这左边的一条。"于是我眼前又闪现出那功成返乡的子弟们，通身披红挂彩，骑在高头大马之上，被西塘的父老乡亲簇拥着，吹吹打打欢天喜地游街的场景。

走下桥来，只见河边一棵柳树枝上斜挂着一块杏黄小旗，旗上绣一个黑色的"酒"字，便知附近有家饭店。于是就问何小姐："想吃饭吗？我请客。""你是客人，哪能让你请客呢。这儿不好，我们到那边大一些的饭店去。"说着就想带着我走向前方。"不了，这儿好，你看那柳枝飘柔，瓜棚滴翠，灯笼摇朱，乌篷悠悠，倒影如画，太多诗情画意了！如果能在河边放上一张小桌，来他二两好酒，不要太好！"何小姐听我这么一说，大加赞同地向酒店跑去。不大一会儿，就乐呵呵地走出小店："老板同意了！"

我们和老板娘一起放好了桌椅，我们坐下后，店里走出一个水乡打扮的女孩来，只见她头顶青花巾，腰系青花围裙，一手提着个热水瓶，一手托着两杯龙井茶放在桌上后，一声"你们慢用"，又转身回店里去了。

待我们面对面坐定，我一边与何小姐说话，一边就暗暗地打量起何小姐来：一头乌发，简单地扎出了一根马尾辫；面容白皙，一双月牙似的细眉下嵌着一对美丽的眼睛；鼻梁玲珑，唇红齿白，活活一个天仙下凡。我们边喝茶边互猜着对方的年龄，真没想到何小姐已是三十出头的人，竟还姣美得像个少女似的。真是江南滋润，徐娘难老。

不一会儿，那一身农家打扮的女孩手执小本本点菜来了，这时我也仔细地看了看她，我看她虽然皮肤略黑，但也是一样美若天仙。点菜时，我们只要了白米虾、白鲫鱼、草鸡、毛菜这四样江南特有的时鲜小菜和一瓶啤酒。就在此时，天公有情，淅淅沥沥地飘起了小雨。一时间，远处的石桥、房屋和乌篷船都蒙上了一层白纱。河道两边，那长廊，那灯笼，那柳枝，那白墙，那青瓦，不大一会儿也都迷蒙了起来。此景此境，真让我赏心悦目，似乎自己也成了这江南烟雨图中的一分子。就这样，我们在小河边、柳树下、瓜棚中不知不觉地度过了三个多小时。当我们依依不舍地与老板告辞的时候，已是下午四时多了。

离开了小酒店，本打算直接回到嘉善宾馆，但何小姐执意留我观赏西塘的夜景，这样，我又静心地等到了天黑。夜幕中，我站在石桥上再看西塘，那夜色中的西塘又有一番别样柔情。夜幕下，整个古镇都静静地躺在大地上，只有那河，一直悠哉悠哉地从我脚下流过，由近到远，直到消失在视觉的交点上。河道两边，那一串串的大红灯笼，透过了昏昏的亮光，映照着影影绰绰的古建筑，在河水中显现出的倒影，就像一条条被煦风撕成的彩带，垂挂在仙境之中。

我醉了，迷蒙中我听到远处飘来了一阵笛声，那笛声悠扬地缭绕在西塘的夜空，潇洒、清脆又甜美。

（2004年2月8日）

与蛇共舞的岁月

我是属蛇的，大概就是因为这点，对蛇，总好像有着那么一分莫名的情感。我生在上海，长在大城市，在去西双版纳之前，除了认识这个"蛇"字和从书本上知道蛇以外，基本上没见过真正意义上的蛇。

20世纪70年代始，我上山下乡来到西双版纳大勐龙农场落户，没想到西双版纳不但少数民族多，竹木多，水果多，而且蛇也特别多。在我所见过的蛇中，就有眼镜蛇、大眼镜蛇、蝮蛇、竹叶青蛇、金环蛇、银环蛇、响尾蛇等这类大毒蛇，至于那些游弋在水塘里、水沟里、水稻田里没有毒的水蛇、青蛇，就更是不计其数了。

记得刚到连队的一个星期后，我们就参加了农场的"全团种植橡胶大会战"。因为我们连队是个新建的连队，所以我们所要开垦的每一平方土地都是原始森林。要种橡胶，就要砍掉原始森林，农场老职工把它叫作"砍坝"。砍坝之后是烧坝，也就是烧去砍倒后晒干的树木草叶，而后才是挖梯田，打树穴。也就是在这砍坝的第一道工序中，我们这些大城市来的"孩子"，生平第一次感受到了面对各种各样大毒蛇的恐惧和惊吓。

第一天上山砍坝，我所在的那个班面对的就是一座小竹山，一面山坡几十亩地全是一寸左右粗细的小竹子。那竹子是野生的，自然长得密密麻麻，杂草丛生。我们手挥砍刀，只知认真工作，可没想到的是，正当我干得专心的时候，忽然眼前现出一条蛇来。那蛇绿背黄腹，虽然只有一尺来长，但见它一个三角绿头、一条血红蛇芯子伸在你的面前，着着实实地吓你个人仰马翻。我们这些男孩子死要面子，被吓后壮壮胆，装着没事的样子也就混过去了。可那些女孩子就更惨了，直吓得她们哭爹喊娘、连滚带爬地在山上到处乱跑。这样一来不是几天不思茶饭，不敢上山，就是从此谈蛇色变。

到了雨季，那蛇就更是多得让你无法想象。不但在山上的树林里、竹林里、草丛里可能与毒蛇们遭遇，而且在公路上，在水井边，在屋檐下都有可能遭遇毒蛇。有时候，下班晚了，回到连队就能听到惊恐的大呼小叫声，那是因为又有蛇爬上了我们哪一位知青朋友的帐顶或是钻进了他们的被窝。

1970年8月，一个烟雨蒙蒙的晚上，"晚汇报"以后，我回到寝室坐在办公桌前正整理着"晚汇报"上指导员和连长布置的工作。不一会儿指导员来找我要记录，他一进门就惊讶地对我说："文书啊，坐着不要动！千万不要动！你脚边有条大麻蛇！"我一听，立刻吓出一身冷汗来。"麻蛇"——这是当地人对大眼镜蛇的称呼啊！可当时，只因我正一心一意地工作，竟没有丝毫察觉。当指导员说完了话后，我才看见那蛇正高举着大扁头咝咝地盘在我的脚边。当指导员拿着扎有活结麻绳的竹竿，套住那条大眼镜蛇以后，我才看清那条大眼镜蛇足有一米多长。

有一次进山伐木，几个小时的山路让我们走得口干舌燥，我想着去小溪边为战友们打壶水喝，于是我要过一只水壶跑下山路。当我踏进一片草丛正向小溪边走去的时候，忽然听见山路上的战友一声大喊："别往前走了！当心！那里有条响尾蛇！"

初到连队时，听老工人们讲过响尾蛇的故事，他们把响尾蛇描绘成了最狡猾、最具危险性的蛇。因为响尾蛇特别善于伪装，不但难以察觉，有剧毒，而且还会用它的尾翼发出一些动听的声音，用以诱捕小动物和鸟类。

听到战友的警告后，我就急刹车似的停下了脚步。当我的战友们一齐冲进草丛，将那条用美妙"音乐"诱捕食物的"高手"蛇，从离我只有一米多远的草丛中挑出来的时候，我这才大大地舒了一口气。

还有一次，我去农场开会时，去武装连朋友那看看，只见武装连的战友们大惊小怪地围在操场上看着什么，于是我也凑个热闹上前观看。这才知道，是他们打着了一条大蟒蛇。原来，炊事员在做早饭的时候，忽然觉得灶前窗外有个什么东西在挪动，那东西一边动一边还摇着一条小红带，于是他无意中抬起头来一看："我的妈呀！大蟒蛇！"那炊事员被吓得丢下铲勺就往外跑。此时，闻讯赶来的指导员一看，原来是条大蟒蛇正盘在伙房窗前的大榕树上。于是他要过一支冲锋枪来，只用了一个点射，就打下了那条大蟒蛇。拉出来一看，足有碗口粗细，四米来长。

在西双版纳以后的生活中，遭遇蛇的事情，已是司空见惯的了。走在山里时自然不必多说，就是走在公路上，你也会时常看见蛇大摇大摆地横穿公路，优哉游哉地钻进草丛。时间长了，我们这些知青，不论男女，大多已不怕蛇了，有的知青还喂养起蛇来。但，蛇就是蛇，有毒是它的本性，常有毒蛇伤人、伤畜，甚至是置人于死地的事件发生。

在农场，就有一位北京知青是死于自己喂养的一条毒蛇之口的。那是一个星期天，我们这位北京知青带着他的宠物眼镜蛇观看连队的篮球比赛。球赛中途，有个队员因拉肚子要上厕所，于是我们这位北京知青就匆忙上场。上场前他在将蛇放进笼子的时候手脚重了一些，就被蛇咬了一口。当时他用嘴吸出一些毒液之后，自以为没什么大问题就上场打球了，但只打了十几分钟，就一头栽倒在地，当大家急忙将他送到农场卫生院时，他已经停止了呼吸。

蛇虽然是个可怕的动物，但在我们与蛇共同生活过的那些岁月里，所见所闻，也给我们那单调而乏味的生活，带来了不少的乐趣。如蛇是怎样偷吃鸡蛋的，蛇是怎样抓住小动物的，还有蛇是怎样寻找配偶进行交配的，这些对我来讲都是亲眼见过的。如果我一直生活在上海的话，恐怕这一辈子都不一定能看到那些有趣的场景。

有一次我去农场开会，在路过一块稻田时，突然发现路边的围篱上有条金环蛇正慢慢地向下蠕动，再仔细一看，原来稻田边有只青蛙正鼓着腮囊在自说自话呢。那只青蛙压根儿就不知道它此时已是危在旦夕。我原想去救那青蛙，但一想，生物链中弱肉强食，也是大自然的一个规律。于是我就停下脚步，认真看那蛇一点一点地接近了青蛙。忽然间青蛙发现了那条蛇，它刚想跳起逃跑，但已经来不及了。说时迟，那时快，只见那蛇闪电般地蹿了上去，只一口就将那只青蛙叼在了口中。那青蛙在蛇的口中又惨叫了几声后，就滑进蛇的腹中去了。

时间过得很快，转眼已是几十年前的事了。现在想来，那时要有摄像机该有多好啊！我可以拍到好多好多这样有趣的镜头，和世人与我的朋友们一起分享我的所见所闻，分享那大自然留给我们的乐趣。

嗐！可惜啊！与蛇共舞的那些岁月，竟然一去再也不复还了！

（2004年2月13日）

情系勐龙塔

偶尔打开自己的相册，当我的视线定格在那张我站在勐龙佛塔边的发了黄的黑白照片上时，拍摄这张照片时的情景就又活生生地显现在我的眼前。

那还是1970年，我们上海知青到达农场一个月之后的第一个五一国际劳动节。那天，我们几个上海知青，在我的班长和几个北京知青的带领下，来到了与我们连队毗邻的曼飞龙寨子后山上的勐龙佛塔。为了留个纪念，北京知青们又去了趟曼飞龙寨子，向插队的知青们借来了一架在当时还算得上最为时髦的双镜头照相机和几套漂亮得使姑娘们欣喜若狂的傣家女装。

勐龙佛塔，因为地处曼飞龙寨子的后山上，故又被称为曼飞龙佛塔。曼飞龙寨子位于景洪以南约六十五公里处，从景洪出发，过了小街以后，就可以看到大勐龙方向的一座小山包上耸立着一座白色的佛塔。远远望去，阳光下的那座佛塔洁白而耀眼，那座佛塔就是勐龙佛塔。

那是我们在完成了第一个全团开垦备耕"大会战"之后而放假的一天。当时，我已与比我们早到十个月的北京知青们混成了"哥们儿"，特别是与那位剃着光头的小个子班长，更是亲如兄弟一般。在我的提议下，我们上海、北京男男女女十几个知青，嘻嘻哈哈、疯疯癫癫地游玩了曼那暖寨子，参与了大勐龙赶街后，又向着蓝天，向着青山，向着那座圣洁的白塔行进，脚踩红色的山坡，穿过了两米多高的飞机草丛，来到了传说中的勐龙塔旁，摄下了一张张终生难忘的照片。

勐龙佛塔坐落的地方，据传是佛祖释迦牟尼来过后，并在这里的大青石上留下了一个又大又深的脚印的地方。后来傣家的信徒们为了纪念这个伟大的时刻，就在这曼飞龙后山的山头上建造了这座佛塔，还留下了一个美丽的神话故事。

勐龙佛塔是座美丽的佛塔。其原貌为多瓣形梅花状塔，基座上立有九根柱塔，中间一柱为主塔，亦称母塔，高十六米左右；四边环抱的八柱小塔，亦称子塔，高九米左右。又因其塔形塔势酷似竹笋，故俗称"笋塔"。笋塔中，每根柱塔上都有佛龛，每个佛龛内又都贡奉着一尊佛雕和一幅佛像，那佛雕和佛像或坐或立，慈眉善目，栩栩如生。主塔尖上还有铜笛，被称为"天笛"，清风吹来，呜呜作响，似乎是在吹奏天歌一般。在那天朗气清的时候，整个大勐龙地区都可以听到这"天笛"的悦耳声音。

我们一行人兴高采烈地登上山顶后一看，那佛塔全然不是传说中的那般神秘，那般庄严；也没有我们在山下看到的那般洁白，那般美丽。只见通往佛塔的小路上，石阶东斜西歪，有的还散落在路边的草丛中；登上山顶，那塔基上也是石阶脱落，横七竖八，到处长满了杂草；再看那塔身也是千疮百孔，遍体鳞伤。更为可怜的就是那塔柱了，不但塔柱上的莲花瓣没有一朵是完好的，那塔柱上佛龛里的佛雕和佛像也无一幸免，全被砍下了脑袋，打破了身体。原先那洁白神圣的佛塔更是写满了"破旧立新，移风易俗""造反有理，革命无罪"等口号和标语。还记得，当我们一行人一睹佛塔尊容的欢快心情，被眼前这颓废景象一扫而光的时候，我们禁不住同时感到几分凄凉和悲哀。

傣族是一个全民信教的民族，他们信仰的那个教被宗教界称为"小乘佛教"，大约有一千多年的历史。小乘佛教宣扬的是"人空、生空、我空"，把人的生、老、病、死都称为"苦"，要想从"苦"中自我解脱，就要积善修行，不然死后就要下地狱，来世还要继续受"苦"。

在傣家，每一个男性都做过和尚，他们六七岁时就可以进庙。其实，他们的进庙如同我们进学校一样，是去学习的，他们在那里学习傣文，学习汉文，学习一切可以学习的东西。所以，他们的庙是一个学知识、学本领的地方，当然也是一个学习宗教的地方。

在傣家的节日中，除了"开门节""关门节""泼水节"以外，还有一个节叫"敬塔节"。这个"敬塔节"就是他们向佛祈求风调雨顺、五谷丰收的节日，也是傣家人寻求今生积善、来世成佛的宗教节日。"敬塔节"那一天，信徒们会从四面八方汇集到勐龙塔下。他们身穿节日的盛装，虔诚地进行着拜塔、滴水、念经、祈祷等仪式，盼望着来年的富足和幸福。

在那以后的岁月里,由于"抓革命,促生产",我们一直忙碌在大力发展橡胶事业的第一线,虽然这勐龙塔就在眼前,但平时除了在远处眺望以外,就再也没有去过一次。直到知青大返城回到上海,在偶尔欣赏自己的相册时,我才又想起了那座破败不堪的佛塔,才又开始常常牵挂起那座佛塔的命运,并且很想知道那座佛塔现在的境况,也总想着再去看看那座曾经给我们留下了难忘记忆的佛塔。

1989年5月,在离开西双版纳十年之后,我再次踏上了南去的火车,去西双版纳,去农场,去大勐龙看望那魂牵梦萦的佛塔。经过几天的旅行,当我再一次站在勐龙佛塔边的时候,我眼前闪现的是一座神话中的佛塔,那佛塔已在改革开放的大潮中被修葺一新。我看着那修复的佛塔,在蓝天青山的背景中,在明媚阳光的照耀下,银光闪闪,心中欣喜万分;再看那重新雕刻和重新着彩的佛像,一尊尊是那样庄严和神圣,那样洁白和美丽,一时间那敬佩傣家人聪明和才智的心情油然而生。心想,这也是我国少数民族地区的一颗明珠,一颗宗教的明珠,一颗文化的明珠,一颗建筑的明珠,一颗智慧的明珠。

(2004年2月22日)

武德

习武,就是学习击技,击技就是打斗。既然是打斗,又怎么会讲道德呢?有很多人就是这么理解中国武术的。

习武,就是学习击技,不错,但就是打斗,那就不对了。中国武林,从古至今,大凡武艺高强的有识之士,都是以武德而昭世,以武德而服人的。其实,中国的武术是由武技和武德这两个部分组成的,缺一而不为中国之武术。

习武者，有技无德，枉学其技；有德无技，亦为人笑谈。中国武术是中华民族之瑰宝，非习武者中有技有德者而不能发扬光大！

所以，打开中国武术史，在各门各派的拳谱中，我们都可以看到总有那么一个章节或是段落，要求习武者必须以德为重、以德服人。在我所学的心意六合十大形拳的拳谱中，就有："遇人有三交三不交，三惧三不惧。何谓三交三不交？孝悌忠信者交，有情有义者交，灵通机悟者交；鲁莽狂妄者不交，浅情偷盗者不交，无情无义者不交。何谓三惧三不惧？服从尊长者惧，年高有德望者惧，耍笑顽童者惧；稍有长我者不惧，恃才逞勇者不惧，艺高狂妄者不惧。"由此可见，中国武德昭如日月。

我十二岁时开始习武，那是母亲不顾家境的穷困，每月出资请得师父让我学习的。当时母亲的出发点有二：一是我先天不足，体弱多病，习武是为健身；二是因为父亲老实，常有人欺人太甚，想让儿子习得武技，不再被人欺辱。开始习武时，的确是发过毒誓：练好身体，学成武技，报复那些胆敢欺人的家伙。

习武初始，学习的都是一些少林的拳术，由于师父只教拳脚，不授击技，不传内功，所以，虽然学得了一些花拳绣腿，但在实际功夫上并没有什么长进。后来，在哥哥的引荐下，有幸拜在了武当派心意六合十大形拳上海鼻祖卢嵩高的第二代弟子梁师父的门下，学习了心意六合十大形拳等拳术，至此深得武艺之精华。

所谓"功夫不去，功夫不来"，从那时起，我便对中国武术的击技和理论，有了突飞猛进的进步。那时，我的武功极好。反应灵，速度快，力量大。一般的玻璃窗，用指一戳即碎；一柄剑放在咽喉，用气一顶即弯；那直径三十厘米左右粗的大树，用功一撞即哗哗作响；还有那些喜欢与我开玩笑的朋友，也常常被我的无意识"防卫反击"打得哭笑不得。

人们常说："一桶水平稳，半桶水晃荡。"习武两年左右的时候，确实有一种"天下无敌"的自满感觉。那时，总想着与人交手，一显威风。虽然我没有惹是生非过，但也常常"路见不平，拔刀相助"，其结果，总是出手之后大觉后悔。

记得有一次，为一个师兄打抱不平，与对方才一交手，我就一个"劈拳"，直打得对方双手捂着脸面，鲜血直流。待送到医院，才知道这一拳打开了对方脸颊三厘米长的裂口，眼球都差点掉落下来，半边脸面又肿又青了十多天。事后我悔恨至极，便带了伤药上门赔礼道歉，并发誓今后再不轻易动手打人了。

习武习德，是每个做师父的人责无旁贷的事。打抱不平的事被师父知道以后，师父臭骂了我一顿，后又高兴地警告我："你功夫了得了，不能再出手了！"

功夫了得了，虽不再与人打斗，但无意伤人的事还是时有发生。有一次与一个朋友谈论武术，那朋友说到激动的时候，便一拳一脚真的向我打来，我无奈在后退时伸手在那朋友的前胸戳了一下，他才"哎哟"一声停下了拳脚。一个星期以后，我再见到他时，只见他人无精神，面色灰白，便上前问候。没想到他竟说我有心害他，欲置他于死地而后快。我了解了情况以后，马上向其认错，并为他推拿疗伤，直至痊愈。

习武习德，虽不能与人打斗，但惩恶扬善的事也还是要做的。还是在一家加工厂工作的时候，厂里有个五大三粗的驾驶员，自以为"模子大"，有点蛮劲，在厂里又是为第一把手开车，便没了自己。他经常狐假虎威，吆三喝四，甚至与人相处两句话不对路，就以拳脚逞威。厂里有好些人都对其恨之入骨，但又无可奈何。

那天也是冤家路窄，为点极小的事，那人便找借口对我吼着："就想揍你！"我虽不是省油的灯，但总还记着"武德"这一条，本不想与他大动干戈。没想到这小子边骂边一把抓住我的衣领，挥拳就打。我是习武之人，反应速度都是极快的，说时迟，那时快，我只上前一步，一个摆胯，就把他从我背上重重地摔在地上。待我放开手后，那家伙竟穷凶极恶地咬了我一口。我也以牙还牙，只一下就使得他一个多星期没能好好地吃饭。

习武习德，不但要习得击技的能力，还要有治病疗伤的能力。后来在有了一些功夫的时候，我又开始跟着师父学习按摩推拿的技艺。每天演练完拳术以后，与师父一起为在场的老人、病人们义务治病，便成了我们一项不可缺少的修炼。以至后来，我们还没将拳术演练完毕，一些老人、病人们就已在现场排着队等待着我们了。

习武习德，与人处事要诚心相待，真心交往。不但要义字当先，还要求大同存小异。如若遇到情不投、意不和的，也不要恶语相加，寻衅结仇。就算有人心怀不轨，忍辱戒妄是上策。

习武习德，还要将中国的历史、文学、哲学、医学、宗教等和琴棋书画通通地学习起来，以此触类旁通，修身养性，而达温文儒雅、端庄肃穆的境界。

总而言之，"山外青山楼外楼""还有英雄在前头"是一个艺高德厚的人才能悟出的道理。

（2004 年 3 月 1 日）

老家淮南

1975 年，当我第一次踏上老家淮南土地的时候，我二十二岁。说来也算是巧合，二十二岁，正是我父亲背井离乡到上海"扛码头"的年龄。

老家的土地实际上是在淮河的北岸，那地方面临淮河，背靠淮北大平原，我的老家就在淮河大堤下。在淮南的大地上，种庄稼可以一年两熟，而且什么农作物都可以种，特别是豆类，长得就更好了。在淮南的土地下，是一个众所周知的大煤矿。从淮南人常说的"走千走万不如淮河两岸"的话中就可以知道淮南是个好地方了。

淮南地处华东腹地，淮河中游，横跨淮河两岸，位于秦岭、淮河这一我国南北气候的分界线上。新石器时代就有人类在此繁衍生息，夏商时已形成部落，春秋战国时期是蔡楚文化的繁荣之地。

淮南，最早建制是在西汉时期，当时的淮南王刘安，记载中的他善为文辞，才思敏捷，在政治上主张"无为而治"，"曾广招四方宾客方术之士数千人"，集体编写了《淮南子》，晚年炼丹欲求长生不老，结果歪打正着，发明了人间美食——豆腐。

我也姓刘，而且我的老家又叫刘巷，一时兴起，便追溯起我的家谱宗源来。据爷爷说，我们淮南这一族的刘姓，并不是当年淮南王刘安的后裔。我们这一脉的刘姓，是于明末因分支，而从今天的山东迁徙出来的。根据家谱"虎子金体占，川都建业新"的说法，我们这一族当是中山靖王刘胜的后代。当然，刘胜家族旺盛，子嗣众多。

初到老家，看到的淮南大地是一片洁白，大雪纷飞中，我一个人走在茫茫的雪地上。当我过了二道河行进在湾里的时候，眼前突然出现了一群大雁。大雁们在大雪中亲昵着，那嘎嘎的呢喃声在风雪中响成一片。我兴奋极了，撒开两腿，大步地奔向大雁群，站在大雁群旁愣愣地看了十多分钟，当觉得自己将要变成雪人儿的时候，才想起背包里还有一些饼干之类的食物，便大把大把地撒给了大雁们食用。

初到老家，没有睡的地方。三爷爷看我是上海来的娃娃，又不愿与叔叔的家人们睡在一起，就打扫了一间不足四平方米的小磨房，他们搬来了造房用的土坯和高粱秆，为我铺成了"床"，做成了"门"，这样，我的"寝室"问题就算是解决了。晚上，北风呼啸，风雪从"门"缝中冲进磨房，我蜷缩在被子里。幸好三爷爷家的那条黄毛大狗不把我当外人看待，竟友好地跳上我的床和我同床共眠，虽然它那才吃过大粪的嘴巴臭气难闻，但我还是很感谢它给我带来了许多温暖。我没能想到的是，在老家的那些时日里，全身竟长满了虱子，满身都是被虱子咬的小红疙瘩，内衣和外套上也沾满了红色的斑点和虱子的后代。

初到老家，在伙食上不太习惯。因为我生长在南方，伙食多以大米细粮为主。在老家，食物中除了面粉是细粮以外，每日里总是黄豆粉、玉米粉、高粱粉、山芋粉等杂粮辅以食用。幸好，我是个吃得起苦、经得住难的人，对那些杂粮食物竟然还都能够欣然接受，但随着时间的延伸，想吃米饭的念头日益强烈。

我的老家在淮河边上，因我从小就喜欢游泳，所以当我第一次见到淮河的时候，我就从心里发出一阵欢呼。于是到了天热的时候，我几乎是每天都泡在潺潺的淮水中达两小时左右。有时候玩得兴起，就将小船划到河心，然后再从船上一个"飞燕凌空"飞翔着跃进淮水之中，直看得乡下的孩子们在河岸上张口结舌。

淮南盛产煤炭，还是豆腐的发源地。煤炭的储藏量大约在153亿吨，占华东地区总储量的32%，是华东的动力之乡。豆腐的发源地是在八公山，由于八公山的泉水清澄味甘，做出的豆腐口感细腻绵滑，洁白如玉；置于手中晃动不散塌，掷于汤中久煮而不碎，被誉为"五鼎食"，历史上曾为贡品。

淮南是个出产豆类的地方，我所知道的就有绿豆、赤豆、豇豆、豌豆、扁豆、刀豆、青豆、黄豆等八种豆子。自从淮南王刘安发明豆腐以来，在淮南用豆类制成的食品就多得令人眼花，再加上每一个品种又有多种烹制方法，实际上在淮南，这种用豆类制成的食品就数不胜数了。

做豆腐是一件仔细的活儿。我们在城里长大的人见过做豆腐的可能不多，但在家乡那可是家家户户拿手的绝活。只见他们泡黄豆，去豆壳，磨豆浆，滤豆渣，煮豆乳，点豆腐，装木格，压豆腐，这一道道工序是缺一不可，其中点豆腐便是最为讲究的活计了。点豆腐，大多用两种原料，一是用石膏，二是用盐卤，在淮南都是用石膏点的豆腐。点豆腐时要求思想集中，一边用木棒搅动，一边点下石膏后不时地将木棒提起，查看结在木棒上的豆花点。如要做成嫩豆腐呢，豆花点就不能结得过大，不然就会变成老豆腐了。

　　豆腐，在古时名称很多，有"菽乳""黎祁"等。只是到了唐宋以后，才正式称其为豆腐。淮南人爱食豆腐，淮南人也爱做豆腐。每到过年过节，家家户户都是做豆腐的加工场。每到那时，整个村庄炊烟缭绕，鸡狗的叫声伴着风箱的声音，也算是家乡人过年的一大特色。不大一会儿，那豆腐、豆饼、豆皮、豆圆、豆条、豆干的香味就溢满了村庄的上空，真是"拭盘堆连展，洗酺煮黎祁""色比土酥净，香逾石髓坚"。

　　我的老家在淮南，淮南是个好地方。在那里有我的父老乡亲，有我的兄弟姐妹；在那里有我的淮河，有我祖上的土地；在那里有我的小磨房，有我的黄毛大狗；在那里有我曾经的回忆，有我曾经的快乐和希望。

（2004年3月8日）

大手

　　杂乱的事务总算告一段落，我想着该让自己去哪儿放松放松，让自己那疲惫的身体也上哪儿休息休息。我想着想着，就想起了有一个多月没去看望父母亲了，不知道这些时日两位老人的心情如何，身体可好。

虽然有过两次电话问候，但老人们总是"报喜不报忧"，不让儿女为他们放不下心。

对！去看看父母亲去。于是，我就带了些茶叶、瓜子、水果之类，向着父母亲的居住地冲去。幸好父母亲的居所都在市区，来往探望也很方便。

父亲今年已过八十，母亲比父亲小六岁。由于我们四个子女都已成家，且又另有居所，所以，平时我们不在身边的时候，两位老人相依为居，也算图个清静。《红楼梦》中的《好了歌》有曰："世人都晓神仙好，只有子孙忘不了，痴心父母古来多，孝顺子孙谁见了。"这话说得虽然不是百分之百正确，但，实在也是这么回事。就算有时想起了去看看父母，因一时抽不开身又给忙忘了。打个电话慰问一下吧，总觉得心里不踏实，总想着不如见上一面。

我推开家门，一声"爸妈"，就见父亲乐呵呵地从椅子上站立起来："你来了，孙子呢？饭吃了没有，再吃点好吗？"边说边拿出瓜子："还有橘子、苹果，要吃吗？我给你去拿。"我放下手里的东西，知道母亲串门去了，就一边接过父亲递来的茶杯和瓜子，一边看着父亲那满是皱纹的大手。是啊！就是这双大手，他为我们付出了多少艰辛，才把我们养大成人的啊。

父亲出生于安徽淮南，一家四口，爷爷、奶奶、父亲和姑姑。父亲六岁时，爷爷就早早地离开了人世，奶奶每日里做些香烟糖果之类的小生意，将父亲和姑姑养大。为了一家人的生活，也为了给守寡的奶奶减轻一些生活的压力，父亲十四岁就下地干农活了。二十二岁那年，他毅然跟着回乡探亲的亲戚们来到上海"扛码头"。初来时，每月的工资只是一包五十市斤的面粉。为了多挣些钱带回老家养活寡母孤妹，在来上海的第二个月，父亲就冒名顶替在另一个码头又打了一份工。

中华人民共和国成立以后，父亲仍然做着仓库的管理工作。他热爱这份工作，不但平时认真负责，而且在不当班的时候，也常常去仓库看看。如果遇上大风大雨天，不论是白天还是晚上，父亲都会不顾一切地冲到厂里，一直到他认为的确没有什么大问题以后才回家。

父亲喜爱孩子，我们小的时候，父亲总是像朋友一样带着我们玩耍。他经常乘着上中夜班的机会，捉回几只蟋蟀来和我们一起看打斗。他还利用休息日、节假日带我们出去踏青或者采些野菜野果之类回来食用。记得在我还没有上学的一个初春，父亲就带着我和哥哥去郊外钓黄鳝。父亲将钓钩一个个上好饵后，就告诉我们看好钓钩，如有活动马上喊他，我答应着守在河边，仔细地看着钓钩。忽然，我看到有个钩子活动了，就激动地自己上前去拉那钩子。没想到这一拉，不仅没能把黄鳝拉出洞来，却把自己扑通一声给拉进了河里。待父亲从河里将我抱上岸的时候，我早已是个浑身打着哆嗦的"落汤鸡"了。

父亲还常常带着我们去逛大街。他每次带我出去，总是让我骑在他的肩上，还总是不停地问我这个要买吗，那个要买吗。兜里只有几块钱的父亲，在我面前潇洒起来好像是个大富豪似的。还记得有一次，是我上小学三年级的时候，因为我当上了大队委员，父亲为了奖励我，就特地到旧货市场买了一双咖啡色的系带皮鞋给我穿。在那个年代，有双皮鞋穿可是件奢侈的事，但是，当时的我，只穿了一次就再也没有穿过，父亲因为此事一直很不开心。现在回想起来，是我辜负了父亲的一片爱子之心。

父亲不爱与人争斗，在我的记忆中，没有与人争吵、打斗的记录。即使是有人欺侮我们，或吵或闹的事，大多都是由母亲出面做恶人。在我们长大以后，他也总是反对我们与人争斗。就是在"文化大革命"那样的非常时期，在单位里父亲也是个罕见的"逍遥派"。父亲对下一代是宽容的，每当我对他表示内疚的时候，他总是说："一代还一代嘛，只要你们把自己的孩子带好了，就是对我的最好报答。"父亲也是乐观的，他虽然已是四个孩子的父亲，还要挑起一家七口人的生活重担，但他却喜欢各类体育活动。他不但能敲一手美妙的安徽锣鼓，在厂里，还是舞狮班和篮球队的主要成员。

父亲个性坚强。在我的记忆中，他因工砸伤一次，摔伤两次，最为严重的一次是在他五十九岁即将退休的前一年。那一天，父亲在码头上值班，忽然发现装船的面粉全都卡在了运输带上，如果不及时清堵，运输带上的马达就会起火。于是，父亲就不顾一切地爬上了五六米高的运输机，其结果是运输带畅通了，但年近六十的父亲却随着大批的面粉包一同摔在河坝上。那一次的清堵，父亲三处骨折，摔折了股骨、耻骨，还摔断了肋骨。当我焦急地在医院见到父亲的时候，父亲竟平静地对我说："没什么，休息休息就会好的。"

父亲又给我斟水了，我双手捧起茶杯，恭恭敬敬地接过父亲送上的茶水后，又瞧见父亲那双满是皱纹的大手，心想：这双大手曾经抓起过上千上万的包箱货物，曾经撑起过我们一家人的生活，也同时彰显了父亲那男子汉大丈夫的气概。

（2004年3月20日）

中国结

每当我看见中国结的时候，就会想起已是满头白发、为我们耗尽了毕生精力的母亲，正坐在家中平静地打着中国结的情景。

母亲也是个工人。父母亲成家以后，生活虽然过得比较艰辛，但是父母亲都尽心、尽责、尽力地操持着一个七口人生活的家庭。而且，在以后的岁月中，他们送走了两位老人，养大了四个孩子，这个家庭的两位主角，携手并肩、齐心协力、同甘共苦地奏响了一曲家庭的和弦。

母亲的家乡也是在安徽淮南,与父亲的家乡一西一东,相距约二十公里。母亲出生的那一天,是农历的大年夜,那天晚上,淮南的大地上,笼罩在一片白茫茫的鹅毛大雪之中。以耕种土地为生的农民们,正高高兴兴地迎接着新年到来,我的母亲在一间土墙草顶的农舍中,大哭大叫着来到了这个世界上。重男轻女的外祖父,一见生下的是个女孩,二话没说,就从外祖母怀里抱过婴儿,随手拽过一件破棉袄,三包两裹地冒着大雪向外走去。尽管外祖母用尽了气力加以阻止,但外祖父还是将刚出世的母亲放在了村庙的供案上。母亲有幸活到今日,要感激上苍在冥冥之中护佑着母亲,更要感激当年那些住在村庙里乞讨的孩子。他们用米汤、粥饭喂养了母亲两天之后,外祖母听说孩子还活着,这才不顾一切地冲进村庙,将母亲重新抱回家中。

母亲八岁的时候,家里又增添了两个弟弟,为了减轻家中的生活负担,外祖母决定将母亲送往一家家境比较富裕的人家做童养媳。直到十四岁那年,由于实在不甘忍受做童养媳的辛苦,在一位好心人的指点下,母亲决定南下上海寻找父亲,于是她就跟着几个同路的乞讨人,一路行乞来到了上海。

母亲是个女工好手,她聪明好学、手脚勤快。结婚以后,父亲主外,在厂里加班加点地工作。母亲和祖母主持家务,我们一家三个大人、四个小孩的一应吃穿睡盖,全由母亲操持,至于那些缝补浆洗的事,更是母亲的拿手好活。特别是那些传统的中国结扣,虽然五花八门、各种各样,但在母亲手里,不多一会儿就能打出一小堆来。记得每到过年过节,母亲总是给我们打上几个彩色的中国结扣,挂在家中或者挂在我们身上。每年的立夏时节,母亲还打出彩色的蛋网,放进一只白色的咸鸭蛋后,作为礼物送给我们。我们常常舍不得吃,就把它挂在床前观赏,一挂就是好几个星期。

母亲的身体一直很差。在家中操持家务的时候,有祖母的照应,还算过得去。进了工厂以后，就常常力不从心，时有晕倒在工作场地的事情发生。记得在我去西双版纳的前一个星期，那天我正在家中看书，厂里的一位女工急急地跑来告诉我："你母亲又昏倒在厕所里了！"那一次是我背着母亲去往医院，是我背着母亲回到家中。

　　母亲的身体虽然不好，但她是个极要强的女人。她自己没认识多少字，却把上大学的希望全都寄托在四个孩子身上。她常常叮嘱我："我们家没人上过大学，你一定要好好读书，争口气考上大学。"就是在"文化大革命"中，她也没有放弃过这个念头。记得那一年开始招收工农兵大学生的时候，当时我还在农场，母亲知道了这个消息后，就兴奋地为我搜集了很多复习用的书籍，并千里迢迢地从上海寄往十万大山中的西双版纳，当我收到这些书籍的时候，心中一股暖流涌出眼眶。是啊，这是母爱啊，这是母亲对我的期望，我不能辜负了她的一片痴心。后来，我虽然没有被"领导"送进工农兵大学，但我一直铭记着母亲的叮嘱，完成了三年函大的自学课程。

　　家中的生活虽然比较艰苦，但在我们的学习费用上，母亲一直是"大手大脚"的。我从小就喜欢写写画画，为了满足我的这个特别的爱好，母亲从来不吝啬，除了给钱让我自己购买笔墨纸砚以外，还常常自己买回一些来为我备用。记得在我学习书法的时候，母亲总是一捆一捆地为我买回毛纸。如今我能写出一手好书法，全靠母亲的鼎力支持。

　　母亲不但在生活上、学习上关爱着我们，而且她还是我们四个孩子的保护神。因为父亲老实，本性不爱与人争斗，加之我小时候体弱多病，又长得瘦小，所以常有邻里的大孩子胡作非为。每当此时，总是母亲出面充当保护神的角色。她常常三不罢四不休地告上门去，如果对方家长不买她的账，那么一场吵闹也就在所难免了。后来，母亲为了避免与人吵架和孩子的健康成长，她不顾家庭生活的艰难，决定出资让我和哥哥拜师习武。现在我有一身的好武艺，这也都是母亲的功劳。

母亲老了，在以往的岁月里，她用她全部的母爱爱着我们。也许，母亲在别人的眼里只是一个普普通通的女人，也算不得什么了不起，但她在我的心中，就是一座又高又大的丰碑，就是一个红彤彤的中国结。

（2004年4月2日）

说"鬼"

我最早知道鬼，应当是在上小学三年级的时候。那时里弄里有位民国时期的说书先生，他能说很多很多的故事。每当天气炎热、在外纳凉的时候，大家就围上他，让他说上一段故事。开始时，他说的都是一些武侠英雄和才子佳人。可听得久了，有些人就生出了奇怪的念头，说是要听什么鬼的故事。

那说书先生还真有些技艺，不论说什么故事，都说得有声有色有噱头。特别是在说鬼的故事上，常常在大家听得全神贯注、心中生畏的时候，突然一声怪叫，直吓得那些胆子小的孩子没命似的抱头鼠窜，有的还被吓得大哭小叫的。所以能坚持到最后，仍然缠着那位说书先生讲鬼故事的，包括我在内不过三四个孩子而已。

那说书先生所说的鬼故事中，有什么吊死鬼、淹死鬼、饿死鬼、馋死鬼和骷髅鬼等，但最可怕的可能要数那僵尸鬼了。那僵尸鬼一旦被什么小动物从身上爬过，就会每隔一个时辰爬起来，变着鬼脸作恶一次。作恶时，那僵尸鬼或是青面獠牙长舌头，或是蓬头垢面尖指甲，或是吸人髓血，或是食人骨肉。既狰狞可怕，又凶恶残忍。直听得我们毛骨悚然，心惊肉跳。但是时间长了，我们这几个孩子的胆子却是越来越大了，不但听着再有噱头的鬼故事都不怕，而且还嫌在有亮光的地方听不过瘾、不够刺激。后来就变着法子去找那些又黑暗又狭小的地方去说鬼的故事。再到后来，干脆就不要听那说书先生讲鬼的故事了，就"人来疯"地专门找那些曾经停放过死人的房间或是苏州河边，专门找那些人们以为是最可怕的地方去"自己吓唬自己"。

现在回忆起来，在我所听过和看过的鬼故事当中，有两则鬼故事让我印象最深：一则是宋定伯捉鬼的故事。那是说有个叫宋定伯的人，少年时夜行，遇上一个鬼，就与那鬼搭讪，在说话中，宋定伯机智地避开了鬼的猜疑，并从中了解到了鬼的弱点，最后将那鬼变成了一只羊，去集市上卖了五百文钱。这则故事我把它叫作"胆大有钱"。

另一则是讲一个馋死鬼和一个吝啬鬼的故事。这则故事是说馋死鬼见吝啬鬼有一块芝麻大饼，就想尽了各种办法要讨着吃一些，但吝啬鬼实在太吝啬，直到吃完了大饼也没能让馋死鬼吃上一口。最后馋死鬼见桌缝中还残留着几粒芝麻，就又动脑筋用讲故事的办法，一边拍着桌子震出桌缝中的芝麻，一边又巧妙地骗过吝啬鬼的视线，用手指沾着唾沫食了那些芝麻。这则故事至今想起，我还是会忍俊不禁。

在现实生活中，相信有鬼的人不在少数。在安徽老家时，发现家乡的人大多信鬼，他们好像有说不完的"亲眼看见"和"亲身经历"，用来说服我相信鬼确实存在。特别是我那三祖母，更用她的坚信来说明鬼就在我们的身边。为了证明真的有鬼，他们还处处考验我。那年麦子成熟的季节，有一天晚上，他们让我去看麦场，还特意找了一个坟头让我守着。到了半夜，就听得有人一边大叫："鬼火来了！"一边向后退却。我向前一看，原来远处麦穗上飘着一个绿色的火球，我便笑着说："什么鬼火！不过磷光而已。"他们见我如此不以为然，就起哄着让我靠近磷火，否则便是口是心非。于是我并不答话，大踏步地向那磷火

223

冲去，待走近时，我用力一挥手臂，那火球立时变成了好多小球，四散而去。

另外，三祖母还常常与我谈起村里的那位"大仙"巫婆，她说："那大仙跳起来以后，前三百年、后三百年的事儿全能说得清清楚楚。"特别是在说到圆梦时，更是千真万确："你说那是骗人的，你也骗一个我瞧瞧！人家能让大仙再现，死人附体。附体时，那说话的声音、那做出的动作与死了的人生前没啥两样。"我是倔脾气的人，决定一睹为证，但事不如人愿，我两次去看那巫婆跳"大仙"，但一到现场，那巫婆就怔怔地看着我不跳了，至今想来还很遗憾。

不过，在生活中胆子小的人也确实不少。小时候，我们不但听鬼的故事，有时还装上一两次鬼吓唬别人以示自己的胆大。有一次，我在听完了鬼故事以后，就和另一个小孩一起装鬼。我让他站在我的肩上，用白色的床单顶在头上并立于黑暗的墙角边，就这样，确实吓到了不少人，他们回头就跑，不敢再向前走。还有一次，我站在黑暗的垃圾箱上，用手电筒照着自己伸长的舌头而做出的鬼脸，也着实吓住了几个人，现在想来真是很不应该。

战国时的荀况，在他的《天论》中说道："天行有常，不为尧存，不为桀亡。应之以治则吉，应之以乱则凶。……故水旱不能使之饥，寒暑不难使之疾，妖怪不能使之凶。"这段文字，虽然提到妖怪，但后世的人们往往将妖怪与鬼混为一谈。

关于鬼的故事，我还能说上很多，有从别人那里听来的，也有从书本中读到的。但是自从懂事开始，生活在这个世界上，对于鬼，我还只是停留在听和读上，从来没有一次真正意义上的遭遇。

（2004年4月18日）

钥匙和锁

一把钥匙开一把锁,这是中国人关于解决问题的一句俗话。这钥匙和锁的关系,要是把它比喻成婚姻关系,我想应该是比较恰当的。

一把钥匙,一把锁。那钥匙是男生,那锁是女生。

一把钥匙,一把锁。那钥匙见了锁,轻轻地、细细地插进锁芯,很随意地那么一拧,那锁就啪的一声,自然地、欢快地、有弹性地向上一跳,打开了。要锁上时,也是绵绵地、柔柔地向下一揿,那钥匙也是啪的一声,自然地、欢快地弹回原位。即使是分开了一两日、一两周、一两月、一两年,或是更长的一段时间,但只要再次相逢,也总是重复着上述的和谐。这是一对好夫妻,一对难得的好夫妻。

一把钥匙,一把锁。不知哪里出了问题,那钥匙插进锁芯,想随意一拧,但打不开了。便动着脑筋,一会儿左、一会儿右;一会儿上、一会儿下;一会儿拉出一点,一会儿又再伸进一点。如果不行,再适当地加上些力度或是加上些润滑剂之类,突然,用其中的一法,那锁终于打开了。这也是一对好夫妻,一对理智的夫妻,一对可以自我调整的好夫妻。

一把钥匙,一把锁。由于钥匙和锁本身的问题,时间用得久了,钥匙和锁都有不同程度的磨损。那钥匙插进那锁之后,虽用尽了上述的办法,但总也打不开那锁。那锁虽然也曾配合过,但还是难以打开。于是决定,双双修理。或是再配钥匙,或是修理锁芯。于是经过一番修理,再轻轻地一拧,又开了。这也是一对好夫妻,一对能相互理解、自我认识的好夫妻。

一把钥匙,一把锁。本来是好好的,但或早或迟,那钥匙有一天不能将那锁打开了,虽然也用尽了上述各种开锁的办法,但仍然不能将那锁打开,于是决定修整。但钥匙说,那是锁的毛病,不愿修理自己;那锁也说,那是钥匙出了毛病,也不愿意修理自己。于是钥匙和锁就这么各说各有理地一直僵持着。或许其中一方经过修理,已经完好,但另一方仍然坚持着说,毛病不在自己。这是一对可悲的夫妻,一对凑合的夫妻,他们的生活始终是在矛盾之中度过,永远也不会有真正的幸福。

一把钥匙,一把锁。肯定是上帝出了毛病,不知怎么的,那把钥匙和那把锁走到了一起。几经插试,总算使那把钥匙插进了那把锁芯,但就是不能将锁打开。那钥匙想尽了办法,那锁也已全力配合了,但仍然不能打开。按理应该重新匹配才对,但双方或其中一方就是不愿分手。于是就开始动脑筋查找问题,但又不能找到问题的焦点,即使找到了问题的焦点,双方或是其中的一方,又死不认账。分开去修理吧,双方或是其中的一方就是不愿意。于是,左也拧,右也拧;上也拧,下也拧;拉出来拧,插进去拧;一直折腾,一直也打不开;一直相互伤害,相互痛苦。这是一对愚蠢的夫妻,一对作孽的夫妻。这样的夫妻宜早早分手,才是对得起自己和对得起社会的最好出路。

一把钥匙开一把锁,这是中国人的一句俗话,也是中国人的一句至理名言。虽然有的时候一把钥匙可以打开另一把锁,但那样的概率是非常低的,只能用巧合来理解。如果一把钥匙和一把能打开的锁之间,要想得以保持永久的"好合",首先的要求就是那把钥匙要能插得进那把锁,而那把锁又要能被那把钥匙打开;其次是那把钥匙和那把锁的质量要好;再则就是要在日常的使用中不断地加以爱护,加以保养。

我想我们的婚姻,也应该就是这个道理。

(2004 年 6 月 3 日)

是"虎抱头"还是"虎豹头"——与武林同好商榷*

我从小习武，先习少林，1973年初拜入卢嵩高的弟子门下学习心意六合十大形拳（形意拳的前身），是心意六合十大形拳的第十代传人，至今从未间断。这些年来，自己除了不断演习拳术之外，在休息时间特别喜欢观看《动物世界》之类的电视节目。在观看时，我常常模仿十大形拳中的动物和与它们类似动物的捕猎防守动作，用以增强自己的灵感。在此期间，为"虎抱头"与"虎豹头"一说而特别注意观看虎、豹、狮、猫的捕猎扑杀的生存技能。功夫不负有心人，有一天，一只老虎扑向一头野牛的动作，让我证实了心意六合十大形拳中"虎抱头"这一动作存在的真实性。及此，我在以后也发现狮、豹这类大型猫科动物在捕杀较大动物时，会运用这一方法。

镜头中的那只老虎在扑向野牛的时候，是从野牛的前侧面扑上去的。那只老虎扑上去以后，并不是用它的前掌前爪直接去撕开野牛的身体，而是用它的前肢关节处去冲击野牛，将自己的整个身体压在了野牛身上，待野牛倒下伸头挣扎的时候，再张口咬住野牛的颈喉……

我看到了这一幕以后，大喜一声："对了！这就是'虎抱头'！"我想那老虎应该是对的。因为它若用爪去抓，野牛虽然受伤，但极有可能逃脱，而用前肢关节处顶击，再压上整个身体的重量，野牛必定倒地，肋骨断裂，此一招才是难以逃脱的致命一击。

心意六合十大形拳本是一种象形取意的拳术，它的演练动作都是来自对于动物的模仿。在心意六合十大形拳中，不论是在拳谱的理论中，

---

* 此篇刊登在《武林》杂志2003年第3期。

还是在演练的动作中，都有"虎抱头"一说。在拳谱中："鸡腿、龙腰、熊膀、鹰爪、虎抱头、雷声是为身法六合。虎抱头者，谓双肘不离肋，双手不离腮。"在演练动作的虎形中，也有"单虎抱头"和"双虎抱头"这两个动作，这两个动作皆为用肘出击的动作。从姿势上看，这两个动作完全是从猫科动物的捕猎动作中演变而来，完全是从猫科动物的自然本能中模仿而来，也完全符合拳谱中所说的"双肘不离肋，双手不离腮"的理论要求。

由此可见，这一动作并非"虎豹头"，而实乃"虎抱头"尔。

（2004年6月4日）

放风筝

第一次放风筝，是在十岁左右吧。记得第一次放的那只风筝还是父亲为我扎糊的呢。也就是那一次放风筝以后，我学会了扎糊风筝。

风筝，最简单的扎法就是削两根竹篾把它扎成十字形，然后用细棉线在四个竹篾头上一连，糊上纸就可以放飞了。虽说这是最为简单的风筝，但也还是要有讲究的。第一，这做风筝的竹篾要有韧性；第二，这做风筝的纸张要好，要糊得牢；第三，就是吊牵风筝的那根线，必须要扎在风筝的中心并约有45度，这是做风筝中最重要的一环，这样才能使风筝受力平衡，上下稳重，接受风力后才飞得高、飞得远。

放风筝，在我国相传始于春秋时期。风筝曾被称为"纸鸢"，原本是人们的玩具，后来也用于战争。关于风筝的诗句很多，李商隐《燕台》诗便有"西楼一夜风筝急"的描述。

学会了做风筝后，第二年的春天，我就开始自己动手做风筝了。根据父亲的教授，我第一次扎了一只蝴蝶式样的风筝。扎好后，从奶奶的针线篮中偷出一团线来，直奔到苏州河边，站到河堤上放飞了起来。还算运气好，那天第一次做的风筝飞得又稳又高，但因为没有经验，只顾着看风筝，却忘了照看那团棉线。结果，不一会儿，竟将那团插在筷子上的线团给放完了，直到那团线与那只风筝一起飞向远方的时候，才醒悟过来。

回到家中，难免被奶奶臭骂一顿。因为那时正是生活困难时期，一应家庭生活用品都是由国家配给，每家每户按大户小户发放票证，然后再凭票证去购买物品。自然那只我偷出来放风筝的线团也是国家配给供应，凭票证购买来的。

第一次风筝放得好，我欲发来了劲。于是我又扎糊了两只风筝。我到处寻找竹子，后来竟让我找到一只扫地用的大竹帚。我不管三七二十一，也不问这扫帚有用没用，一口气地拿回家中，就三下五除二地让它变成了扎风筝的竹篾。但是，当我把风筝扎好的时候，弄堂里那扫街的人也找上门来兴师问罪了。于是又被奶奶臭骂一顿，就为这事，我还差点吃了父亲的一顿"竹鞭烤肉"呢。

风筝做好了，我很开心，但放风筝的线又成了我烦恼的事。因为有了上次的经验，奶奶早将家用的线团藏了起来，于是我就发动我的朋友们回家去"拿"。结果，还真有个朋友将他母亲做裁缝用的大线团"拿"了出来。那次的风筝放得真过瘾，放得又高又远。

后来，在我们的那个弄堂里，小朋友手里放的风筝，多是我给扎糊的。后来，居委会宣传说城市里不能放风筝，我们就带着风筝到郊区去放飞了。

到了初中的时候，"文化大革命"开始了。有一段时间，学校里批判"知识无用""知识越多越反动"而罢课闹革命。我们在家中除了打牌下棋以外，就想着法子地扎风筝玩。为了能让风筝放得高、放得远，我就自己动手并线，做线盘。玩到后来，我们还玩出了不少的花头，如放响哨，放风车，放夜花等。特别是放夜花风筝，那是到了晚上才放的风筝。晚上，我们把风筝放到一定的高度后，就点燃一支焰火棒，并用细铁丝之类把它钩挂在风筝线上，让风把它吹上天去，那点燃的焰火棒在夜空中散发着彩色的光芒，好看极了。

放风筝，对孩提时的我来说是很开心的，但也有不开心的时候，那就是当放得又高又远的风筝突然断了线，那风筝又带着长长的线飞向远方的时候，心里就会十分沮丧。往往这时，我就会一个人傻傻地坐在河堤上，恼恨一番后才一脸不高兴地回家。

转眼几十年过去了，每当看到别人在放风筝的时候，我就会情不自禁地想起孩提时的事来。改革开放以后，在山东的潍坊还举办了国际风筝节，那风筝节上的风筝，真正地让我大开眼界。

（2004年10月30日）

中国文字畅想

我想中国人应该是很了不起的。虽然在现代的世界经济中，中国人还不算富裕，但中国人所拥有的那份文化，还是值得引以为豪的。

不说闻名遐迩的四大发明，也不说长城、青铜器、瓷器，只说说这中国的文字吧，就足可以让人兴致勃勃了。

中国的文字由点、横、竖、撇、捺、折的原始线条所组成，以几何的形象而展现。它虽然不如用拼音书写的文字简易，但它却因此蕴含了千般趣味，横生了万种风情。它不但可以写出象形美妙的篇章，还可以写出高山流水的韵律；它不但可以写出亭亭玉立的幽雅，还可以写出排山倒海的气势；它不但可以成就篆、隶、草、楷、行的艺术字体，还可以变化出无穷的书法作品。

中国的文字是象形的文字，它起源于甲骨文，历经金文、大篆、小篆、隶书、草书、楷书、行书等演变。它是以甲骨文的纯象形至小篆的半象形，再至隶书的方形而演变，最后以方形定格，以至今日。

中国的文字以象形为主，以韵律为辅；以其变幻的形象满足人们的视觉交流，以其抑扬的韵律满足人们的听觉沟通。中国的文字还以其象形的组合而妙趣横生，以其韵律的变幻而朗朗上口。

有儿有女是为"好"，花季少女才为"妙"；一寸之身不是"短"？犬有两口才能"哭"？妙趣横生。

"床前明月光，疑是地上霜。举头望明月，低头思故乡。"朗朗上口。

中国的文字，是外应形象的文字，它虽然不如拼音易写，但它却奔腾着忠肝义胆，舒展着仁义礼信。它的一字一词，不但可以写出百世流芳的佳话，也可以写出历代奸佞的笑谈。

"鞠躬尽瘁，死而后已。"忠肝义胆。

"勿以恶小而为之，勿以善小而不为。"仁义礼信。

中国的文字，是字音丰富的文字，也是字义多变的文字。它可以是多字一音，也可是一字多义。

"园、圆、原、源"，多字一音。

"子"，是稚童，也是尊长，一字多义。

中国的文字，是内含韵律的文字。它虽然不如拼音好记，但它却放飞着抑扬顿挫，飘洒着笛箫琴瑟。它的一音一韵，不但可以唱出千古的酸甜苦辣涩，还可以唱出万年的宫商角徵羽。

"无言独上西楼，月如钩。寂寞梧桐深院锁清秋。剪不断，理还乱，是离愁。别是一般滋味在心头。"抑扬顿挫。

"泠泠七弦上，静听松风寒。古调虽自爱，今人多不弹。"笛箫琴瑟。

中国的文字,是博大精深的文字。它的常用字虽然只有几千,但它组成的词句却是瀚海浩渺。它可以书写出古往今来的不朽与悲壮,也可以书写出气壮山河的潇洒与豪放。

"风萧萧兮易水寒,壮士一去兮不复还。"不朽且悲壮。

"大风起兮云飞扬。威加海内兮归故乡。安得猛士兮守四方!"潇洒且豪放。

中国的文字,是壮丽幽雅的文字。它可以是祖国的壮丽河山,还可以是未来的美好梦幻。它是诗人心头的引吭高歌,也是画师笔下的锦绣图篇。

"飞流直下三千尺,疑是银河落九天。"引吭高歌。

"日出江花红胜火,春来江水绿如蓝。"锦绣图篇。

听:"锄禾日当午,汗滴禾下土。"田垄间的挥汗如雨。

"名花倾国两相欢,长得君王带笑看。"皇宫里的歌舞升平。

"骝马新跨白玉鞍,战罢沙场月色寒。"战场上的刀枪铁骑。

"千呼万唤始出来,犹抱琵琶半遮面。"教坊中的低吟浅唱。

看:《山海经》中"精卫填海"的神秘莫测。

《诗经》中"窈窕淑女,君子好逑"的雅俗共赏。

《论语》中"三人行必有我师"的思想精髓。

《红楼梦》中"质本洁来还洁去"的情感寄托。

中国的文字,还是中国书法艺术的基础,其艺术构造的形成,为世界其他各国的文字所不能。曾记否?平直犀利的甲骨文是商朝王室占卜记事的基础,雄浑豪放的金文是周王号令诸侯的信律,曲线尽流的篆书是秦始皇一统中国的法宝,清雅舒展的隶书是司马迁抒发豪情的琴箫,刚健奔放的草书是张旭泼墨潇洒的狂舞,劲挺工整的楷书是毕昇活字灵感的依托,和畅自然的行书是王羲之挥毫圣作的高歌。

中国的文字，从《辞海》中看，纵纵横横有一万八千余字，而从《康熙字典》中看，洋洋洒洒竟有四万七千余字！若是搭配成词，真可谓是"词海无边"！

中国的文字，纵纵横横，是我们炎黄子孙的骄傲；中国的文字，洋洋洒洒，是我们中华民族的绝唱。

（2004年12月4日）

人生有爱

终于到了"知天命"的年龄，再向前就是"奔六"的人了。回忆往事，总好像还生活在父母亲疼着、爱着的幸福之中……

在以往的岁月里，虽然有过牵牵挂挂，激情燃烧，虽然也经历了风风雨雨，世态炎凉，但无论如何加以怀念和痛恨，那些都已无可挽回地成了过眼烟云、东流之水了。

回顾几十年的生活历程，不论是激情燃烧也好，世态炎凉也罢，其中领悟最深的当是"人生有爱"这四个字。我常想，人生有爱，世界才美丽，自己才幸福，人生才算有了真正的归宿。

人生有爱，从宏观上讲，是热爱祖国，热爱祖国这块土地上生活的人们。我们中国人都是一家人，都是华夏儿女，都要互相尊重。何况现在都是全球化时代了，整个人类都是一个地球村。

人生有爱，从微观上讲，是家庭和睦。对父母长辈要孝敬，要懂得知恩图报；对兄弟姐妹要亲和，要知道血缘手足的不可分解；对夫妻子女要关爱，要切记对家庭、对社会的责任。

人生有爱，在社会上，就是要遵纪守法，礼貌待人。处世遇事，宽容为怀，多换位思考，求大同而存小异，做一个有道德、有仁义的人。

人生有爱，对自己要有信心，对别人要有爱心。对自己自信而不自负，有自知之明，兼听则明。对别人有爱心并不意味着无原则，毕竟没有规矩，不成方圆。

人生有爱，就是要在善待自己的同时，善待他人，因为善待了他人，就是善待了自己。在善待他人的过程中，不断理解他人，理解他人的处境和错误。

人生有爱，不是那种万事以我为中心，为达目的，便不择手段；不是那种人不为己天诛地灭，稍有不适，就要置人于死地。

人生有爱，不是那种虚虚假假、掩掩藏藏，说话做事总是戴着假面具；不是自以为自己虚假有术，人前说人话，人后说鬼话，人前做人事，人后做鬼事；不是那种成日里无所适从，总想着迁怒他人，嫉恨别人；更不是破罐子破摔，只惦记着诽谤陷害他人。

人生有爱，不是那种只知满足自己的欲望，总自视甚高，根本就不知道自己是谁，不知道自己在想些什么，自己能做些什么。不是那种得了一点儿好处，就自以为是，自以为一下子得了七十二变神通，不是没规没矩，就是无法无天，一味趾高气扬、蛮横无理，而把那些人之常情、公众利益全都置若罔闻。

唐朝哲人韩愈在《原道》中说："博爱之谓仁，行而宜之之谓义，由是而之焉之谓道，足乎己无待于外之谓德。"

人生有爱，就是要对自己加以修养，在修养的过程中，不断剖析自己，了解真实的自我。成功时，要明白天时地利的作用；失败时，能从自我的不足中寻找原因。

只有人生有爱，才能取悦自己，才能真诚关怀他人；才会把那份来之不易的爱情、亲情、友情，郑重看待而加以珍惜，加以充实，加以完善。

我常想：一个人的一生若能守住一份健康、一份好心情，那才是人生真正的富贵；若是在花甲之后，还能守着一份爱情、一份亲情、一份友情，那才是人生真正的幸福。

总而言之，人生在世，有爱则欣，无爱则悲。人生在世，无外乎处世待己。人生有爱，有爱于世，则享积德之功；有爱于己，则享自知之明。

亲情、友情、爱情是谓人生三情。有爱于亲情则享天伦之乐，有爱于友情则享互助之谊，有爱于爱情则享夫妻之欢。故人生有爱则人生有趣也。

愿天下人，人生有爱。

（2005年5月18日）

遭遇尴尬

自从踏上社会，实在遭遇了不少的尴尬。在农场的时候，印象最深的要算是遭遇"斗私批修"了，那个时候的我还只有十七岁。大凡经过那个时代的人都知道，开办"斗私批修"学习班的时候，自然就是有人要倒霉的时候了。

我很有"幸"，在那里第一次遭遇到了"斗私批修"的尴尬。当时是初到农场，工作认真，学习进步，去了不到三个月就担任了武装班的班长，不到五个月就做了连队文书，年终还被评为"五好战士"。这下可让一些人坐不住了，于是就煽风点火了起来。好在有领导的信任，安然无恙。可是好景不长，没过多久，领导换了，于是那些人又重整旗鼓，结果这次是大获全胜，新领导不但相信了，而且还为我办起了"斗私批修"的学习班，他们说，就不信斗不倒我的"私"字一闪念。

于是，别人的"私"字一闪念都是可以理解的，唯有我的"私"字一闪念是"斗"了，还不深刻，需要进一步"上纲上线"。所以，斗我的"私念"一直没完没了。

无独有偶，在走了一些地方之后，我都不同程度地遭遇了这种尴尬。我就想，是不是各个地方都有那么些好事之徒。面对这种情况，我总是毫无招架之力，所以再三遭遇尴尬。

遭遇尴尬的前提，必是遭遇尴尬的人。以前，我在单位管理了一段时间的基建维修工作，一个工程任务下来，总有那么一些人闻风而来。不是这个要介绍施工队伍，就是那个要推销建筑材料，有的干脆自说自话地为你出谋划策，指手画脚，死磨硬缠，这就常常使我遭遇尴尬而又陷入"两难"。

其实，我所在单位和所要做的一系列工程都是政府行为，财政拨款，政府采购。就连施工单位、监理公司、审价公司也都是由政府采购实施招投标。再说我又不是什么大权在握者，上面有领导把关，下面还有设计图纸，哪有你个人想着怎么干就可以怎么干的？但这仍然不为他人所理解。去解释吧，似乎是"此地无银三百两"；保持沉默吧，耳边经常又会有窃窃私语。且放下"小人度君子之腹"不说，就那一个"贪"字，就是打死我，我也不会把它揽在自己头上的。

还有那更为尴尬的。原来无冤无仇、相处得还算友好的人，也不知怎的，让人"三言两语"了一回，便立马开始仇恨我。不是跟着煽风点火，就是阴阳怪气地骂街，更有甚者，还炮制匿名信，先告上你一状。搞得你家庭不得安宁，搞得你在领导、同事面前左右不是。如果遇到的是个一般的人物，作低调冷处理，时间长了"路遥知马力"，也就过去了。如果遇到的是位心胸狭隘的大权在握者，那就"惨不忍睹"了。莫名的小鞋是穿了又穿，莫须有的"大棒"是挨了又挨。解释说明吧，根本不听；死活由他吧，那就"假作真时真亦假"了。结果，尴尬又与我交上了朋友。

小时候,父母总是教育我们要清清白白地做事,堂堂正正地做人。可是不知为什么,半生的道路走下来,却发现皎者易污,总有一些事缠着你而不愿离去。

中国有个成语,叫"理直气壮",但我在几经尴尬之后发现:理直的人往往低声细语,温良恭俭让;而那些理歪的人呢,反而是气壮如牛,盛气凌人。嗐!真不知那些持着歪理还可以气壮的人,脑子里究竟想的是什么!

无欲则刚,无欲则强。吾本一介平民,早已没有了有些人梦寐以求的那种奢望。即使是取财,也是有口饭吃即可。好在我是一盆清水,可以一眼看得到底。虽然遭遇尴尬,但终究可以"以水为净"。好在天下平常人多于尴尬人,虽然遭遇煽风点火,谎言千遍,但毕竟身正不怕影子歪;虽然遭遇煽风点火,迷烟漫天,但也终有天朗气清的时候,到那时,惠风和畅就又是我的了。

我属于惠风和畅,只是可惜了那么多被尴尬折腾而无谓逝去的岁月。

(2005 年 8 月 28 日)

乐趣蛐蛐

偶尔听到了几声蛐蛐的鸣叫,才想起又是到了玩蛐蛐的季节了。

蛐蛐,官名蟋蟀。六脚昆虫,不但歌唱得好听,而且那些雄性的家伙特别喜欢打斗。每有斗时,针锋相对,难解难分,煞是好看。更有那"拼命三郎"的徒弟,非斗个你死我活而不肯罢休。

玩蛐蛐,那还是"文化大革命"以前的事。那时每到玩蛐蛐的季节，父亲总会在上夜班的时候，带上一二头蛐蛐回家，哪怕是深更半夜，他都会唤醒我和哥哥，而后放出新捕的蛐蛐，让它们在泥盆中打斗一番。哥哥长大后，他也经常在玩蛐蛐的季节，自己出去捕蛐蛐回来看打斗。每每打斗完毕，总是将那败下阵来的"败虮子"送给我玩。而我呢，虽然没有能耐自己去捕，却早早地准备了一口尺把直径的大缸，里面放上些石块、泥块之类，将那些败下阵来的"败虮子"全数地收养起来，号称"集中营"。每到夜晚，那有几十只"败虮子"的"集中营"里，就会奏起交响曲来。我听着那"败虮子"的集体鸣唱，也有几分自得其乐。实在感到没劲的时候，我也会从"集中营"里抓出两头"败中好汉"，先是将它们放入水中闷晕，而后再放在太阳光下晒，醒后唆其打斗，也时常解我一时之无聊。后来，我干脆也加入了捕蛐蛐的行列。

捕蛐蛐虽然好玩，但也有自找没趣的时候。有一次，我和几个同学一起去郊区捕蛐蛐，正当我们聚精会神地在一方黄豆地边抓捕的时候，突然被几个年轻的农民团团围住。只见他们个个手执锄头扁担，怒眼圆睁。一阵恶语相加之后，他们又将我们全数关进了一间小屋，直到天大黑了才放我们回家。从那以后，我就再也没有去农村捕过蛐蛐。

自己去捕蛐蛐，也有吓人的时候。记得有一次也是与那两个同学去郊区捕蛐蛐，远远地就听到一种从未听过的鸣叫声。我们从懂行的老先生那里得知，这定是一头可战性极强的"异虫"。于是，我们便闻声寻找，费了好大的功夫后，才发现那怪异的声音是从水渠下传来的。我兴奋地脱下长裤，果断地跳入水渠，寻到鸣叫处，拔去野草，正掰下一大块泥土的时候，没想到一条蛇突然蹿至我的脸前，直吓得我一个趔趄，摔倒在水渠里。待我一个翻身，以极快的速度从水渠里爬上岸的时候，我已是个惊魂未定的"落汤鸡"了。虽然最终我还是得到了那头"紫衣异虫"，也在那年的蛐蛐大战中争回了不少的胜利，但那次的有惊无险，却让我至今记忆犹新。

捕蛐蛐养蛐蛐，最让我们兄弟出足风头的是那年我和哥哥在一大堆废砖石里捕住的那头"红头将军"。

那是一天的晚上，我和哥哥习武回家，在回来的路上隐隐约约地听得隔壁大墙内，有头蛐蛐在鸣叫，那蛐蛐只鸣一声长音，再鸣时却要隔上好几分钟，而且那声音听来如狮虎之吼，雄壮无比，我们便断定那定是头上好的蛐蛐。于是我们就一人守着，一人快速回家取了手电筒和网罩，翻过墙内实施抓捕。当我们轻手轻脚地搬尽了那堆废砖石时，呵！一头大个子的"红头将军"威风凛凛、一动不动地出现在我们的眼前。我们哥俩又是兴奋又是小心地将那"红头将军"请进了我们的家，并将其养在我们那最好的泥盆之中。

那头"红头将军"在以后的打斗中胜数不断上升，最后成为我们那片小区的"常胜将军"。后来那头"红头将军"被一位德高望重而又十分懂行的老者看中，我们看他爱不释手的样子，最终还是"忍痛割爱"，送给了他。

"文化大革命"开始，玩蛐蛐一度被列为"资产阶级的生活方式"而加以批判，自那以后，我就再也没有玩过蛐蛐。即使是上山下乡，在西双版纳生活得无聊至极，也没有加入玩蛐蛐的行列，以至今日。

蛐蛐又在鸣叫了，蛐蛐的鸣叫勾起了我对那欢快幸福的少年时代的向往，也使我怀念起了少年时代那无忧无虑的美好时光。

（2005年9月12日）

风雨随想

"麦莎"过去好些日子了，但"麦莎"那呼啸在窗外的风声雨声，对我来说，却仍然有着挥之不去的感觉。说来也怪，此生半百，风风雨雨不知见了多少，但这次的"麦莎"，却让我浮想联翩。

"麦莎"的风雨是雄壮的，雄壮的风雨是气势磅礴的。那雄壮的风雨，来势訇然，号声震天；那雄壮的风雨，凛凛而过，倾泻而出；那雄壮的风雨，犹如一支雄壮的军队，千军万马，十面埋伏后，在令旗一挥的瞬间，在烟沙迷漫中咆哮着，冲锋着。

那雄壮的风雨，使我想起了"大风起兮云飞扬"的汉高祖刘邦。秦末时期，楚汉相争，刘邦与项羽在垓下一战，那漫山遍野的汉军将士，挥舞着长矛大刀，勇往直前。一时间，四面楚歌，把楚霸王项羽直逼至乌江边上，上演了一场霸王别姬的人间历史悲剧。

然而，风雨也有凄凉的时候。每当秋高气爽的时候，硕果累累，天高云淡，桂花飘香，但是，一场风雨之后，再看那大地，硕果受到摧残，落花遍地，"月落乌啼霜满天，江枫渔火对愁眠"，真是让人满心凄凉。

"秋风秋雨愁煞人"，就是那么一种凄凉的风雨。那凄凉的风雨带着寒意，如泣如诉；那凄凉的风雨夹着哀痛，如忧如怖；那凄凉的风雨，仿佛一首悲伤的挽歌，无可奈何又发自肺腑。

在那凄凉的风雨中，在我眼前常常浮现的是女侠秋瑾女士那大义凛然、不屈不挠为革命而视死如归的形象。只见她一边吟咏着"秋风秋雨愁煞人"，一边步履坚定地走向刑场，让人肃然起敬。

最让人心旷神怡、温情缭绕的便是那春天的柔绵风雨了。每每春暖花开的时候，东风化雨，在那簇簇的嫩绿之中，满目都是那柔柔的风，满天都是那绵绵的雨。每当此时，漫步在那柔绵的风雨中，仰首向天，那柔绵的风雨就会柔柔地抚过你的面颊，给你送来和暖的享受。

"小楼一夜听春雨，深巷明朝卖杏花。"如果是留宿在江南的小镇，安然地躺在温暖的小榻上，倾听着那夜来的春雨，淅淅沥沥，滴滴答答，如笛如琴，如颂如歌。悠悠想去，竟是一首美妙的《彩云追月》。

清晨起床，临窗眺望，粉墙皂瓦，青水绿柳，古街夹弄之中，又偶见一二女子，肩挑花担，信步走来，耳边就会自然地飘来："好一朵茉莉花，满园花开香也香不过它……"你的心一下子就甜美了起来。

记得有一年的清明时节，我们朋友一行去杭州梅家坞品茶。正沉浸在香茗中，天公作美，飘飘然然地下起了雨来。我一见下雨了就情不自禁地兴奋了起来。于是，我就独自走进了山里竹林之中的小路，不撑伞，也不穿雨衣，自由自在地徜徉在柔柔绵绵的风雨之中。让自己的心情，舒舒畅畅地在春风春雨中融化；让自己的身体，自自在在地在馨风馨雨中飞翔。

我是属蛇的，我常常说我是一条水蛇。因为我喜欢看风听雨，所以我也喜欢风风雨雨。是的，我喜欢风雨，我喜欢在那驰骋沙场的雄壮风雨中畅想，但是，我更喜欢在那温和舒畅的柔绵风雨中倾听……

（2005年9月18日）

修正自己

说到"修正自己"，那可不是每一个人都可以做得到的事情。虽然中国的历史上有个诸葛亮能做到"集众思，广忠益也"，有个李世民常"以人为镜，可以明得失"，但是这样的人终究不多见，或者有，也许是个凡人，不能为人知晓而已。时至现代，一场史无前例的"文化大革命"，从阶级斗争的角度，把"斗私批修"演绎到了极致。

年轻的时候，我爱读些兵法之类的书籍，每每此时，总是思考着怎样去战胜别人。到后来却发现，在这大千世界上，有太多的人压根儿就不知道什么是"德"，根本就不懂什么叫"义"。所以，也就谈不上什么"攻心为上，攻城为下"了。

修正自己，不是一件容易的事情。首先就要端正自己的思想观念，懂得永恒之道以忍辱戒妄为要；其次还要宽容大度，能"容天下难容之事"，不计前嫌。"容天下难容之事"，有时还可以做得到，因为那毕竟是天下人的事，很可能与自己无大妨碍。要容自己难容的事情，那就需要有一定的修养了。

修养是什么？我以为修养就是身体力行，就是要"行万里路，读万卷书"。

行万里路，就是要在大千世界里求索，从大自然中去提取精华，在社会实践中体验生活。不断地用别人的行为对照自己，不断地在自己的生活中理解别人，从而提升自己的素质，积累自己的德行，尊重别人，珍惜生命。

行万里路，还要在大自然中感悟，从知觉的事物中感悟，从感知的生活中修正偏向的思维。"两岸猿声啼不住，轻舟已过万重山"就是这样一种因自然的美景而心旷神怡的意境，也可感悟到纵使生活中"猿声啼不住"，终究会是"轻舟已过"的人生真谛。

读万卷书，就是要不断地学习，从书中的贤人智士那里汲取养分，用古今中外的知识提升自己，使自己的修养从必然王国走向自由王国，不断地在修养中了解自己，善待他人。

读万卷书，还要在读书中充实自己，用他人的智慧充实自己。在充实中减少自己的不足，在充实中发挥自己的长处。在我以往的学习过程中，最使我受益的是哲学、逻辑学和经济学这三门课程。当然，在这之前，我们中华民族的璀璨文化是基础，是底蕴。在学习哲学中，我懂得了事物的存在是有规律的，是相对发展的；在学习逻辑学中，我认识到任何事物都有一个因果关系，即使是遇到了"两难"的境地，也总是有可以解决的办法；在学习经济学中，我明白了"世界上的资源是有限的，而人们的欲望是无限的"这个经典理论。

修正自己，在行万里路中，就是要不辞身体的辛劳，多走、多看、多听、多做。在大自然中学习和思考，从别人的生活中感悟和修正，从而心旷神怡。

修正自己，在读万卷书中，就是要不断地从先人、哲人、伟人那里学习为天下而忧乐的品德，学习为人处世的道理，培养高尚的节操。

修正自己，还要做到"思知足以自戒，思知止以安人"。权力和金钱往往使人忘乎所以，使人不知自己之所以然，特别是在中国这样一个封建意识还有残余、经济还不够发达的国度里。因为封建，一些人总是把权力作为满足个人欲望而损人利己的终点；又因为贫穷，一些人又总是把金钱作为满足个人欲望而不择手段的目的。所以，一些人往往因为欲望的不知足而妄生邪念，又因为欲望的不知止而伤害他人。

孔子云："三人行，必有我师焉。择其善者而从之，其不善者而改之。"我想，在一个人的一生中，不管是有了成功还是有了失败，也不管是有了经验还是有了教训，若是都能以他人为师，做到知足自戒，知止安人，那就是修正了自己。

（2006年3月6日）

中国书法漫谈

写到了中国文字，我自然就想起了中国的书法。因为中国文字是中国书法的基础，而中国的书法又是中国文字艺术的表现形式。这种中国文字艺术的表现形式，是通过书法艺术家的精神加工后，而上升为书法艺术的。

追溯历史，中国文字在甲骨文时期是以刀刻的形式出现的，在青铜铭文上是以浇铸的形式出现的。只有在竹简上书写的小篆体，才是用软笔书写的。由此可见，统一后的秦代开创了书法先河。

秦始皇统一中国以后，实行了六大统一，其中最重要的就是文字的统一，而且是以小篆体作为统一的文字形式。从字体上看，小篆体笔意流畅，线条清俊，笔墨落处粗细虽然相仿，但行云流水之间无不透出严谨飘洒。小篆虽然简洁，但它那用腕行笔、藏头收尾的书写方式已为中国的书法开创了艺术的先河。

中国的书法，只是一个"点"，就可以是一滴水、一块石、一片叶、一朵花。只是一个"点"，还可以是一缕白云、一颗星星、一弯明月、一轮红日。于是中国的书法便从这一"点"延伸开去。那"横"的是层峦叠嶂，那"竖"的是飞瀑直下，那"撇"的是碧海奔浪，那"捺"的是高山崩雪，那"折"的就是九曲黄河了。

中国的书法，起于点画用笔，集于单字结构，成于章法布白，美于风神气韵。求工于一笔章法之内，寄情于整体美感之外。法度森严而变化无穷，气宇不凡而雅俗共赏。

中国的书法，是个性张扬、大气高雅的艺术。不论是哪一种字体，不论是篇幅的大小，也不论书写的是诗词还是名言，都是以个性张扬、大气高雅的姿态出现的。

中国的书法，在动态上是物理的艺术，它包含了宇宙间的所有现象。纵横书法艺术，它是风雨，是流水；它还是游云，还是雷电。

中国的书法，在静态上是几何的艺术，它再现了乾坤间的所有形态。浏览书法艺术，它是方圆，是棱角；它还是多边，还是螺旋。

中国的书法，在空间里还是山水的艺术，它抒发了天地间的所有情感。研读书法艺术，它是磐石，是流水；它还是树藤，还是花草。

中国的书法，汇宇宙之精深、雷电之鼓荡、游云之自在、风雨之张狂。虽一笔一画、一字一幅，物理之奥秘、几何之变化、色彩之玄妙、气韵之回旋，尽在黑白纸笔之间。

中国的书法，聚天地之广博，集艺术之大成。看那白纸黑墨之间，浓淡枯湿，块线粗细，起浮错落，大小凸凹，连断曲直，无一不是来源于自然而又不同于自然，无一不是来源于思维而又凌越于思维。

中国的书法艺术，是文化人的艺术。它可以是文化人思想情感的寄托，也可以是文化人吟诗作赋的潇洒。若是与诗词名言为伍，则书法作品不但有很高的观赏价值，还可以启迪人生。那笔墨纸砚不但是书法的工具，还是雅致的装饰收藏。

中国的书法艺术，是武术人的艺术。它可以是武术人刀枪剑戟的辅助，也可以是武术人英雄豪气的抒发。若是与挑刺劈扫为伍，则书法作品不但有着强身健体的价值，还可以帮助武术人感悟击技。那笔墨纸砚不但是书法的工具，还是鼓荡的精气神意。

中国书法和中国武术是一对孪生龙凤，它们一文一武，传承着异曲同工的妙趣，并在中华民族文化艺术中占据着重要的地位，闪烁着独特的光辉。

在动势中，中国书法的"点、横、竖、撇、捺"，印证着中国武术的"劈、崩、钻、炮、横"；中国书法的一笔一画，印证着中国武术的一拳一脚；中国书法的一个字，即是中国武术的一个招式；中国书法的一个篇幅，便是中国武术的一个套路。

在要求上，中国书法与中国武术也是相同的。它们的每一笔画、每一动作，都要求做到意劲透达，当机立断；它们的每一字、每一式，都要求做到根基稳固、姿态俊美；它们的每一篇幅、每一套路，都要求做到布局合理、连绵不绝。

在静功上，中国书法与中国武术更是有着同一的最高境界——心与意合，意与气合，气与劲合，劲与精合，精与神合。

中国的书法，具有极高的艺术价值，那是因为它不但与别的艺术有着相同的观赏价值、收藏价值、研考价值，还有着别的艺术所不能具备的一个独特的绝技——没有重复，不可修改。所谓"墨字黑黑，越描越丑"即为此理。

中国书法没有重复，在于无论是怎样临摹、怎样仿制，都不可能达到一样的地步。中国书法不可修改，在于它的每一笔都是循章入法，每一笔的落下，都要做到一丝不苟、当机立断；在于它的每一字都是势俊架稳，每一字的书写，都要做到全面协调、胸有成竹；在于它的每一幅都是变化无穷，每一幅的成功，都要做到气韵贯通、出神入化。

中国的书法，是书写者精神和智慧的艺术再现。近观，是文字与毛笔的劲舞飞扬；远读，是白纸与黑墨的流金溢彩；细品，是文化与生活的源远流长。

中国的书法，能有今天的艺术成就，那是因为在中国的上下几千年中，有了那些智慧的、勤奋的、不懈的、觉悟的艺术家，才有了中国书法的发展，才有了中国书法的篆、隶、草、楷、行的延续，才有了篆书的均衡对称、圆润流丽、端庄净挺、态清势俊，才有了隶书的蚕头燕尾、沉古敦厚、方圆变通、舒展摆动，才有了草书的纵横激昂、奔放潇洒、连绵回绕、旋转畅通，才有了楷书的筋丰端正、雄健沉稳、骨鲠气刚、劲秀挺拔，才有了行书的银钩虿尾、缜密奇正、气脉不断、飘忽风飞，才有了王羲之的"圣"、颜真卿的"筋"、柳公权的"骨"、欧阳询的"秀"、张旭的"狂"。

中国的书法，还是中国画的基础。在中国画中，不论是山水画、花鸟画，还是人物画，那画中的每一根线条、每一个块面，都离不开中国书法的基本功法。特别是中国画中的竹，那劲挺的竿、游弋的枝、飘洒的叶，都离不开中国书法的用笔、用腕、用墨的功力，可见中国书法的"筋""骨""气韵"在中国画中的魅力所在。

中国的书法，它那一点一画的变化无穷、一行一列的出神入化、一篇一幅的气贯长虹，是我们中华民族的瑰宝，是我们中华民族的独特艺术绝技，也是我们中华民族的大家风范。

愿中国的书法万古长存！

（2006年3月22日）

中国武术简述

中国武术，又被人们称为武艺和拳术，也有人把它叫作功夫。武术是什么？从单纯的意义上讲，就是以用人身体的各个部位进行点、打、擒、拿、摔或是持有器械的劈、刺、挑、扫、撩等动作为基本内容，按照一定的规律去学习和训练，用于攻防格斗的击技艺术。

中国武术是由单一到多样，由简单到繁复，由徒手到器械，由自然到门派，经过了几千年的演变、几十代人的艰苦努力，在不断觉悟、不断创新中发展至今的。

中国武术最为辉煌的时期是明末清初。由于武术艺术家们的不断创新发展，也由于战争的需要，到了明末清初，中国的武术不但种类大大增加，而且还从形体上和理论上分出了门派，并确立了少林、武当两大派系。

中国武术的起源可以追溯到原始社会。原始社会，人类为了生存，要获取食物和抵御野兽的袭击，在人们徒手或者手持天然树枝、石块作为武器与凶禽猛兽进行的搏斗中，产生了用以对付凶禽猛兽的技巧，人们将进退、攻防、翻转、腾挪这些技巧加以总结后，经过重复的演练，再作用于生产。

在与凶禽猛兽进行搏斗取得胜利以后，人们心情喜悦，载歌载舞。他们有的模仿动物生前的样子，有的比画着与动物搏斗时一来一往的动作，用以庆祝丰收，用以歌颂胜利。

生产工具的不断改进和原始部落之间为争夺食物与地盘而不断产生的战争，促使人们创造和发展武器，也促使人们发展武器使用技能。这样，那些经过加工的石头和树枝等天然器物，既是生产工具，又是杀人的武器。

中国的武术是在生产中产生的，是在战争中发展起来的。商、周时期，中国武术已作为军事上进行防卫和进攻的必要手段了。春秋战国时期，诸侯们更是"以兵战为务"。武术成了训练军事作战人员的必修课。秦汉时期的武术，极重实用，被看作"习手足，勤肢体""防身杀敌""以立攻守之胜"的实用之术。

中国武术的第一次发扬光大是在唐朝。唐太宗李世民曾在战争中被少林寺的十三棍僧救护，所以在他登基之后，便大力弘扬少林武术，使得少林武术有了长足的进展。另外，唐朝还开天辟地地实行了武举制，用比武考试的办法授予武艺出众的人以相应的称号。

隋唐时期，由于分裂割据、战乱频繁，一些武艺高强的人便在兵器的创新上下功夫，以兵器的出其不意制胜对方。

宋元时期的中国武术，主要是对武术套路的发展。这一时期，开始有了比较成熟的套路，有了三十二势长拳、六步拳、八闪翻、十二短打等。

明清时期，是中国武术的一个大发展的鼎盛时期。这个时期的中国武术，已经从"招招必须实用"的击技局限中走了出来，既保留了攻防击技的内涵，又增加了锻炼身体的内容。在这一时期出现了内家拳、外家拳的流派说法，出现了《武编》《武备志》《拳经》《拳谱》等很多对武术进行研究的理论书籍，还出现了太极拳、形意拳、八卦掌等许多新的拳种，对中国武术的发展和增强人们的体质，发挥了巨大的作用。

中国是文明大国，中国的武术是中华民族的瑰宝。几千年的中国武术史，是一个从生产到战争、从战争到健身的发展历史，也是中国文化博大精深的一个组成部分。中国文化中的琴棋书画都与中国武术息息相关,相传唐代大书法家张旭的狂草书法,就是得益于公孙大娘的舞剑。

中国武术到了明末清初的时候,达到了炉火纯青的地步,增加了很多新的内容和含义,不但产生了以锻炼身体为主、以击技争斗为辅的拳术,而且在理论上还明确赋予了武术以道德的内容,"学艺之事,切不可存狂妄之气、骄傲之心。以和为贵,皆得中知"便成了习武者必备的素质。

这一时期的中国武术,经过了中国武术家们的长期探索和研究,在理论上出现了以两种思想为指导的武术派系,而且还产生了仍然保持激烈打斗形式的少林拳派和强健体魄但又不失打斗形式的武当拳派。

以少林拳为代表的少林武功,也称外家拳派。少林拳起源于嵩山少林寺,并因寺而得名。少林拳拳派很多,而且还有南少林、北少林之分。少林拳是以修技为要务,以伸筋、揉骨、硬皮为外部锻造的武术拳派。在演练形式上,少林拳以"闪、展、腾、挪"为主,其动作大多舒展开放,远攻近防,注重外力,比较适合年少力壮者。

以太极拳、形意拳、八卦掌为代表的武当拳派,也称内家拳派。武当拳派以武当山而得名。内家拳派是以培本为密旨,以藏精、蓄气、练丹田为内功调养的武术运动。武当派以"以静制动,后发制人,顺势使力"为主,其动作大多刚柔相济,粘连靠打,蓄势而发,所以老少皆宜。

中国的武术,无论是徒手的演练,还是器械的演练,大体上都不外乎"劈、崩、钻、炮、横"。中国武术中的"劈"是雷电的万钧,"崩"是地震的撕裂,"钻"是火山的喷发,"炮"是流星的疾驰,"横"是飓风的狂暴。

中国的武术,不论是少林拳派还是武当拳派,都是中华民族的绝技。其"点、打、擒、拿、摔",都是中国武术的上乘功夫。"点"如针锋突刺,"打"如猛虎下山,"擒"如雄鹰取物,"拿"如野藤缠绕,"摔"如洪水冲泻。

中国武术中那奇异的速度、聚发的力量、坚强的抗击打能力,是中国武术演练的终极要求,也是中国武术在格斗中的高超技艺。只要努力修炼,都可以做到"静如泰山,动如疾风"。只要专心觉悟,也都可以做到"心与意合,意与气合,气与劲合,劲与精合,精与神合",都可以达到"能在一思前,不在一思后"的境界。

在中国武术中,"德"是始终贯穿于中国武术的最高境界中的。大凡武艺高强者,武德必在其中,所谓邪不压正即为此理。"临阵之道以速以极,永恒之道忍辱戒妄"是有武有德的人必修的座右铭。

在中国,随着历史的发展,中国的武术也随之发展,而中国武术的发展,又离不开中国武术艺术家们的伟大贡献。

随着中国武术的发展,中国的武术不断得到充实和发扬,中国的武术艺术家们也一代胜似一代,一代更比一代强。中国的武术艺术家们对中国武术的贡献是巨大的,他们的功绩是可昭日月的。中国的武术,不但是肢体的运动,也是用脑的运动;不但是实战的功夫,也是救人治伤的医道。学中国武术不但要有毅力,有勤奋,而且还要有智慧,有悟性。几千年来,中国的武术艺术家们专心玩味,刻苦钻研,勤奋演练,流血流汗。每天"挑灯拔剑""闻鸡起舞",起五更睡半夜,著书立说,为中国武术的发展做出了不可磨灭的贡献。正是有了中国武术艺术家们的聪慧觉悟,才有了"百步穿杨"的射技,才有了"夺之似惧虎"的剑术,才有了"威镇四海"的枪法,才有了"闪展腾挪"的少林拳,才有了"以静制动"的武当拳。也正是有了中国武术艺术家们的刻苦精神,才有了神射手养由基,才有了剑法天成的越女,才有了著书立说的戚继光,才有了太极拳的陈王廷,才有了八卦掌的董海川,才有了形意拳的姬际可。

总之，在以往的中国，无论是统治者还是平民百姓，无论是宗教还是科学，无论是战争还是医术，也无论是文明还是野蛮，都离不开武术，离不开武术在生活中的作用，这就是中国武术能够流传至今的重要原因。

（2006年3月28日）

庐山游

那年的庐山一游，虽然已经过去了十多年，但至今回想起来，还是感到高兴。

"日照香炉生紫烟，遥看瀑布挂前川。飞流直下三千尺，疑是银河落九天。"还是在我少年的时候，当聆听我的那几位忘年交们给我解说李白的这首著名诗篇时，我就对庐山那气势雄伟、壮阔的美景产生了由衷向往。心想着：长大了一定也去云游庐山，也去看看庐山那壮丽的瀑布，以至于在上山下乡的时候，竟毫不犹豫地报名去江西插队落户，后来，虽然因为报名的同学太多而改去了西双版纳，但心中的那个向往却一直存在。

暂且不说李白的这首"入乎其心，出乎其笔，有形有神，奔放豪迈""夸张而自然，新奇而真切，雄浑而瑰丽""气势飞动，比喻精确"的诗给我们中华民族留下了多少福祉，只说1991年秋，当我的三十八岁生日来临之际，我终于有了一次可以出去一睹庐山雄姿的机会。那一次单位工会组织一批献血的同志去庐山疗休养。在我踏上去九江的轮船时，我那久居城市而早已安定的心，又一次激动了起来——我将要亲眼验证李白那首著名诗篇的真实意境了！

我们的日程安排是在九江市下船后，顺着上庐山的方向，先去"日照生紫烟"的香炉峰。当我们一行人来到秀峰下车后,顺着小溪向那香炉峰靠近并远远地见到那"飞流直下三千尺"的瀑布时,我这个在西双版纳原始森林里生活了多年的人大跌眼镜:那瀑布就像一条细细的白练,无力地流淌着,从那大约几十米高的一壁山体上垂挂下来;再看那山峰,不过是一个大土包上长满了杂草,并没有一处奇树异石。又因为是个阴雨天气,除了山顶上有些云雾缭绕,可以对应"生紫烟"以外,竟也没有少年时忘年交们所说的"气势雄伟,景色壮丽"的感觉。于是,我心里暗暗嘀咕着:谪仙啊谪仙,你用了你的夸张,狠狠地欺骗了我!

在香炉峰,由于没能见到我所期望的壮丽景色,我对庐山的游兴也顿时减去好多,于是就没精打采地和大家草草拍了几张照片,在将近中午的时候,我们一行人又坐上汽车离开香炉峰向庐山进发了。

汽车在去庐山的盘山公路上行驶,我还在疑惑地想着香炉峰那实在算不得什么的瀑布。可是当汽车行进在山上的一个不知什么位置的转弯处时,原本阴雨的天气突然放晴,我便好奇地向远方望去。远远的那片山峦,在那阳光的照耀下竟然美如图画:那一片山峦是连绵起伏,沟壑纵横,层林叠翠;那山脚下是白墙黑瓦,烟雾弥漫;那山顶上是白云飘浮,紫气盎然;那蓝天青山之间,一条银带,宛如天上小河,上窄下宽地从云朵中直垂下来,呵!美丽而又壮观!

我惊喜地呆住了,目不转睛地看着。呵!神了!真是飞流直下天上来!银河倒挂三千尺!"快!快把它拍摄下来!"突然间,我想起了应该立即把这壮丽的景色定格在我的照相机里,定格在我的生活中!就在我急急忙忙地拿出照相机正想揿下快门的时候,可惜!晚了!汽车一个转弯就把我死死盯着的那片壮丽景色给抛在了脑后。我试图转过身去拍摄,却又被路边的树木挡住了视线。

我悔恨死了!我恨自己怎么就忘了拍照了呢!开始,我还心存侥幸，举着相机，耐着悔恨，做好了一切准备，只待那刚才的壮景再一次出现，我便立即抓拍下来。但，直到汽车转弯又转弯钻进了云雨之中，我也没有得到一个重拍的机会。

我心死了，放下了相机，一路回忆着对刚才那一幕壮丽景色的感觉，这才想起了李白在那首诗中用的一个"遥"字，这才明白：不识瀑布真面目，只缘身在香炉中……

在以后几日庐山游的旅途中，我的心一方面仍沉浸在没能拍到香炉峰瀑布的遗憾之中，另一方面又庆幸自己能目睹李白诗中那壮丽的真情实景。另外，我还想起了以前在农场时，我们几个朋友所争论的一个问题：如果李白没有因永王东巡而被流放夜郎，他还能写出那么多如此壮丽的诗篇吗？我想，幸亏李白蒙冤被流放，才有机会接近祖国的大好河山，才有机会写出让世人赞叹的诗篇。虽然这对李白是有些不公，但对于中华民族来说，他给后人留下了永不熄灭的璀璨光辉。

李白，唐朝人。据史书记载，李白曾五次登临庐山，也写下了十余篇有关庐山的诗词，但唯有这首最为脍炙人口。

李白，年轻时也曾有报国为民的抱负，但在现实的生活中，他却被当作了御用文人。安史之乱以后，王室的内战使他蒙受了不白之冤，横遭打击。特别是在年近花甲的时候，还被流放夜郎。

兴叹之余，我也想写上一点文字以和李白，当想起了苏东坡的"帝遣银河一脉垂，古来惟有谪仙词"时，我便不敢下笔。然而，我又一想正值我生日，何不以此来纪念一番，便又略加思索，寻来二十八个字，以记庐山一游：

烟雨过后清香炉，银河尽泻如古书。登临忘却烦与恙，沁泉洗罢一岁除。

（2006年5月8日）

烙饼

　　昨天是中秋节，晚上与家人临窗聊天，一直聊到十一点多钟才洗浴休息。

　　现在过中秋节实在是很幸福，坐在阳台上，面对着上好的月饼、甜美的水果，再沏上一杯上好的龙井茶，观赏着天上的明月，与家人上下五千年、海阔天空地杂谈，要说不幸福，那才是见着"大头鬼"了呢。

　　可能又是年龄的关系吧，当儿子回到自己的房间后，我就又很自然地想起了往事，想起了少年时的中秋节，也很自然地想起了那早已去世、一直疼我爱我的祖母，想起了祖母在世时，每年中秋节为我们所做的芝麻烙饼。

　　少时，我们一家三代七口人，住在一间只有十几个平方米的屋子里，那屋子外面的一半还是天井搭建的。住在那样的屋子里过中秋节，不说看月亮了，就是一家人想坐在一起说说话，如果不挤着挨着就很难团团圆圆地坐在一起。

　　以前，家境困难，一家七口人每人每月的生活费平均不足十三元钱。生活虽然清苦些，但由祖母当着家，我们四个孩子从没饿着冻着，就是在那"三年困难时期"，我也没有觉得有多大的苦难。长大后才知道，却是苦了我们的祖母和父母亲大人们了。

　　祖母原名叫沈芳，嫁到刘家后，根据当地的风俗，在原姓氏前加了个刘字，从此祖母就叫刘沈芳了。祖母的老家也在淮南，在一个叫"二道河"的地方。爷爷死的时候，祖母才二十九岁。她为了带大六岁的父亲和三岁的姑姑，终身未嫁一直到老。可想而知，一个年轻的寡妇，带着两个不懂事的孩子，在那个年代的安徽农村，其生活会有多么艰难！

祖母是个很坚强的女子。爷爷死后，在一些亲友的帮助下，她一边种地，一边摆个小摊卖些自己做的糖糕烟卷之类，聊以维持生活，但世事炎凉，即使这样，家族中也还是有人打起了祖母和家中那四亩地的主意。也就是在爷爷去世的第二年里，在我二爷爷的主谋下，他们将祖母卖到了淮北的一户农家。当祖母得知时，那户人家已经吹吹打打地抬人来了。祖母眼见上天无路，入地无门，就一气之下用一根绳子将自己悬上了房梁。

说来也奇，当祖母悬在梁上已不省人事的时候，不只从哪飞来了一只大蛾，听家乡的老人们说，那蛾足有巴掌大。大家都见那蛾直飞祖母悬着的绳子就啃，不一会儿绳子就断了，这样，祖母才在人们七手八脚的救治中醒了过来。我那二爷爷见祖母如此刚烈，在众亲友的唾骂声中，从此收了卖人占地的邪念。

以后的岁月里，祖母在乡亲们的帮助下，也在她自己的不懈努力下，终于将两个孩子抚养成人。抗日战争结束，祖母在嫁出了姑姑之后，就跟着时年二十二岁的父亲来到了上海。在上海，祖母一直过着家庭妇女的生活，她买汰烧，缝补洗，带孩子，为父母亲分担着家庭的担子，自然，父母亲也是十分孝顺祖母。

说到中秋节，让我记忆最为清晰的就是吃祖母为我们烙的芝麻饼。那时，每到中秋节，祖母她都是早早地买回了芝麻，淘洗后摊晒在一块木板上。晒干后她又将芝麻炒得香香的，再用擀面杖一把一把地将炒过的芝麻碾成粉末儿。到了傍晚，她就会在家门口支起一口烧柴的小锅，一边和着面团，一边将那芝麻末儿拌上白糖，包成了一张张手掌般大小的饼儿，放进小锅里烙着。每到这时，整条弄堂都会溢满了烙饼的香味，勾得我们嘴馋心痒，常常忍不住就会向祖母讨要，想先吃为快。

祖母是个心肠极好的人，她不但对自己的子孙们好，她对别人家的孩子也好。每每烙饼时，饼香扑鼻，馋着了我们，自然也馋着了弄堂里那些嘴馋的大人和孩子。在他们从祖母那儿轻易地讨吃成功后，祖母的烙饼量每次都会在不知不觉中增长。

那时候过中秋节，根本没有现在这样奢富。到了晚上，一家人吃罢晚饭，祖母就拿出烙饼，四个孩子一人一张，每人再抓上两把自家炒的瓜子儿，说句"玩去吧"，就是过了中秋节了。

祖母对我们四个孙儿女，真是疼爱有加。平日里除了做饭洗衣和看护我们以外，她还常常动足脑筋地为我们做些点心之类，用以滋补我们那在艰苦生活中成长的身体。可是，少年时的我，虽然在学校时是一个"三好学生""五好少先队员"，但是在她面前却是一个十足的调皮鬼。我常常玩到昏天黑地时才回家，有时还与祖母顶嘴，惹她生气，但祖母却总是一如既往地在父母亲面前维护着我，让我在父母亲那儿少受了不少责骂。

我想祖母了，有时想起她来眼泪也会禁不住地流了出来。多好的老人啊，她是那么慈祥、那么温暖。我现在还无比怀念小时候在她的怀抱里长大、在她的关爱中生活的那些时光，毕竟，那是我一生中最美好、最幸福的时光啊！

月亮升到了当空，我看着夜幕中的月亮，心里想着祖母，想着祖母要是现在还活着该多好啊，要是祖母也能像月亮一样永久地伴随着我们那又该多好啊。

（2006年10月7日）

欲与佛

前几日与儿子晚餐后闲聊，当谈到人在"欲望"面前能够做到"君子取财有道""无欲则刚"时，儿子忽然提出一个问题："和尚想成佛是不是'欲'？如果是'欲'，和尚有了这个想法还能不能成佛？"

我略加思索后答："这个想法有意思。从一般意义上讲，一个人想要做哪件事情时才会去做那件事，想'要'就是'欲'。但我认为，从佛教的意义上讲，佛不是想来的，也不是要出来的，而是觉悟出来的。佛的教义是空，悟空即成佛。"

"再说了，如果和尚想成佛，这可以是'欲'，也可以不是'欲'。如果从物质上去追求那就是'欲'，如果从精神上讲就不是'欲'了。欲与佛是不能放在一起说的两个概念。"

儿子："和尚想成佛，他才去修行的，再说不想成佛的和尚也不是个好和尚啊。"

我："和尚修行是为了成佛，这没错，但想'要'成佛，这就是有'欲'了，有了'欲'就不能成佛。我认为'欲'这个词是个贬义词。"

儿子："我认为'欲'是个中性词，人没欲望，就是没有理想。再说每个人都有'欲'的本能，像'七情六欲'，这不能算作贬义吧？"

我："'七情六欲'是自然现象，是先天的，我们暂放一下不在此讨论。欲望不是理想，这不是一对同义词，就像欲和佛不是一回事一样。中国有句话叫作'放下屠刀，立地成佛'。这也就是说，你一旦觉悟，就已是入了佛界了。哪怕以前是魔鬼，但只要觉悟就可以成佛。"

儿子："这样说来成佛也太容易了！只要觉悟就可以成佛，那世上的佛就太多了！"

我："不对，'觉悟'这两个字看似简单，但要做到并非一朝一夕的事。大乘佛教其教义是自觉觉人，也就是自己觉悟了还要普度众生，这可不是你想象中做几件好事就可以完成的。所以说，一旦觉悟了也就是成佛了。"

儿子："那么想要觉悟是不是'欲'呢？"

我："也是'欲'。我刚才已经讲了佛是不能'要'的，同理，觉悟也不是要来的。佛是要去'修'的，'修'是全方位的。佛的教义是四大皆空，所谓四大皆空，其根本是要建立无我、无他、无象、无色。无我、无他是人肉体的四大散灭，无象、无色是宇宙的四大散灭。所谓四大皆空，实际上就是说性空，我的理解就是'欲'空。'欲'，从物质上讲要做到完全空是不可能的，但从精神上讲却是可以做到的。"

儿子："我还是没搞通，想成佛不就是'欲'吗？这个'欲'有什么不好呢？"

我："当然，如果人真的有了这种'欲'还算是好的，但佛是不能有'欲'的。你知道'白马非马说'吗？"

儿子："不知道。"

我："'白马非马说'是《公孙龙子》中公孙龙用马的形体和颜色的区别说明了白马和其他马所具有的两个不同的概念，这是一个哲学范畴里的故事。一般的人都认为白马也是马，但在特殊意义下的白马就不是马了。我再说得明白点吧，如果在一群马中没有白马，而我要一匹白马，你会将别的颜色的马牵给我吗？所以说，'佛'是个特殊的定义，必须是在无欲的前提下才能成立。"

儿子："你这样说也太玄了，照此说来现在的和尚永远也成不了佛了？"

我："不错，人类社会是物质的，是以创造物质财富为主导的，但同时，人类社会是精神的。要吃要喝是物质的，要物质是自然现象，但是想要的物质超出了自然，那就是'欲'；要理想要佛是精神的，物质虽然不可缺，但在精神面前却可以从主导的地位转化为次要的地位，甚至可以是微不足道。"

儿子："那么，'心诚则灵'又怎么解释呢？"

我："这就更好说了。简单点，就是四个字'但愿如此'。"

（2007年2月25日）

笛琴趣

好久好久没有碰过笛子和胡琴了，每每看见放在书橱顶上的琴箱，心里总有一些欲罢不能的感觉，总想着再欣赏一下自己的技艺，再倾听一次自己曾经演奏过的优美音乐，再给自己一点曾经有过的扬扬得意。但当我真的操起了笛子和胡琴的时候，便发现以往自己的那些娴熟的技艺早已浑然不知去向，就好像是原来的百灵鸟窝现在住进了乌鸦似的，让我惋惜不已！

我初习笛子和胡琴的时候，是在读小学二年级，那时的我只有十岁。我就读的那所学校虽为工厂的职工子弟学校，但各科的老师却大多是一些比较优秀又怀一技之长的人。且不说绘画课老师是位大画家的妻子，也不说体育课老师是位全能二级运动员，就只说教授我吹笛子拉胡琴的音乐老师吧，他就是一个聪颖好学、多才多艺的人。他虽不是专业音乐学校毕业，但他却怀着一腔热忱，硬是自学学会了吹、拉、弹、打击等各种乐器不下十种，真可以说是中西乐器无所不通。在他教学的那些年里，他不但培养出了包括我在内的众多音乐爱好人才，还将自己的子女一个个送进了音乐界。

我喜欢音乐，那时也是我自己报名学习乐器的。我首先学的是吹笛子，在笛子学习到有一些感觉的时候，在老师的提议下又学习了拉胡琴。听老师说，如果学会了这两样乐器，其他的乐器就可以触类旁通了。当我克服了重重困难，终于能将笛子和胡琴吹奏得有腔有调的时候，已是"文化大革命"的初期了。在我小学即将毕业的时候，我那尊敬的音乐老师建议我去报考音乐学院。后来因为"文化大革命"开始，我便加入了庞大的业余音乐爱好者的队伍之中。

正如老师所说，在我学会了笛子和胡琴之后，我又像老师那样学习了一些其他的乐器。学会了这诸多乐器，不论是在上山下乡的艰苦岁月中，还是在回沪后的业余生活中，都给我带来了不少乐趣。

曾记得在西双版纳农场的时候，因为生活单调，实在无聊的时候我就会自吹自拉地奏上一曲。开始时只是我一个人欣赏着我自己的演奏，后来，有几个也带着口琴等乐器的战友加入了我的行列，大家一起合奏后，发现能拼凑出一场悦耳的"交响音乐"，这给我们带来了不小的激情。从此，我们就隔三岔五地凑在一起"疯"上一"疯"，倒也怡然自得。时间长了，还吸引了那些不会吹、不会拉、不会弹的战友也各持着锅、碗、瓢、盆、竹筒、木板、铁块、石头前来加盟，不但壮大了我们的"乐团"，还使我们的"乐团"完善了"丝竹乐"和"吹打乐"的功能，演奏起来更是"史无前例"了。

回到上海以后，我加入了工厂里的文艺小分队。在那家工厂里，每逢国庆节、春节，厂里都要为全厂职工举办慰问文艺演出。每每这两个节日来临的前一个多月，我们二十几位文艺小分队的成员就会"集结"一堂进行演练。虽然我们都是业余演出者，但我们每次上演的节目，都吸引了全厂近万名职工前来观赏，也得到了全厂大多数职工的好评。特别是我们丝竹管弦的六人组队，开场时的欢乐大合奏非我们莫属，演出中我们的扬琴、胡琴、琵琶、笛子的独奏也很受大家欢迎。

记得有一年的春节演出，小提琴四重奏的一名琴手因为拉肚子而突然不能参加演出，我们的领队在无奈之下急中生智，决定让我上场"滥竽充数"。我虽然心中发怵，但为大局着想，也就在没有经过合练、没有经过彩排的情况下上场了。当我胡乱地与其他三位琴手演奏完《花儿与少年》后，台下竟然掌声四起，同事们还高喊着让我们再来一曲。于是，我又硬着头皮"滥竽充数"了一曲《铃儿响叮当》。

文艺晚会结束之后，有位对音乐颇有些知识的同事开玩笑地对我说:"老兄啊,刚才的小提琴四重奏,他们三个是你的伴奏吧。"一语中的,直说得我不好意思地大笑起来。

在家里,有时兴起也会操起笛子、胡琴吹拉一通,特别是逢年过节的时候,自吹自拉地奏上一曲,不但可以调节一下自己的情绪,也可以为家人们增添一些乐趣。但是,自从结婚生子以后,我的这项业余爱好就逐渐荒废了。特别是儿子的出世,让我的一颗心全都用在了他的身上。久而久之,手指僵硬了,曲目也生疏了,以至于偶尔演奏一曲,连自己也觉得不是滋味。心想着:以前的那个在演奏欢乐曲子的时候自己也跟着开心,在演奏悲怆曲子的时候自己也陪着落泪的我,现在却到哪里去了呢?

上一年的中秋节,一家人团聚在阳台上品茗赏月,一时触景生情,我又操起了多年不动的笛子和胡琴。几曲吹奏下来,家人们虽然说我艺不如前,但都认为在这家人团聚、临窗赏月的时候,来些丝竹管弦,不但可以使人心旷神怡,而且还给人增添了翩翩遐想的空间,说来也是生活中的一件美妙之事。

久违了的笛子、胡琴!我真想一下子就能回到那段在演奏时技艺娴熟、情感投入的岁月,再一次全身心地演奏一遍要快乐就跟着一起欢笑、要悲伤就跟着一起流泪的曲子,让我再度沉浸在笛子和胡琴的魅力之中。

(2007年3月24日)

心中的丰碑

人的一生有很多可以值得回忆的人和事,但在一个人的心中能够打上烙印,而又可以竖立起丰碑的,在我看来,只有那些曾经给人以教益的人和他们所做过的那些刻骨铭心的事情。

一个人一生所受教育的来源可以有三，分别是家庭、学校和社会。在家庭中是家长，我的家长除了父母以外还有祖母；在学校里是那些在教育领域教授我各门课程的老师；在社会上就是那些可以让人崇敬的挚友了。

在家里，我的父母和祖母是我心中的丰碑，虽然他们都是没有多少文化的人，但他们却有着自己的做人准则，那准则就是清清白白做事，堂堂正正做人。"人穷志不短"，这是父母和祖母常常教育我们的话。这句话虽然极其简单，也极其朴素，但当我做错了事情或者是说了谎话的时候，再听到这句话时，便会感到羞愧难当、无地自容。

过去，我们家经济条件不好，但父母和祖母为了我们的成长，总是省吃俭用。为了添些家用，祖母还在安排好家务的同时去做钟点工。我从小就喜爱写写画画，那些笔墨纸砚、教材颜料都要用钱。小时候我和哥哥身体瘦弱，拜师习武，花费也是必不可少的。现在我们在社会上滚爬，能克服重重困难而又不失自尊和自信，家庭的教育是坚实的基础，而父母和祖母则是这坚实基础的优良材料。

在学校，我的老师是我心中的丰碑，老师是学生学习文化知识的教育人。老师将他们所学得的知识，尽心尽职地传授给我们，让我们在德、智、体上都有所建树，在走进社会的时候能够为社会出些力，做些贡献。

我的老师都是些既能干又慈祥的人。"大姐名叫'ɑ'，短短的小辫像尾巴；二姐名叫'o'，圆圆的脸蛋像苹果；三姐名叫'e'，张着小嘴乐呵呵。"这是一年级老师教授我们记读拼音的杰作，我至今还牢牢地记在心中。对问题要由表及里、由浅入深地去分析，对事物要从多角度、多方面去理解，这一数学老师的解析方法，使我在以后的学习和读书中养成了勤分析多思考的习惯，也让我在以后的为人处事中获益匪浅。我的绘画老师是大画家的妻子，可她对我们工人子弟却爱护有加，对我更是精心呵护，努力培养。她不但在学校时教授和指点我，而且还专门送我去少年宫深造，使我的绘画技能有很大的进步，还使我的绘画作品能够在少年宫展出，有的作品还得了奖，被少年宫收藏。乐器也是我的爱好之一，这都是我那音乐老师的功劳。我的音乐老师不是科班出身，但他就是凭着一股执着，一边教学，一边求学，硬是在最短的时间里学会了大多中外乐器，还培养出了一批音乐尖子和像我这样的一些音乐爱好者，使我时至今日仍然乐趣不减，给我的生活增添了不少的乐趣。我也很佩服我的体育老师，我的体育老师是名转业军人，让他教授体育实在是有些强人所难，但他还是用满腔热忱和一身男子汉的气魄教授着我们的体育课程。在上体育课时，他不顾自己在战争年代留下的伤痛，总是自己先做示范而后训练我们。他教学严格，使我们在体育课上既锻炼了身体，又锻炼了意志。在我小学三年级时，他组织了学校足球队（我也有幸参与其中），并踢到了区亚军，为学校保持了"上海市第十三业余体育学校"的称号。

"老师，学生心中的丰碑。"这是我用行草书法为我的小学三年级班主任老师写下的一幅挂轴，在她七十岁生日时，我将这幅作品展示在老师面前，她流下了激动的热泪。

我从未忘记小学三年级的班主任老师。她是我记忆中最民主、最开明的老师。她教学时严格，但平时同学们都喜欢她，特别是同学之间发生了问题的时候，她总是让学生们自己去解决。当时，就是她发挥了我的组织和宣传的才能，只要班里发生了什么不愉快的事情，她都会让我独自地带着大家去解决问题，而我也总是不辜负她的期望，把每件事都处理得比较妥当。

是啊，"老师"这个称呼对我们学生来讲，是多么亲切而又让人敬佩的啊！在我的心中，"老师"这个名称，就是神圣而伟大的。我怀念我曾经的学习生活，我爱我曾经的老师。

在社会上，我的武术师父是我心中的丰碑。我长大了，对那些花拳绣腿的拳术已不再感兴趣了，二十岁时就自己拜了位很了得的武当拳术师父，开始了新一轮的武术学习。师父是心意六合十大形拳名家卢嵩高的第二代弟子，他武艺高强，在我做徒弟时他没收过我一分钱。经过一段时间的勤学苦练，师父对我是宠爱有加，并在以后六年的教授中，将他所掌握的武当心意六合十大形拳、陈式太极拳和少林沙教门二十四锤拳，从实践到理论全都传给了我，这就让我的那些师哥师弟非常羡慕。"临阵之道以速以极，永恒之道忍辱戒妄"就是师父传授给我的习武秘诀。

在社会上，我的忘年交们是我心中的丰碑。一个人在少年的时候，能够交上几个有学识、有才华又知己知彼的忘年交是非常幸运的事情，我就有幸遇上了几位这样的忘年交。我的忘年交们年龄都要长我四十岁以上，他们都是琴棋书画、刀枪棍棒的爱好者。他们中有书画家沈尹默，有武术家卢嵩高、杨澄甫、王子平曾经的朋友，也有象棋大师胡荣华的朋友，还有能将《古文观止》倒背如流的圣约翰大学的高才生。我在与他们的交往中得到了很多教育和帮助，也是因为有了他们的存在，我对中国书法绘画、中国武术和中国文学有了极大的理解和长进，在以后的生活中也对这些中国文化的精华乐此不疲。

几十年转瞬即逝，在这几十年的人生旅途中，我虽然坎坎坷坷、平平庸庸，没有什么大的建树，但从小到大，那些曾经给过我教益的人，却在我的心中永远地树立起了一座又高又大的丰碑……

（2007年4月5日）

悼念人瑞

老奶奶仙去一年了，屈指数来老奶奶整整活了一百个年头。在中国,百岁老人被尊为"人瑞"。去年初,老奶奶过百岁生日的时候,我还为她写了一幅以红色松树为背景的"人瑞寿南山,吉星福东海"的书法作品,以庆贺她老人家百岁华诞。

得到老奶奶仙逝的消息,我放下手中的事儿,请了假就急急地往乡下赶去。当我马不停蹄地赶到乡下时,已是近午饭的时间。跳下长途车,远远地就听到了从家方向传来的丝竹鼓乐声。走近家院,院前的菜园子已没了往日的翠绿,取而代之的是一个用彩条布和钢管构架搭成的临时大棚。大棚里满满地放上了几十张方桌,几乎每张方桌前都坐满了前来吊唁的亲朋好友。

我走进大棚,一边与那些认识的和不认识的亲戚朋友打着招呼,一边径直来到屋中的大堂前。大堂里,伯叔们已经架好了安置老奶奶遗体的门板,一个个伫立着等在老奶奶的卧室门外。不一会儿,卧室的门打开了,伯叔们进得屋去,将老奶奶包进白布,四个伯叔每人拽着一只角,由大伯呼唤着:"老祖宗出门了!"这时老奶奶的长子便俯下身去,跪着给老奶奶叩头,然后就五体投地,趴在卧室的门槛上,让抬着老奶奶的伯叔们从他身上跨过,将老奶奶放在大堂中央的门板上。当老奶奶的遗体在大堂放妥之后,本家的女眷们就忙着为老奶奶清洗,为老奶奶穿着寿衣。伯叔们七手八脚地将供桌、香炉、蜡烛、糕点、水果等一应物品放置停当,又恭恭敬敬地将写有老奶奶生辰八字的牌位放在了桌子北边的中央,点燃香烛后,家中一干亲戚便从长至幼、从男到女排着队向老奶奶燃香叩头。

我走上前去,两位本家女眷满面泪痕地迎了上来,她们边与我打着招呼,接过我的行李背包,边送上焚香,于是我接过焚香在香炉中插稳后,就也跪着向老奶奶深深地叩了三个头。也就在我跪下同时,女眷们便大声地哭说着:"老祖宗啊,您上海的孙女婿送您来了,您老走好。"我叩完了头,走向昔日和蔼的老奶奶,看着她那安详的遗容,想起了她在第一次见到我时，用手指扒开已经下垂的眼帘，看着我问："侬是哈人？"禁不住心中一阵悲哀，眼中的热泪就簌簌地滚落下来。

老奶奶出身于一个农民家庭，由于家中比较富足，老奶奶从小就接受了中国农民那优良传统的教育，她一生勤俭朴素，却又乐善好施。她十八岁时出嫁，在婆家也是节俭度日，相夫教子，在外一样乐于助人，和睦乡里。就是在上海工厂工作的那些年里，她努力工作，大方和善，被厂里的人们称为"好好婆"。

老奶奶在前两年就因年迈体衰而卧床了。开始时，她还不服地常常自己起卧做些力所能及的事情，到后来就渐渐地只能依靠儿子媳妇的扶助，才能解决吃、喝、拉、撒这些日常问题。老奶奶的儿子媳妇都是大孝，他们不顾自己早也已是古稀之身，在没有小辈们在家的情况下，总是靠着自己的力量，挑起照料老奶奶日常生活的担子。

我从悲哀中出来，又向老奶奶三鞠躬后，才听出大门外请来的鼓乐手们演奏的竟是现代音乐《妈妈的吻》。我拭去眼中泪水，站到了老奶奶的遗体旁，与家人们一起接待着不断前来吊唁的人们，一直到傍晚。

就这样在迎来送往的叩拜中，在鼓乐队的吹奏声中，三天过去了。第四天是老奶奶出殡的一天，也是乡下悼念活动最为隆重、最为讲究、最为重要的一天。

那天一早，伯叔们早早地就来到大堂，他们将老奶奶的遗体从门板上移放入寿材中，又将老奶奶的遗体从头至脚放平、放直。在大家确认已经四平八稳之后，才又一一燃香叩拜。不多会儿，超度亡灵的鼓乐队来了，只见他们忙忙碌碌地摆好了祭坛，又在空中挂了些旗幡之类，而后就煞有介事地一通鼓乐演奏起来。这时一位头戴法帽、身穿法衣的长者，一手执着木剑，一手执着摇铃，手舞足蹈，口中念念有词地作起法来，直到吃早饭时才停下。

早饭后，他们又在大棚内搭出了"天桥""渡舟"，在一通鼓乐声中，还是那位长者,一样的法衣法帽,边念念有词地作法,边指点着家人们跟着他们鼓乐队围着"天桥""渡舟"打转。转完了"天桥""渡舟",又去围着老奶奶的遗体转,以示超度亡灵,为老奶奶升入"天堂"而鸣锣开道,直到午饭时分。吃罢午饭,殡仪公司的车来接老奶奶上路。于是,家中所有的子孙和前来送行的人们,在鼓乐队的演奏中,排着队为老奶奶敬香叩头,致哀送行。

老奶奶仙去了,她那用手扒着眼睛看我时的样子,至今还映现在我的记忆中。

(2009年4月4日)

从上海社会科学院大楼谈保护建筑的保护

说到保护建筑,就上海的特有历史、特有文化而言,不同时期、不同风格的建筑,可以说是数不胜数。目前上海城区改造正值"脱胎换骨""旧貌换新颜"的时期,如何既"脱胎换骨",又"旧貌换新颜",看起来并不是一件轻而易举的事情。随着上海改革开放的深入,进一步地融入世界大都市的行列,上海的城区改造,经过一番大手笔之后,总体而言,是改善了环境,改善了生活,但在保护有历史特点、有文化底蕴的建筑上,不能说没有一点遗憾。

对上海保护建筑的保护,正如上海的一些专家们所说,这里有个"度"的问题。不能说要"新",就一"新"到底,一点"旧"的不留;要改造,就只根据某些"需要",彻底一"改"了之,因为上海毕竟是一个有着特殊地位的城市。它的特殊,不单是建筑的特殊、规模的特殊,还在于这些特殊建筑所蕴含的特殊历史和文化。在上海,我不敢对所有的保护建筑的保护问题妄下断言,但还是想就我所工作的大楼的建筑保护闲谈几句。

一、大楼的原貌风格

上海社会科学院大楼由法国设计师 ALexandre Leonard 设计于 1926 年。大楼长 126 米，宽高各 22 米，坐北朝南，其建筑风格是法国古典主义巴洛克式造型的变体。整幢大楼采用了廊柱干栏式，设置了正方八角形的穹隆顶钟楼，从 1926 年原设计的图纸上可以看出，原钟楼的设计是古典的罗马头盔形，到 1928 年建造时，才将钟楼改为大小相叠的两层正方削角形了。这一改，既保留了古典主义建筑的风格，又加强了现代主义的效果，更加突出了大楼特有的形象。

这幢大楼不但外观庄严，其内部的设计和建造也十分精细。大楼外墙面保持着水泥的原色，走廊内的门窗全部采用了钢门钢窗，并全部用黑色油漆粉刷，使整个大楼从外观上看，既简洁流畅，又气度不凡。为了使大楼能够充分采光和通风，大楼内每层高度都在 4 米以上。不但大楼的中间设置了一条贯通东西的走廊，而且在南面也设置了阳台和走廊。大楼内外的廊柱还全部用钢角包裹，既显现了立柱的挺直，又起到了保护立柱的作用。大楼内走廊地面的铺设更是讲究，其独特的花地砖下全都铺着一层约十厘米厚的细砂，既起到了防震作用，又保护了地砖。由于大楼主要用于教学，故大楼内还设计了热水汀取暖设备。1999 年，大楼被列入上海市保护建筑。

二、大楼的现状

1978 年上海社会科学院复院，这幢大楼有了新的历史使命。1982 年因社会科学发展的需要，大楼进行了改造。改造中，拆除了大楼的标志性钟楼，用钢窗封闭了走廊，继而又在原三层上增加了两个楼面。由于水泥的配比不同，将大楼的外墙进行了再粉刷。后来，又经过了几次大大小小的内部装修，拆除了全部的取暖设备和管道装置。

现大楼从外观上看，已没了原来的风采，只是一幢普通的五层办公大楼。从内部看，虽然装修一新，但原有的洋松地板和红松隔断大多已被拆除。最让人担心的是大楼的结构问题，大楼的建造是采用了钢混框架结构，地下一层是下水管道铺设层，大楼内部的污水、废水全都经地下层管道排出。由于改造中图方便，一些污水、废水被直接排入地下层，久而久之，积水污浊而生沼气，既污染了环境，又破坏了地下层的基础结构。在2000年图书馆装修时，我就发现地下层的框架上，已是水泥脱落、钢筋外露、锈蚀严重。另外，由于大楼加层和存放大量图书，大楼现已成东南角高、西北角低的倾斜状，倾斜高度经检测达四十余厘米（现大楼地下层结构已用碳纤维维修包裹，但大楼的倾斜至今难以控制）。

三、大楼的保护设想

从上海社会科学院大楼的变迁看，对保护建筑的保护，我认为当从以下几个方面做起：

建立健全相关的法律法规。对保护建筑的改造与维修要做到有法可依，有规可循。要建立完善监督审核机制，经常加以检查，并对做得好的予以表扬、表彰、奖励，对做得差的要予以指正、批评、处罚，对破坏性大的还要依法追究责任。

使用单位的重视。保护建筑的使用单位要重视，保护建筑使用单位的领导和物业部门更要重视。要了解保护建筑的历史和文化、设计和建造、结构和用材，要制定出一整套科学的、符合实际的使用、保护、维修方案。

学习与咨询。对于保护建筑，怎样才能使用好，保护好，我认为，要不断学习。加深对保护建筑历史的了解，加深对保护建筑文化的理解，加深对保护建筑法规的认识。如有确实不能解决的问题，可以找专业的保护建筑单位和保护建筑监督部门咨询。从中获得知识，并做好保护建筑的保护工作。

做好保护宣传。保护建筑监督部门和使用单位要做到经常性宣传保护建筑的法律法规，展示保护建筑的历史和文化，使保护建筑的基本知识和保护要点家喻户晓，人人知保护，人人懂保护，人人参与保护。

维修人员要规范。维修人员要经过培训，在思想上、在工作中，对保护建筑要有保护意识。特别是在维修改造时，先要根据保护建筑的要求做好方案，并经保护建筑监督部门认可后方可施工。千万不可随心所欲，不可破坏建筑结构，不可在建筑的梁柱上打眼钻洞，不可破坏原来的建筑风格，改造时要修旧如旧，最好材质也能一致。

（2009 年 11 月 10 日）

下雪

清晨临窗，窗外竟然是一片飞雪茫茫，小区的绿地、大树、小树上满是积雪，煞是惊喜，我禁不住脱口而出："丰年好大雪，珍珠如土金如铁。"这是《红楼梦》作者曹雪芹在形容薛家的富有时写下的诗句。这诗句虽是为书中的薛家而写，但作为中国这样一个农业大国，天降大雪，在农民们看来不失为一件皆大欢喜的瑞事。

下雪了，下大雪了。这是我生活在上海几十年，继 1976 年的那场大雪后，见到的第二场这么大的雪。我有些兴奋，赶紧背上照相机，也没顾得上撑伞，就大步流星地钻进了飞飞扬扬的大雪之中。

记得孩提时，每逢下大雪，大院中几十个"赤屁股"朋友，便一窝蜂地钻出家门,一起"溜雪"、堆雪人。不过瘾时,就会自由地分成两组,激烈地玩起打雪仗。"战事"结束,虽然个个都成了"不像个人样"的小子,倒却也乐在其中。

我在绿化地里行走着,此时的绿化地已是积满了白雪,树上、竹子上都是洁白洁白的,特别是那几片大些的草地,一脚下去足有半尺厚,真让人喜出望外。此时此刻,我真想操起一杆大枪,也像《水浒传》中的林冲那样,在大雪中耍舞一通,以歌少年之壮志。

我举起相机,拍下了挂满白雪的柳枝,拍下了被雪压弯了枝条的竹子。当我拍到一棵松树时,陈毅那"大雪压青松,青松挺且直"的诗句便在我心中浮现。心想,这松树在重压之下可以"挺且直",那是因为它的高大坚强。而被压弯了腰的竹子,我想也是可歌可颂的。因为竹枝柔细,重压之下使之弯曲是极容易的事,但要压之以折,可就不是那么容易的了,因为竹本无心,从力学的角度讲,虽中空却有韧性。若再换一个角度去思考,不挺不直,而能以柔克刚,也不失为"大丈夫"也。

"瑞雪兆丰年",这是中国农耕人的一种祈盼,也是中华民族的一种祝福。1976年的那场大雪,狂风之中夹着鹅毛大雪,看那大雪飞飞扬扬,雄壮之中,夹带着悲哀。记得那年的7月,一个唐山大地震,给无辜的唐山人带来的灾难是无法想象的。那年的那场大雪,虽说为中国人带来了不少的灾难,但也是那年的10月,中国历史上"四人帮"的垮台,标志着"文化大革命"结束,中国在20世纪80年代开始经济崛起,改革开放。那年的那场大雪,真可谓是"兆"出了好"丰年"。

下雪了,又下起大雪了!今年的这场雪下得柔弱,下得轻描淡写了一些,虽没有了1976年那场大雪的悲哀雄壮,但我在想,它是否也会"兆"出一个更好的"丰年"来呢?

(2011年1月20日)

书房梦

想有一间属于自己的书房，我从少年时代就开始有此念头。那时我就爱写写画画，但因家中房屋太小，总不能随心所欲地挥笔泼墨，一泻心中的淋漓畅快。

少时，我们家祖孙三代七口人，就居住在一间由石库门房的天井搭建而成的十七平方米的住所里。就是这样的一间住房，还吃、喝、拉、撒、睡全在一起。"穷则思变"，父亲还算会动脑筋，他将小屋一分为二，大间由祖母住，兼作厨房、餐厅。我们四个孩子，两男两女与父母住着小间。好在两个女孩是老三老四，人小与父母同挤一张床。我和哥哥睡在了一张由三块木板搭成的小床上。回忆起来还很可笑，有好几次我早上醒来，都发现自己竟然睡在床底下的地坪上。后来我们都长大了，无奈之下，母亲又"穷则思变"了一回，她请人做了一架双层的床，才暂缓了居住的困扰。

上山下乡以后，开始时，我们知青四个人住一间屋，不可能有可以作为书房的居住空间。后来我负责文书工作，一个人住进了一间屋子，但在那个"革命加拼命，拼命干革命"的年代，自然是不允许大张旗鼓地摊开了"小资情调"去写写画画的。

20世纪70年代末，我从西双版纳返沪，那时祖母已经过世。虽然多出祖母床位的空间，但我们四个大小孩却不能再睡在双层床上了。于是，便搭建了阁楼作为两个已是大姑娘的妹妹们的"寝室"。另外，母亲还让我自制了张写字桌放在我们的床边，于是我每天下班后或是休息日，都会伏案学习写字至少一个小时。虽说那张桌子不大，又不能在上面尽情地挥写涂画，但那张桌子却让我有了文人的感觉。特别是我那书法艺术的快步长进，我想那张桌子应当是功不可没的。

而立之时，我结婚了。因为家中居住条件差，便"倒插门"住进了女方家。她们家房子大，本以为这下能有个可以写写画画的书房了，但又因那家人怕我抢了他们的房子，我们一家三口又只能挤在了只有十余平方米的空间中。光阴荏苒，转眼儿子就进入了小学，为能给儿子有个较好的学习环境，自然，我的书房梦是要继续地做下去了。

90年代中期，所在工作单位为了解决我"寄人篱下"的问题，分给了我一间十六平方米的住房，为我解除了"抢"房子的后顾之忧，但为了能让儿子好好学习，我的书房梦还是没能实现。

21世纪初，眼看着自己将要步入"天命"之年，我决定贷款在浦东买间房居住。一来可以改善居住条件，让儿子有个好环境，努力学习，迎接高考；二来想儿子考进大学后，我便可着手建设我的书房。但"月有阴晴圆缺，天有不测风云"，正当我高唱着"几经危难痴心不改，少年壮志不言愁"的时候，一场怎么也想不到的家庭变故，又让我回到了"谁与我生死与共"的小屋。我离婚了，离婚后，我带着读了大学的儿子又住进了没法做书房的房屋，虽然写写画画还可以，但梦中的书房却又没了。

"安得广厦千万间，大庇天下寒士俱欢颜！"经过几十年的改革开放，目前上海已是高楼林立，别墅豪华，而我呢，还要面临儿子结婚而将原住房再分割的境地。这样，我的居住是没有问题，但我梦中的书房呢，还能再继续吗？

（2011年1月30日）

小镇秋歌

初到小镇，就为地处繁华大都市边缘小镇的清静和原生态所惊喜。

小镇位于崇明岛的西头，东出大海，西对江苏南通。它的南面就是我们的母亲河——长江。镇上除了自然村落和一条不足两百米长的商业街外，余下的就都是树木和庄稼了。小镇还拥有着西沙湿地、崇西绿地和岛上唯一的一方湖泊。

小镇东南面的那个湖泊，曰明珠湖。湖泊面积不大，但风景秀丽，一湾碧波，涟漪清澈。湖边小路弯弯，芦苇青青，若荡一叶小舟在芦苇丛边，便不由回想起《芦花》中"夹岸复连沙，枝枝摇浪花"的描述，诗歌也就自然地从心中吟唱了出来。小湖的南面是一片湿地，曰西沙湿地。湿地是芦苇成林，看那芦花雪白，轻舞飞扬，信步其中，不知不觉地也跟着手舞足蹈了起来。

小镇的西面有一座水闸，曰崇西水闸。水闸边有块绿地，位于三岔河边，遍植树木花草，又少有人问津，甚是清静雅致。徜徉此中，就像处于"桃花源"中一般。一天傍晚，我来到绿地，站在大江边，一览大江东去，大有"东临碣石，以观沧海""幸甚至哉，歌以咏志"之感慨。又看那一轮夕阳，半挂在地平线上，映照着远处的大桥、树木、民居，使它们都成了一纸剪影；映照着眼前的大江、芦花，为它们都披上了一件梦的霞帔。我心想：这红日、蓝天、白云、大桥、树木、民居、大江、芦花，还有我，都组合在一起，不就是一幅精美绝伦的自然画卷嘛！呵！我又醉了！仿佛这秋风一吹，我便能随之飞扬起来一般。于是，我吹起了随身所带的铜笛："来呀来杯酒啊，不醉不罢休，东边我的美人，西边长江流。"似乎那少年时的豪情又回到了暮年的心中。

小镇的清静还体现在它的原生态上。在小镇生活，平日里除了早晨在农贸市场有两三小时的热闹以外，其他时间若是站在街上四下一望，出现在眼帘的绝对不会超过二十个人。特别是在重大节假日里，来沪淘金的外地朋友都回家后，小镇更是清静异常。就是春节里迎送财神，那两天的爆竹也是稀稀疏疏，全然没有市区那样訇然一片的惊人势态。

小镇的人也是原生态的。他们的朴真的确是在我的意料之外。小镇人口不多，所以小镇上凡发生一丁点儿的事情，便会引起人们的注意，特别是那些原住居民。他们会将小镇上新发生的事，当作新闻，一件不落地传得无人不晓、无人不知。这不，初到小镇没几天，就有人盯上了我。于是有那三三两两地就直接"盘查"了起来："你是哪来的？原来住在哪？祖籍在哪？到这儿干什么？"这也就罢了，还有更赤裸的："你现在干什么？娘子是干什么的？你们收入多少？孩子多大了？男孩女孩？"反正，不问出个家底朝天是决不罢休的，但当我也这样反问他们的时候，他们竟也毫不保留地、一一如实地回答于我。就这样没几天，我就已经与小镇上的一些人在相遇时互相问候了。

在小镇居住，其生活成本无疑是较低的。在集市上买菜，除了海鲜以外，什么都比市里便宜，特别是买他们自己捕捉到的鱼虾蟹鳝和自己生产的瓜果蔬菜，有时便宜得都让我惊讶。另外，小镇上的人在卖东西时，总是在交易完成后，卖家还要往买家的盛器中再塞上一些，这种买卖方式，对于市区的卖家来讲，几乎就是一件不可能的事情。

小镇的秋天还有一种美丽，那就是小镇的周边到处都是人们种植的橘啊、柿啊、豆啊、瓜啊的。在小镇，你只要随意走走，就可以看到绿树丛中那黄的、红的都是结满枝头的橘子和柿子，那绿的、白的都是挂在藤上的豆类和瓜果。如果嘴馋想去采一些尝尝，只要跟主人打个招呼，你就可以一解馋瘾。还有那一人多高、清甜可口的"芦稷"，也是闲食的好品种。只见她亭亭玉立，顶着紫穗在秋风中摇首吟唱，着实惹人怜爱。

晨，旭日在一片茫茫的秋雾中升起。雾霭中，那胭红的太阳就像熟了的橘子、柿子，艳艳地、淡淡地挂在树梢。我站在小桥上，享受着小镇的美丽和清静。我看着雾霭中的大地，远近都沉浸在一片朦胧之中。大地间一条小河，神龙见头不见尾，由近而远缓缓地伸向视觉的尽头。小河边，一张渔网高高地挂在支架上，闲闲地清点着过往的船只，静静地观赏着游来游去的鱼虾。一辆三轮车从我身后驶过,我转过身来,再看那雾霭中的小镇,虽然天还没大亮,但朦胧中陆陆续续向集市聚集的车辆和人流,在不经意间便拉开了小镇新一天交响剧的帷幕。

(2011年10月6日)

田园暮歌

退休了,心中那远离尘嚣的渴望禁不住地又浮升了起来,不知是受了那几年西双版纳山林生活的影响,还是被王维和陶渊明那些中国古代隐士美丽的田园诗篇所打动,总是想着退休以后能够回归大自然,并能在大自然中安享几年清静和恬逸,从而在余下的岁月中追回一些在以往的生活中失去的向往和自由。回顾往昔,作为男儿,本想着能在"忠""孝"二字上尽些薄力,可是走南闯北了几十载,虽然有过激情燃烧,但都是在无为之中骚动;虽然也曾勤苦作舟,却又始终在无奈之下度过。以至今日还是不学无术,一技不成,最终落得个心有余而力不足的境地。眼睁睁地看着自己日薄西山、老之将至矣!

"归去来兮,田园将芜胡不归?"既然心中的田园已经荒芜,何不借此职业生涯终止之机,逸桎梏之身,畅自由之心,去为那荒芜的田园重新植上几许春的新绿、夏的浓荫、秋的五彩、冬的清白呢?古往今来,人身易老,人心却往往至死依旧。曾几何时,也有过"等我长大了要把农民当"的理想,也有过要"种出大米堆成山,养得牛羊满山坡"的高歌,但岁月证明,那不过是愚昧使然,可爱的一厢情愿而已!此生虽已虚度了几十年的光阴,但时至今日,"田园将芜胡不归"却成了发自内心的渴望和呼唤。心想着一经退休,身役除了,心债还了,何不就此一退,一退百退,迅疾远离喧嚣繁杂,回归田园,在那荒芜的心田里搭一间小屋，垦一块土地，挖一方水塘，让身体舒适轻扬，让心情自在飞翔。

搭一间小屋，置些文房四宝于案几，一任笔舞墨洒，临摹些羲之、张旭帖，书写些篆隶楷行草；一任红黄蓝绿黑，涂画些山水花鸟虫，描绘些景壮万物清。再置些丝竹管弦于墙头，情兴所至，仿些雀语莺歌，奏些宫商角徵羽；欣喜之余，演些古曲今调，唱些悲欢离合歌。还想置些刀剑枪棒于器架之上，继以往之豪情，腾红缨金穗，舞些龙祥虎威状；续当年之壮心，显身健影轻，练些武当少林拳。

垦一块土地，植些荫凉馨风于庭院，移果树翠竹，结些橘子、桃子和枇杷，作绘画素材；栽佩兰香草，飘洒些倩影幽香，添室雅气清。再种些豆瓜菜蔬于田垄之上，架瓜藤豆茎，收些黄瓜、刀豆和葫芦，待亲朋好友；栽绿叶蔬菜，采些菠菜、毛菜和米苋，做爽口小菜。还要植些五彩缤纷于篱围之下，培梅兰菊牡，开些红黄紫白花，引蜂蝶前来飞舞；移异花奇叶，观些中外珍奇，使陋室生机盎然。

挖一方水塘，养些螃蟹甲鱼于水中，喂些大鱼小虾，邀请些好友来撒网垂钓；捉些泥鳅黄鳝，迎些亲朋共品尝。再养些鸽鸡鸭鹅于院篱，抓鸽逮鸡，做些红烧清煲纯美味；收鸭蛋鹅蛋，补足精气元气和营养。还要养些猫儿狗儿于廊下，逗猫叫狗，添些乐趣和欢快；训练猫狗，防着些鼠患和盗贼。

退休即至，情事而迁。人之一生，生老病死是自然规律。东隅既失，何不将那桑榆之时安排有序，强健身体，陶冶性情。退休之后，除一日三餐、迎友送朋以外，晨起练练太极做做气功，将旧病新烦抛于脑后，让有质量的生命延续得长一些。上午和傍晚举锄洒水，田间劳作，催那绿色兴旺，花果满园，让青春的感觉停留得久一些。午后教授些拳脚刀剑，琴棋书画，让中华民族的瑰宝能在后代中多传承一些。另外，每日里还要留出一定的时间伏于桌案，或写些书法，绘些丹青；或于芭蕉丛边拉拉胡琴，于葡萄架下吹吹笛箫，让艺术陶冶情操；感怀之余，再作些诗歌散文，让往日的悲欢和近日的思绪附诸文字，给自己留下一点阅读时的快感和回味时的欢欣；如果实在无聊，就逗着猫儿狗儿戏玩，让顽童的纯真之心永驻不变。

"怀良辰以孤往，或植杖而耘耔。登东皋以舒啸，临清流而赋诗。聊乘化以归尽，乐夫天命复奚疑！"退休之后，于那晚年的生活之中，以稚童之心处世，顺其自然，心平气和地去做些力所能及的事情，守着一份爱情、一份亲情、一份友情，守着一份平常、一份快乐、一份健康。让生命的火花自然闪烁，让生命的火花自然燃尽。

归去来兮！在退休之后，在即将归去田园之时，在步入晚年的人生路边，采来《退休》小诗一首，以闲时吟唱：癸巳金秋披花甲，高歌田园乐还家。人生书画重挥笔，笑舞夕阳采暮华。

（2012年2月28日）

书法艺术浅述

什么是书法？书法是以中华民族的文字为书写基础的，书法是用圆锥形的毛笔书写的，书法是具有继承传统、传播文化功能和审美价值的。

书法的"象"。书法主要是书，其次是法。书即是写，法是方法，是形式，即"象"。中国的文字起源于象形，这在甲骨文、金文和篆文中都有具体表现。我们中华民族的先民们用文字的线条或笔画，把物体的外形特征，具体地勾画出来，这种过程是人的思维的过程，是人的精神需求的过程。人依据最初的具象，创造形象的书写方式，而这种形象的书写方式，在人的精神世界里，就是一种形象的思维形式。在不断的生活实践中，我们的先民不断地发现、发展，进而从形象思维进入抽象思维、想象思维。我们中华民族的先民们将这些思维方式运用到书法艺术中，便有了今天我们所见到的各种不同形象的金、篆体，抽象的隶、楷体，想象的行、草体等独特的具有审美艺术价值的书法经典字体。

书法的"形"。有人把中国的书法、绘画说成是线条的艺术，西洋油画是块面的艺术。什么是线？线是块的分割体。什么是块？块是线的组合体。所以说中国的书法、绘画应当是线的凝聚、块的分解。特别是大幅的书法作品，更能够体现出线的流淌、块的自由。

由此可见，书法的"形"即是点、横、竖、撇、捺、折，是金、篆、隶、草、楷、行；是书写人赋予的具有中国传统、中国文化和审美艺术的形象。

书法的"帖"。帖是学习书法的老师，是学习书法的必修课。帖，是中国书法的传统延续，是中国文化的精华留存，是历代书法家的精神遗产。如果哪一位书法爱好者没有学习临摹过帖，那是不可思议的。实际上，学习书法的过程，就是一个读帖的过程。而读帖的过程，就是一个对书法的认知过程。而临帖的过程，就是一个继承传统、研读中国文化的过程，是一个书法爱好者发展自己精神的过程。

如果一位书法爱好者没有学习临摹过帖，那肯定对书法没有认知，那也就肯定不懂得书法的真正内涵，也就不可能对书法产生精神上的觉悟，不可能独立发展、创新自己的书法。

所以说，在学习书法的过程中，习帖是第一步，要博览广读，并从中选出喜爱的帖进行临摹，再从自己喜爱的帖中分离出不适合自己的帖，并持之以恒地研读、临摹，再研读，直到读懂、写好。

书法的精神。书法是有精神的，那是因为书写的人是有精神的，书法是由人所赋予的精神所决定的，每个书法爱好者的个性不同，经历不同，所处社会环境不同，所接受的教育不同，每个书法爱好者所赋予作品的精神和对应作品中的"象""形"也就不同。

书法的艺术。书法是墨的线、点、块、面，干、湿、枯、润的艺术；是黑白间的无穷变化；是精神上的稳正、张扬与癫狂。

凡是艺术，都具备审美观和审美价值。

书法的学习。书法既然是以中华民族文字为基础的，那么，首先要有识字的基础，其次是从传统的书法作品中汲取养分，去读懂书法，临写书法。从金篆开始，再至隶楷，然后独立出来，写出自己的风格、自己的精神。万万不可有走捷径的思想，去绕过象、形，而一味地追求个性，追求自我。其结果就是拿着笔涂上一气之后，自认为那就是书法。特别要指出的是，当下有些名人，他们的字虽然可以卖出大的价钱，但那样的字，其实只是写字，而不是书法。

书法的特征。中国书法在不同的时期，有其不同的字体特征，这些特征影响着中国书法的审美和进步，影响着中国书法的发展和创新。中国书法的发展大致经历甲骨文、金文、大篆、小篆、隶书、草书、楷书、行书这几个字体阶段。

在中国的书法史上，甲骨文因其是雕刻在龟甲和骨片上而得名，是我们目前能看到的最早的中国汉字，也可以说是中国书法的鼻祖、中国书法艺术史的开端。虽然甲骨文在它使用时期因时代不同而风格不同，但其都具有明显的共性。因为是刀具雕刻，所以笔画上大多平直、犀利、劲瘦，架构上方折为主，章法上基本对称。其特征有二：一是线条单纯、朴素自然，二是字体象形、结构繁复。所以在使用的不同时期，书法理论界根据书刻特征，将甲骨文大致分为雄伟、疏放、委婉、劲峭、严整五个类型。

雄伟型是盘庚、武丁时期的书刻特征。其笔画厚重圆润，其字体粗犷严正，其书风圆通雄浑。

疏放型是祖庚、祖甲时期的书刻特征。其笔画细劲修长，其字体纵横有序,其书风谨饬疏放。

委婉型是廪辛、康丁时期的书刻特征。其笔画纤细简率,其字体细丽工整,其书风柔韧委婉。

劲峭型是武乙、文武丁时期的书刻特征。其笔画放逸清瘦,其字体直拙雄健,其书风峻挺劲峭。

严整型是帝乙、帝辛时期的书刻特征。其笔画流丽细劲,其字体严谨秀逸,其书风均匀严整。

在中国的书法史上,金文因其铸刻在青铜器上而得名。因为是甲骨文的承续,其书风与甲骨文相近,但在章法上有所发展:

峻伟型是西周康王时期的书刻特征。其笔法精严,行款严密,其书风奇肆峻伟,《大盂鼎》是其代表作。

雄浑型是西周昭王至夷王时期的书刻特征。其笔法厚重,结构均衡,其书风豪放雄浑,《散氏盘》是其代表作。

工秀型是西周厉王至幽王时期的书刻特征。其笔法婉转,修长同一,其书风放逸工秀,《毛公鼎》是其代表作。

浪漫型是东周时期楚国的书刻特征。其前期的作品笔法奇肆雄霸,《郏公劤钟》是其代表作;其中期的作品笔法纤柔流媚,《恙鼎铭》是其代表作;其晚期的作品笔法圆浑畅阔,《曾姬无恤壶》是其代表作。这个时期楚国作品的书风与前三个时期相比有较大的变化,散发着楚文化特有的自由、奇幻、浪漫的气息。

健美型是东周时期齐国的书刻特征。其作品笔法刚劲挺拔,《国差㼽》是其代表作,这个时期齐国作品的书风又向工整秀丽发展,其笔画匀细,为齐派书法之代表。

俊俏型是东周时期秦国的书刻特征。其作品笔法静穆大方,《秦公镈》是其代表作,这个时期秦国的作品追求完美、统一,其笔画挺拔,书风奥博浑厚,为标准文字小篆的诞生准备了条件。

端庄型是西汉时期的书刻特征。其作品笔法追求奇古，在书法的用笔技巧和表现力上有新的发展，展现了书法造型的想象力。这个西汉时期的作品，笔画有所简化，书风庄丽，《乘舆鼎》是其代表作。

大篆是西周晚期普遍采用的字体。大篆的代表石鼓文因其镌刻在石鼓上而得名。其特征为线条圆浑，结体外拓。其书风雍容和穆，古茂自然，先承西周书法遗脉，后启小篆，《石鼓文》是其代表作。

小篆是中国汉字书写秩序化达到高峰，是"书同文"的政治产物。其特征为形体长方，用笔圆转，线条均匀。其笔画横短竖长，平衡对称。其书风曲折流畅，端庄瘦劲，《泰山刻石》是其代表作。

在小篆出现之前，因各诸侯国都有自己的文字，虽各持一体，但也多近金文、大篆，史上称"六国古文"，此不赘述。

隶书，起始于秦朝，成熟于东汉。其字形偏扁，横画波折，气势开张，左右摆动，动态舒展。其特征为：在结体上打破了以往汉字的平衡对称，由圆浑变为方折，字形由瘦长变为扁平，笔画由线条变为点画，书写由工整变为一波三折。章法上取字距开阔、行距紧凑式样。其代表作为《史晨碑》，其书法肃括宏深，沉古敦厚。

草书起始于汉初，后世书家甚多。草书千变万化，气脉不断，用笔骨势刚健，森严有法，点画回环往复，上下相连。其代表作《十七帖》妍妙疏放，气象超然。

后发展至唐代，有狂草开一代书法新风。其书法特征为笔法豪放激越，风格痛快淋漓，挺拔遒劲，章法上自由舒展，一气呵成。

楷书在魏晋时期就已出现，但最具代表性的作品是在唐朝。楷书字体方正，用笔端庄劲挺，点画丰厚沉稳。其代表作有三：

《九成宫醴泉铭》，吸收了汉隶和魏晋以来的楷法，别有新意。其用笔刻削峻劲，点画刚直劲挺，结体外展偏长，风格英气逼人，平中寓险。世称"欧体"。

《颜家庙碑》，一改初唐偏习柔靡之书法，风格独具。其用笔雄健沉稳，点画端正丰厚，结体外拓见方，风格雄秀茂密，大气磅礴。世称"颜体"。

《神策军碑》，书风端正谨严，规矩至极。其用笔劲瘦清健，沉着痛快，点画顿挫强烈，结体圆转外拓，其风格雄秀气刚，挺劲健伟。世称"柳体"。

以上三书，对后世影响很大，书法史上还将"颜体""柳体"合称为"颜筋柳骨"。

行书起始于两晋，最具代表性的作品是在东晋。行书是在楷书的基础上书写，千变万化，缜密奇正，纯出自然，其用笔刚决流畅，点画丰茂宏丽。其代表作《兰亭序》为古今之冠，在书法史上继往开来。

中国书法历经几千年的演变发展，成为今日中华之瑰宝，其发展情况大致有以下三个阶段：

发展阶段。从殷商至西汉时期，经历了从甲骨文、金文、篆文到隶书的演变。这个阶段的书法艺术主要表现为结体的造型变化，虽然经过了在甲骨上的刻写、在青铜上的铸造、在竹简上的书写过程，但人们对字体的认识仍然比较单纯，字体没有明显的艺术性变化。

成熟阶段。从东汉至魏晋南北朝时期，经历了从隶书、草书、楷书到行书的演变。毛笔这一书写工具，使人们的艺术想象有了充分发挥和施展的空间，所以，这个阶段的书法艺术主要表现为创造，产生了点、横、竖、撇、捺、折等笔画上的不同写法，使中国的书法进入了艺术之门，开创了中国书法的艺术新纪元。

繁荣阶段。从隋唐始至今日，这个阶段的字体发展终结，书写形式也主要朝着书体的变化发展，书体的多样化成为欣赏书法艺术的目标。

中国的书法艺术的发展，是中国历代书法爱好者在社会的实践中对书法艺术进行探索的发展。在中国历史上正是因为有了这样的书法爱好者的不懈努力,才有了中国书法这一艺术瑰宝,才有了中华民族的这份骄傲。

在中国历史上有无数的书法爱好者,在中国书法成为艺术和瑰宝的同时,他们成了闪烁在艺术和瑰宝之上的金星,载入了史册:

李斯(生年不详—前208年),楚国上蔡人,秦丞相。为统一文字,以战国秦系文字为基础,在大量的区域性异体字中,省改、整理,有了全国统一文字——小篆。其作品《峄山刻石》深受后人喜爱。

蔡邕(133—192年),东汉陈留圉人。擅长篆、隶,创"飞白"书体,点画一波三折,蚕头燕尾,结体扁平,左右对称,其作品《熹平石经》是分书字体成熟以后的标准楷模。

钟繇(151—230年),三国魏颍川人。繇书有三体,一谓正书,二谓隶书,三谓行书。其正书秀美典雅,独步当时。其行书代表作品《贺捷表》幽深无际,形成风气。

王羲之(321—379年),东晋临沂人,后移居绍兴,有"书圣"之称。早年从卫夫人学书,博采众长,兼收诸家,在继承古法的基础上创新独特风格。其草书《十七帖》疏放妍妙,气象超然,为书中之龙;其《兰亭序》千变万化,纯出自然,为古今之冠。

王献之(344—386年)。王羲之第七子,幼学父字,后习张芝,与其父并称书界"二王",《鸭头丸帖》为其代表作。

欧阳询(557—641年),初唐潭州人。初学"二王",别创新意。《九成宫醴泉铭》为其代表作,用笔刻削峻劲,点画刚直挺拔,结体偏长,风格森然,法度严谨,平中寓险。世人称其书法为"欧体"。

颜真卿(709—784年),唐琅琊临沂人。初学褚遂良,后又师从张旭,创造出端正丰厚、雄秀茂密、大气磅礴的正书之宝"颜体"。颜体结体外拓,线条多等粗,撇捺少波折。其代表作《颜家庙碑》,将楷书推向新的高度。

柳公权（778—865年），唐京兆华原人。书风端正谨严，瘦劲清健，沉着痛快。点画顿挫强烈，结体圆转外拓，字形内紧外松。其代表作《神策军碑》，雄秀挺拔，骨鲠气刚，峻劲健伟。他自创"柳体"，史上将之与"颜体"共称为"颜筋柳骨"。

张旭（685—759年），唐苏州人，世称"张颠"。性嗜酒，每饮醉辄草书。其书笔法豪放激越，痛快淋漓，世人谓之"气吞欧虞，直上羲献"。其代表作《古诗四帖》气势磅礴，开一代书法新风。

米芾（1051—1107年），宋太原人。精于翰墨，博采众长，善书各体，尤行草。又自创新意，笔势跌宕，变化迭出，笔法变化之多为宋之第一。因性格放荡不羁，举止癫狂，人称"米颠"。其代表作《蜀素帖》，字势劲健，行笔豪放。与苏轼、黄庭坚、蔡襄合称"宋四家"。

赵孟頫（1254—1322年），元吴兴人。书法二王，各体皆善，为当时之冠。其书法有二大建树：一是振兴章草，二是振兴小楷。创"赵体"书，书法风格秀丽规整、端庄便捷。其代表作《老子道德经》，点画圆润匀停，结体端正秀美，章法均衡齐整，风格雍容遒美。

当然，在中国的历史上，在中国书法的长河中，还有许许多多有实有名的书家，也还有许许多多有实无名的书家，他们都是中国书法界的明星，都是中国书法界的精英，都是大智慧的化身，都是中华文明传承的一个符号，可歌可颂。

中国书法的欣赏。在中国书法的大千世界中，在中国书法的历史长河中，在中国书法的艺术作品中，对于那些让我们眼花缭乱的作品，对于各种各样的字体，对于那些有各种头衔的书法家，我们怎样正确地去欣赏他们的艺术真容，如何准确地去鉴别他们的美学价值，这是一个没有中国书法艺术修养的人难以完成的功课，也是一个追名逐利的人不可能达到的境界。试想一个没有学习过中国书法的人，一个对中国书法没有认真研讨过的人，一个只知道名利的人，他又怎么能对中国书法的然和所以然道出一些让人信服的东西呢？所以说，要做一个中国书法的欣赏者，首先就要是一个中国书法的爱好者，其次还要是一个中国书法的研讨者。

那么，怎样去鉴赏中国书法呢？我想，我们应该从两个角度去做，一是从艺术的角度，也就是从作品的艺术价值上去做；一是从历史的角度，也就是从传统的历史价值上去做。

我认为，中国书法的艺术是体现在它的用笔、用墨和所书的字体、字体的架构、字幅的布局以及作者的精神状态、思维角度上的。那么，我们在欣赏一幅书法作品时，就必须从这几个方面入手。

看用笔，是说看用笔的基本功，也就是看作者对传统书法继承所下的功夫。说白了就是从他的作品中了解他的基本功是否扎实，用笔是否厚重，笔力是否强劲，笔画是否灵活。

看用墨，就是看作品中墨的浓淡、湿枯、厚薄是否恰到好处，是否与书写的字体篇幅相匹配，是否与书写的内容相得益彰。

看字，就是看字的构架是否沉稳，笔画的安排是否合理。

看布局，就是看字体的大小粗细和墨色的浓淡、湿枯是否美观，字与字之间的气韵是否顺畅，整幅作品书写得是否合理、是否耐看等。

总而言之，一个书法爱好者，如果对书法真有研究，那么他一定能从书法作品中看出作者曾经临过哪些书帖，用笔、用墨老练与否，并能从作品中看出作者学习书法时的认真程度，作者在书写时的精神状态和书写时的思维方式，甚至还可以从作品中看出作者的喜好及性格。

（2012年4月1日）

小猫"丑丑"

猫"丑丑"到我们家生活已经两个多月了,刚来时,它是个体重只有几两重、见人就战战兢兢的"小毛丫头",而现在已是体重将近4斤、活泼伶俐的"小姑娘"了。

妻爱猫,退休前就说想养只猫。退休后在家只歇了几天就憋不住想着要养猫了,于是我就请朋友帮忙找了只小猫。那天,朋友在电话里说:"小猫准备好了,是只黄花纹的,很漂亮,什么时候给你?"妻一听喜出望外,急急地说:"马上去取,马上去取。"

第二天,当一只不仔细看都分不出头脸的黑杂毛小猫出现在我们面前的时候,我们一家人都惊讶地异口同声说:"这么难看的小猫啊!"我心里边嘀咕着朋友骗我,边抱过小猫仔细地看了一遍:这小猫不但毛色杂乱,以黑色为主,兼有少量黄色、灰色,就像一堆乱草,无规则地杂生在一起,而且还患有疾病,一是眼疾,两只眼睛都布满了分泌物,左眼更是严重,全被分泌物布满,一点也睁不开,二是小猫的尾巴断了,摸上去有两节尾骨断成了"Z"形,三是听它喘气粗粗,心想这小猫还患有气管炎之类的疾病。我放下小猫,看着那蜷缩而又颤抖着的小生命,心里不由得又可怜起这只小猫来。在与妻商量时,妻也认为这是一只没人想要的小猫,它既然来了,就是与我们有缘,如果我们再不要它,那它大多还是会被遗弃。于是我们决定收养这只既丑又病的小猫,经全家人一致同意,给小猫取名"丑丑",既形象又上口。经过十天的护理和调教,小猫"丑丑"终于走出了疾病的阴影,成了一只健康活泼的小宠物了。

猫"丑丑"是个聪明的小家伙。在吃、喝、拉、撒的生活事宜上,仅几次调教就能学会。现在,"丑丑"不但自己去上我们为它指定的"厕所",而且还知道将竖着的"厕所"盆扒拉下来后再如厕。在吃食上,猫"丑丑"原先喜欢将大些的食物叼至盆外食用,也是只经几次调教,现在已基本改过来了。

猫"丑丑"是个伶俐的小家伙。在它身体健康以后,不但常常"自得其乐",还有事无事地常来逗惹我们。每天早上,只要我们出现在它的面前,它都会跑上前来抱着你的腿,又是拥抱亲吻,又是摇头摆尾,亲热得让你从心里高兴。有时,它还要与我们"抢地盘"。因为它经常睡在躺椅上,所以每当我们去坐躺椅的时候,它总是赖着不愿离去,如果我们强行将它赶走,它就会跑上前来,不是扑闹就是拽咬衣服,就像躺椅是它的"地盘",不愿让别人去坐似的。

猫"丑丑"是个活泼的小家伙。只要我们丢个乒乓球之类的玩具给它,它都能自个儿玩个"满场跑"。说来不信,这小猫还真是个盘球的高手呢。有时高兴起来,它还会莫名其妙地满屋乱窜,一会儿在床底,一会儿在凳上。特别是在妻拖地板的时候,更是"猫来疯",围绕着拖把,疯狂乱窜,也不怕三番五次滑倒,仍然乐此不疲,真让人又好气又好笑。

猫"丑丑"是个好奇心很强的小家伙。不论我们带它去到哪个新的地方,它都会到处"乱跑",当我们到处找不着它的时候,它却又无声无息地、悠哉悠哉地忽然出现在你的脚下。它对新玩具的好奇心也大,只要你扔个什么它没玩过的物件给它,它都能翻转腾挪地玩上好一阵,挺让人省心的。

猫"丑丑"是个讲卫生的小家伙。刚来时,我们给它洗澡,它吓得浑身发抖,洗完出来后也是蜷缩着不敢妄动。现在可好了,它不但不怕洗澡,还要在我们洗澡时前来凑"热闹"。天热时,要是几天没给它洗澡,它就会自己将爪子放进水盆中蘸水洗脸,洗脖子。

猫"丑丑"是个很有趣的小家伙。每当"丑丑"爬上桌子或爬上床时，我们便会用"不求人"去"呵斥"它，往往此时它就会立即跳下桌、床逃走，"掩耳盗铃"地一头钻进窗帘下或是钻进我们的鞋子里，真是让人忍俊不禁。猫"丑丑"也有可怜的时候。因为离开母亲比较早，猫"丑丑"可能还没有断奶。有时发起"嗲"来，它会扑到你身上用两只前爪轻揉你的身体，小嘴舔吮着你的衣服，就像在妈妈的怀中吃奶一样。每当此时，我们的怜悯之心就会油然升起，便会让它尽享一会儿做婴儿"过奶瘾"的感觉。另外，时间长了，我们才知道猫"丑丑"竟还是个叫不出声的哑巴。因为我们每次唤它，它都只是张嘴回应，却总是无声。

猫"丑丑"也有淘气的时候。可能是它离开母亲较早的缘故，有时我们忙累了想要坐下来歇一会儿，这时它就会黏上来想要你抱它。如果你不抱它，它就会用前爪抱着你的腿，一双眼睛看着你，那哀求似的眼神，真让你又可气又可怜。最让人可气的是，时间长了，它竟然大胆地往床上、桌上爬，也是几经调教后才让它有所顾忌。

猫"丑丑"虽然丑，但不失可爱。"猫吃鱼，狗吃肉"，妻对猫"丑丑"更有一份专爱，她每天都去买上一些鱼肉，专门烧给它吃，还常常抚摸着它"宝贝、宝贝"地唤个不停。猫"丑丑"的到来给我们的晚年生活带来了生气。依据猫的自然寿命，猫"丑丑"将要和我们一起生活十年左右，我们也会善待这只可爱可怜的小家伙，直到它生命的终点。

（2012年8月2日）

写对联

对联是中华文学中的一朵奇葩，它不仅形式独特，雅俗共赏，而且内容极为丰富。可以这么讲，凡人间事物，无所不包，皆可入联。我对对联感兴趣是在"文化大革命"中，那时候"读书无用"，便从忘年交那里借来一本"禁书"《古今小说》偷读，那里面有好多有关才子佳人写诗作赋对对联的故事。其中我记忆较深的当属苏小妹与其丈夫秦少游对对联斗才的故事。

有一则故事讲苏小妹在结婚时，为考验其夫秦少游的才能，出了一上联"闭门推出窗前月"，秦少游虽为才子，但为此上联一时也颇费思量。苏东坡见此情景，想出下联，但又不能告知，于是，他走进庭院，拾起一粒石子，不经意地往水池一扔，只扑通一声，那秦少游也不愧为才子，立马领悟并高声诵道"投石冲开水底天"。一副对联就这样产生了。

其实，据历史学家考证，苏家并没有什么小妹，不过杜撰了显摆才艺，供世人玩赏而已。

我也喜欢对对子，虽然费些思考，但觉得蛮有劲的。一是可以有事做，二是可以锻炼才思。1995年去成都，在游览了乐山大佛之后，我们来到了大佛寺庙，未进山门，就见山门左边门洞旁一石碑上镌刻着"山月照弹琴"五个字。从字面上看，明月下，松风吹拂，僧弹月下琴，很有意境。朋友说，这原是王维《酬张少府》诗中一句："松风吹解带，山月照弹琴。"后一寺庙主持将其"山月照弹琴"刻在山门，作为上联以求下联，但终为绝对，好像至今还未有人能对出佳句。

我看了山门，确实右边还空着。心想真有那么难吗？便在脑中思考了会儿，终于想出了"柳风拂诵经"一句，一时自以为是，得意得真想马上说出来。但仔细一想，那"柳风拂"对"山月照"，词意相对，平仄工整，还算可以。那"诵经"也与寺庙一体，单从字面上看也算过得去，但推敲起来，"弹琴"与"诵经"终不相配，总好像差一点"对"的味道，故将冲到嘴边的句子收了回去。回沪后，心里总是不肯罢休，有事没事地思量一遍。一天晨练舞剑，突然开窍，想出"柳风拂舞剑"一句，一个弹琴，一个舞剑，绝妙下联，因为，寺庙、僧人也是可以"舞剑"的。

说来也是，如果不是习武练剑，大概不会有这一句吧。

还有一次，在说到对联绝对时，一个朋友说，广东潮州海潮古刹有一副独联"吾乡陆羽茶经不列名次之泉"，据说至今也没求得下联。我听后当真了起来，就一字一句地抄写下来以备思考。

说来也是习武的好处，当我从文的方面理不出头绪的时候，就会想到武的方面，于是我又翻开我的那本《心意六合十大形拳谱》，只翻了两页便来了灵感，"他客岳飞拳谱所载排榜中人"。平仄和合不说，在词句上，"他客"对"吾乡"；"岳飞"对"陆羽"，一武一文；"拳谱"对"茶经"，也是武对文；"所载"对"不列"；"排榜中人"对"名次之泉"，"排榜"对"名次"，"人"对"泉"。工整，绝对不绝。

最近，单位一同事请我为他写副对联，给我两句话："一品人，忠臣孝子；二件事，读书耕田。"我听后认为这只是一句勉人上进的话，因为"一"与"二"，只是数字顺序，谈不上"对"。所以，我经过一番思量，将其改成对联："上品人，诚信孝顺；下贱事，无赖贪官。"

其实中国对联中还有很多"绝对"，有的真的很难对。如，明朝时有位富家才女，才貌倾城，在父母亲几番的催促下，拟了一句上联以求下联选夫，其上联为"寂寞寒窗空守寡"。此联不但表达了这位才女当时的处境，更为奇特的是七个字都以"宀"为部首，要求所对的下联也要为同一部首，难住了许多才子。据说，那才女一直也没遇到能对出下联的人，最后寂寞死去。

当然，也有一些并不难对的，如上联为"雪打梅花花添亮丽"，我读后就马上对出"月照竹林林增暗香"。还有"茶香养气神，千般烘炒藏清韵",读后也是可以立对"壶紫修情操,百样抚捏显幽雅"的。

（2013年1月14日）

今又过年

岁岁过年,今又过年。可是今年要过的这个"年"对我来讲,可以说是一个不同于以往的"年"。因为今年要过的这个"年"是我一生中所过的第二个"癸巳"年。

众所周知,中国的农历记年是以天干地支的配对进行的,在配对中,天干的甲、乙、丙、丁、戊、己、庚、辛、壬、癸对地支的子、丑、寅、卯、辰、巳、午、未、申、酉、戌、亥。从天干的"甲"和地支的"子"配为第一年开始,将其全部配对完,一个轮回正好是六十年,这在中国历法上称为一个"甲子"。我是1953年"癸巳"年生,到2013年的"癸巳"年,也是一个"甲子"。光阴如箭,转眼百年,何况一个人的一生极少有过两个"甲子"的呢?

是啊,人生如梦。一个人从"生"的那个点起步,六十年后,又回到了这个不同位置的原点上。纵观以往度过的那些岁月,对于我来说,人生中最初的十六年是最为幸福的,因为在那些岁月里,不论是混沌的婴儿、童年时代,还是天真的少年时代;也不论是"大跃进"的张狂时代,还是"三年困难时期"的饥饿时代,都是因为在父母的怀抱里长大而倍感幸福。步入社会后,无论是涉世不深,还是饱经风霜,坎坎坷坷、曲曲折折是在所难免的,处世做事也自然不可能是一帆风顺的。

"爆竹声中一岁除",在今年春节的爆竹声中,我将不是"一岁除",而是除去了五十九岁。呵!我六十岁了!是啊,六十岁,那是人生饱经风霜的结点,也是步入老年的起点。回忆往昔,自己努力奋发,虽习得了琴棋书画,练就了拳脚刀枪,但终因秉性独立,上不得官场,进不了商场,故也就始终未能入流。眼看着就是退休的时日,却仍然平淡无华。古人云"无所得,即是得",便是我了。

六十岁是告老还乡的年龄,有人把这看成腾达的终点,还想着去抓一把"青春的尾巴"。依我看来,这个年龄是摆脱职场明争暗斗的起点,但究竟什么是终点,什么是起点?自然因人而异。而我确实是愚钝:曾经三十而未立,四十而有惑,五十而不知天命,现在六十了,好像也没有多少耳顺。看来只能告老还乡,打打麻将,处处闲逛,拉拉家常,最后挂在墙上了!总是慢人一拍,可悲。

人生在世,追名逐利是一道风景,固守本分也是一道风景;轰轰烈烈是一种活法,平淡无华也是一种活法。阳春白雪而和者寡,下里巴人而应者众,依我看来都不过是一种感觉,唯我用而已。只有亲情、友情、爱情,才是不欺人、不骗己的。人生在世,高山流水,得遇一知己,便是大收获了。

今日社会,"钱""权"横行。只为这两个字,那职场上、商场里、家庭中便没有了廉耻,不要了伪装,耍尽了无赖。到头来还自诩"做事先做人",欺人又自欺。做事做人,我以为:和睦相处是正道,知恩图报是聪慧,以德报怨是高尚,恩将仇报是可耻。古人认为"君子取财有道",而现今却是"钱""权"交易,"无利不起早"。在家庭中,也因了一个"钱"字,一家人全不顾了血缘的亲情,或口出脏话,斤斤计较;或大打出手,头破血流;或对簿公堂,丑态百出。此类事件,比比皆是,全然丢失了中华民族的传统美德。

我记着《红楼梦》有段《好了歌》,其中有几句:"世人都晓神仙好,惟有功名忘不了!古今将相在何方?荒冢一堆草没了。世人都晓神仙好,只有金银忘不了!终朝只恨聚无多,及到多时眼闭了。"其实，官也好，钱也好，都没有父母的恩德好，都没有人与人之间和睦相处好。过年了，还是去孝敬孝敬父母，亲人们欢聚一堂，才是人间正道。

我以前曾说，过年是孩子和老人的事。那孩子想过年，盼过年，是因为过年对孩子来讲，意味着放假、玩耍、穿新衣，意味着可以大把吃糖果、放鞭炮以及可以尽情"人来疯"。而老人呢，却可以让盼望了一年的全家大团圆变为现实，可以看着自己的第二代、第三代甚至是第四代欢快活泼的身影，边听小辈的呼喊边分发着一年一度的压岁钱。

现在我也进入老年了，也有孩子唤我为"爷爷"了。若按以往自己的说法，过年也将成为我这老年人的事儿了，但是我好像又慢人一拍，至今还没有这方面的感觉，还没有进入老年人行列的感觉。因为与我同龄的那些人，在谈及小辈时那种喜出望外的兴奋劲，在我身上却一点也找不到，是不是又可悲了一回？

年轻时与忘年交们在一起，常听他们说："年轻真好。"因为当时真的年轻，便没有领悟其中的感叹和羡慕。自从去年得了心脏病后，才意识到自己也老了，才体会到忘年交们的那句话的真正内涵。

回想年少时过年，虽国穷家穷，没多少吃喝，但因年少，不谙世事，多多少少的艰难困苦都被父母挑了去。现在虽然富了许多，也有吃有喝了，但因了世事的磨难，对过年也没了多大兴致。

又要过年了，我将迎来生命中的第二个癸巳年，我将用我生命的步伐跨过"奔六"的终点，跃过"奔七"的起点继续向前。在这进入"奔七"的第一年中，我想对那些曾经帮助过我，特别是那些对我有过大帮助的人，表示衷心的感谢！对曾经因我的失误或过错而受到伤害或损失的人，表示真诚的歉意。

（2013年2月4日）

有兰初开

春节期间到乡下去了几日回来,突然发现种植在阳台上的几株兰草,有一株竟然长出了花苞,喜出望外。

这株长出花苞的兰花是一位朋友于2004年的元宵节后从安庆的山里挖来送我的。我接过兰草,看那兰草的剑叶碧绿油亮而坚挺,那雪白的管根粗硕而壮实,心中很是高兴。再看那兰草,更加可贵的是,一簇根叶之间还长着一个花苞。我高兴地谢过朋友后,就认真地去花鸟市场买了一包兰草营养土,又找出了一个蓝青花的花盆,依照朋友的指点栽好后,就放在阳台上了。

开始时我看那株兰草还剑叶碧绿,姿态端秀,亭亭玉立。可是,一个星期以后,我再去看她,不禁心中冒凉。那株原先婀娜多姿的兰草,竟然花苞枯萎,剑叶黄尖,让我一时没了兴致,心中直呼"可惜"。

为了救护这株兰草,我学习了有关兰草种植的一些知识,虽几经努力,但还是眼看着她日复一日枯萎下去,直至整株兰草全部枯黄。我好生悲痛,但又不愿接受她的离去,便无奈地将这株兰草的枯花黄叶全部剪去,将她的根部留在花盆中,也依旧在土壤干涸的时候浇上一些水,就这样一浇六年过去了。

2010年开春的时候,有一天我去浇水,竟又突然发现这株兰草的根部有点绿色,我小心地拨开泥土一看,竟是兰草的绿芽。我心中一喜,便马上将兰草周边的泥土翻松,又找来淘米箩将她保护起来,并告知全家不得挪动这盆兰草。

就这样,在我的细心呵护下,这株兰草渐渐长大,也渐渐壮实起来,但是这株兰草就是不开花,也每每有黄尖出现,对这个问题,我一直没太多在意，故也就没去管她，只是简单地将黄尖修去了之。

还是2012年十一期间，在乡下见一亲戚家中兰草茁壮，碧绿油青，便虚心求教。亲戚指教，兰草黄尖是根部不透气、泥土过黏所至，必须改良土壤，多加腐败草叶方可避免。回家后，如法翻盆，没想到此法颇灵，今年春节竟然看到了花苞。

元宵节时兰草的花苞大开了，绿色的花瓣、白色的花蕊、淡淡的幽香，真让我看了闻了从心里高兴。查阅资料，兰花属兰科，是单子叶植物，为多年生草本，高二十至四十厘米，根长筒状。叶自茎部簇生，线状披针形，一束若干片。兰的叶终年常绿，自然曲直，别具神韵。

兰花的花语：美好、高洁、贤德。

兰花的品种很多，有春兰和惠兰等。春兰花苞约两三寸高，花瓣有荷瓣、梅瓣、水仙瓣。我的这株兰草应为荷瓣。惠兰的花苞长成后有三十厘米左右，花随茎长，相继开放。无论春兰、惠兰都有香气。

兰花是中国传统名花，她幽香清远，一株在室，满屋飘香。古人赞曰："兰之香盖一国。"故兰花有"国香"的别称，它气清、色清、神清、韵清，给人以高洁、淡雅的优美形象。古今名人对她评价极高，将她喻为花中君子。在古代文人中，常把诗文之美喻为"兰章"，把友谊之真喻为"兰交"，把良友喻为"兰客"。

兰花，不仅在文人中有极高的评价，而且还是有志之士的高洁写照。所以，大多的文人雅士都爱种植兰草。唐诗人陈陶在《种兰》一诗中轻扬低颂："种兰幽谷底，四远闻馨香。……一月薰手足，两月薰衣裳。三月薰肌骨，四月薰心肠。幽人饥如何，采兰充糇粮。幽人渴如何，酝兰为酒浆。地无青苗租，白日如散王。不尝仙人药，端坐红霞房。日夕望美人，佩花正煌煌。……无阶答风雨，愿献兰一筐。"

在中国，不论古今，兰草都是文人雅士的最爱，也是文人雅士用以寄托情思的吉祥物。唐代大诗人李白在《于五松山赠南陵常赞府》一诗中昂首远唱:"为草当作兰,为木当作松。兰秋香风远,松寒不改容。"元代诗人张羽在《咏兰叶》一诗中闭目吟诵:"泣露光偏乱,含风影自斜。俗人那解此,看叶胜看花。"

春秋战国时的屈原更是将兰花作为人格品性的寄托,他将爱国之志、济世之情寄托于兰草中,托物言志。在许多诗篇中,他都对兰草寄予无限的希望:"余既滋兰之九畹兮,又树蕙之百亩。畦留夷与揭车兮,杂杜衡与芳芷。冀枝叶之峻茂兮,愿俟时乎吾将刈。"他以兰为友,将兰作为知音:"时暧暧其将罢兮,结幽兰而延伫。"他将兰作为佩物,表示自己芳香自洁的情操:"扈江离与辟芷兮,纫秋兰以为佩。"

中国的文人雅士都认为,不但可以闻兰草馨香,还可以将其充作糇粮和酒浆,更重要的是,她还有灵性,可以知兴亡。说来不信,我就以我的这株兰草开花来说此一巧。

2004年正是我五十岁后人生最不如意的时候,就在此时,兰草到来,虽叶绿苞含,但终不善生,全株皆枯,几于死亡。亏我善待,剪叶而留根。2009年,我跳出困忧,兰草于2010年又生新叶,并茁壮成长。2013年,值我六十岁本命年之际,恰我花甲退休之时,兰草又生苞开花,还为并蒂,岂不为兴旺事?故,我本无心,而兰草有意尔。

最后,我再以清代扬州八怪之一的郑燮的《题画兰》一诗作为这篇文章的结束语,来迎接我的退休生活:"兰草已成行,山中意味长。坚贞还自抱,何事斗群芳。"

(2013年2月28日)

惊奇猫"丑丑"

2013年的6月3日是猫"丑丑"来到我家一年零两天的日子,也就是这天晚上七点一刻，当时我正沉浸在电视连续剧《江湖正道》的剧情中，忽听得阳台的窗户"咣当咣当"的几声之后，紧接着又是"砰"的一声。当时我心想，这是哪来的风，怎么怪怪的。

过了大半个小时，我看完电视剧，想起了猫"丑丑"，就去猫"丑丑"常窝着的地方找，当我找了一遍都没找到时，我才想起了那个奇怪的声音。我立马心中一凉：坏了！猫"丑丑"掉到楼下去了！那可是在六楼啊！我一边呼唤着猫"丑丑"，一边来到窗台向下望去，楼下此时已是一片黑暗，什么也看不清了。我顾不得身体的不适，着急来到楼下，边呼喊着猫"丑丑"，边在小区盲目地寻找着，可惜，猫"丑丑"是活不见形，死不见尸，我心中实在不是滋味：猫"丑丑"毕竟是条小生命，它才只有一岁啊，就这样摔死了，还真有点不舍。

以前也听朋友说过有猫从楼上摔下去，可我总是不信，因为我以为猫的武功在动物界算是最高强的。我也见过猫从十几米高处掉下后，毫发无损地一溜烟跑了。于是，我就上网寻找安慰，打开网页，还真有不少猫从楼上摔下去的故事，不过大多都是非死即伤的，读后我对猫"丑丑"生存的希望十分悲观。不过我心有不甘，还是很执着地想着猫"丑丑"大多还活着，只是它受此惊吓，躲在什么地方而已。

猫"丑丑"不见了，这让我不时地想起它来。说实在的，在这个小丑猫来到我家之前，我是不喜欢猫的。那是因为小时我读过一本《埃及寓言故事》，那里面有个故事是说猫和狗的：一天一个商人带着一猫一狗出去做生意，当主人带着猫狗过了河走出一段路之后，才发现随身所带的钱袋遗失在了河对岸客栈里。于是，他就令猫狗一同去河对岸将钱找回来。

猫狗得令一同向河边进发，来到河边的时候，猫突然对狗说："狗哥哥，我实在跑不动了，再要过河去，恐怕要淹死在河里了。"狗听后说："好，既然这样，你就在这儿休息吧，我去就是了。"

当狗筋疲力尽地叼着钱袋从河对岸游回来的时候，猫便迎上前去对狗说："狗哥哥，你真厉害，累了吧，放下钱袋休息休息吧。"狗没想那么多，便放下钱袋就地躺下休息了起来，可没想这一歇竟然就睡着了。

狗一觉醒来，不见了猫和钱袋。它着急地在四处寻找无果后，才沮丧地回到主人身边。主人见到狗后，不问青红皂白地用鞭子将狗一顿猛抽，还气急败坏地骂道："偷懒的家伙，还有脸回来骗饭吃，看我不打死你！"

后来，在猫的竭力劝说下，主人这才饶了狗一回，但主人却下了一条命令：从今开始，狗不准进屋，只能在门口看门。

还有，小时候我住在石库门的弄堂里，弄堂里人家多，老鼠也多。那时，我的一个朋友家就养着一只猫。朋友家养猫，本想着让它抓些老鼠或吓唬老鼠，但每每我去他家时，总是看到那猫在淘气，有时还将朋友家桌上的饭菜给搞得一塌糊涂。

以往的故事和生活虽然影响了我，但自从有了猫"丑丑"以后，我就渐渐地喜欢上猫"丑丑"了，因为现今不用猫去抓老鼠了，所以只要猫够聪明、够伶俐就行。我虽不知道别人家的猫怎样，但一年喂养下来，我觉得猫"丑丑"聪明伶俐。说它聪明伶俐主要是在上厕所方面。为了解决猫"丑丑"大小便臭气熏人的问题，我们更换了三次猫"丑丑"的如厕工具，而每次更换，猫"丑丑"都配合得很好，都在第一时间适应了新的用具，以至现在猫"丑丑"如厕，家中已不再有气味了。

在猫"丑丑"没有摔下楼的时日，它是一只小"疯"猫，只要我们回到家中，它都会表现得很开心，先是迎上前来抱你的腿，再就是屋里屋外跟着你转悠，看我们忙事儿不再理它后，它就满屋上蹿下跳。我们家的那些高点，它基本都上过。特别让人开心的是，它有些"黏人"，你若是呼唤它，它都会立马跑到你面前回应你。

猫"丑丑"摔下楼后，我嘴上不说，心里真的不好受。从那天开始,我每天上下班都要在小区里寻找。我一边呼唤着猫"丑丑",一边将小区内的绿地和角角落落翻寻一遍。就这样我在寻找中度过了十八天。

6月20日傍晚,天还在下着雨,我突然听到了几声猫们打架的声音,其中好像有猫"丑丑"的叫声,我一下紧张了起来,也顾不得身体的不适,就下楼去寻找猫"丑丑",虽看到了几只其他的猫,却没有见着猫"丑丑"。那晚我冒着雨在小区又寻找了近一个小时后,才沮丧地回到家中。

实际上,我那天听到的猫"丑丑"的声音可能是真的。因为事后楼下的阿姨告诉我:那天中午,她曾看到一只灰黑的猫蹿到楼上来,而且还蹿进了对面的房间,后被那家的阿姨拎出来扔到了屋外。

也就是这天——6月20日上半夜的23点40分左右,女儿的一阵"猫'丑丑'回来了"的呼喊声将我从睡梦中惊醒,我坐起来看着妻从女儿手中接过猫"丑丑"那高兴得眼泪都要涌出来的样子,也被猫"丑丑"的归来感动了。那晚妻抱着猫"丑丑"不住地安慰着,一夜未睡。

是啊,猫"丑丑"回来了,它是从六楼摔下去后归来的。而如今,除了瘦了几斤以外,经检查并无什么损伤,这对于只有一岁的小猫来讲,不能不说是一个大奇迹。另外,在摔下去之后,它又在外生活了十八天,对于一只在家时只吃猫粮的小猫来说,又是靠吃什么度过的呢?我带着这个问题观察了它回家后的第一次粪便,发现它的粪便竟是绿绿的,还夹着未消化的草叶!我不禁佩服起猫"丑丑"来:一只小家猫,为了能回到自己曾生活的地方,竟然靠吃草度过了半个多月!

猫"丑丑"胜利回来了,经过这次事件,它着实老实了许多,没事就窝着,也不再上蹿下跳了。以防万一,妻专门做了纱窗和阳台网罩。为此我心里想着:从今以后,就将猫"丑丑"作为我们家的一员来相处,它,就是我们家的一分子了。

(2013年6月28日)

乡间"三轮"亦浪漫

退休了，计划着去乡下度过晚年。那乡下，虽树木林立、芦苇丰茂，空气清新、馨风沁脾，果蔬环保、民风淳朴，但交通却不似在上海陆家嘴地块那般方便。虽也有长途班车，却常因定点定时而不能随意出门。再说那班车庞大，也不能在乡间小路上随意往来。如果有个急事或亲朋好友需要些物品，就更加麻烦了，于是，下乡之初我便想着要解决自备车的问题。

开始，我们想着买辆轿车、面包车之类，那样既方便，又有"派头"，但细细一想，总觉着风险大，危险多。再说，即使有了轿车，就我们这样的年龄在乡下也是看着的时候多，使用的时候少，结果是不实用还浪费钱财。更何况在我们这把年纪还要去考驾照，让我们想着都有点犯愁。后来妻对我说："我们还是买辆电瓶自行车权当跑腿工具吧？虽没有轿车那般风光，也不能完成大量运载，但蚂蚁啃骨头，多跑几次也还是可以的。"我认为这样也好，经济实惠，又省去不少麻烦，表示赞成。

那天，我们一起去那镇上的车行购车，正巧一辆大卡车送来一车电瓶三轮车，有红有蓝煞是吸引眼球，我突然改变了主意，对妻说："我们还是买台三轮车吧，用它运载货物、闲逛景区不是要比二轮车经济多了。"妻想了想说："好！"大约半个小时后，我们俩就开着电瓶三轮车在崇西大江边的江堤上兜风了。

有了电瓶三轮车，我们俩像孩子似的兴奋不已，每天都开着它在一二十公里内兜上一圈。一是练练技术，看看自己是否还能驾驭；二是熟悉一下车子的性能，试试车子的速度和耗电量。就这样，我们开着电瓶三轮车满崇西地"疯"了起来。

  第二天上午，为了实现新车的使用价值，我们装了一些吃的、用的，去看望住在陈海公路边离我们住处约二十公里外的两位老人。妻怕太阳晒着，就提出要从西沙湿地的江堤走。我们行驶在江堤的林荫下，享受着清风的吹拂，一边欣赏着湿地的风光，一边相互吹捧着买这车的英明伟大。约五十分钟后我们就到了二老的家。那二老见我们开了辆新车来，又从车上卸下了水果、蔬菜、衣服、台扇等物品，抚摸着三轮车高兴地直说："蛮好，蛮好。"

  第三天傍晚，夕阳西下的时候，我们为给两位老人的菜地浇水，又将三轮车开上了江堤。一路行去，见江堤上有很多枯枝，想着可以当柴烧。于是，我们就一路行一路拾，没走出半公里就拾得满满一车。又过了半个小时，我们将一车柴火送到了老人家后，又为老人从河里打水装车，就这样我们来回了三次，共打了不下二十桶水，为老人地里的玉米、芝麻、红薯、菜瓜通通浇了一遍水。

  第四天大暑，酷热异常，我们忍下了"疯"劲，在家看书读报地过了一天，但吃过晚饭，妻又憋不住地开着那车出发了，这次我们走的是老公路，一路向北开着。当我们开到离三华公路不远的地方时，那车突然开不动了，一分析才发现是电力不足。此时天色已暗，怨也无奈，只能下车推行。

  于是，我们俩轮流推车，当我们推到明珠湖大门口时，天已大黑。我们盘算着从明珠湖到镇上，至少也得四五公里的路。就这样，两人轮流推着那车，自嘲着在黑暗的公路上行走了一个多小时，才汗流浃背地到了家。

  到家后我们顾不得一身的臭汗，立马取出充电器充电，没想插上电源才一分钟左右，就听砰的一声伴随着一团闪光——真是祸不单行，新的充电器又坏了！

第五天傍晚，我们又憋不住"疯"劲地将那充足电的车开了出去。这次我们是去崇西江堤看夕阳。我们顶着西方那如画的彩霞，一口气开到了大堤上，下车去到江边。我看那彩色的漭漭大江，心中大声地问候着："长江，你好！"再看那西边，一轮红日即将落进地平线，它红红火火地带着一天的酷暑从波光粼粼的大江上缓缓落下。不知为什么，每当我站在大江边时，李白那"黄河之水天上来，奔流到海不复回"的诗句就会在我脑海浮现，心想着：是啊，那长江之水从青藏冰川的源头一路奔腾而来，最终成就漭漭大江，在我眼前，在我脚下的这片土地旁汇入大海，这与我们的人生多么相似啊！人的一生从出生到死亡，无论是获得了多少成功，积累了多少财富，也无论是错失了多少机会，浪费了多少光阴，都同样是一路向前，在自然规律的时间中行进。"大江东去，浪淘尽，千古风流人物。""人有悲欢离合，月有阴晴圆缺，此事古难全。"人生苦短，在世时就应多行善事，勿以善小而不为；不要自以为是，勿以恶小而为之；更不要自欺欺人，作恶多端，损人不利己。

有了这电瓶三轮车，我们的心变"野"了，脚也变"散"了，常有事无事地就想开着那车出去转悠。我们想用这电瓶三轮车兜遍崇西，尽享崇西的美好景色，我们还要用这电瓶三轮车玩转整个小岛，全方位地了解小岛的纯朴民情，让我们的晚年多一点情趣，让我们的生活多一分欢乐，让我们的人生多一缕浪漫。

（2013 年 7 月 25 日）

小镇蝉歌

为退休准备去到小镇，那小镇在小岛的西边，虽也属上海地界，但总还是北去了百十公里的路。何况又是个原生态的环境，绿树成片，地阔荫广。气温嘛，也比市区低那么两三度，还真是个避暑的好地方。

　　夏日当空，酷暑炎炎。小镇上的人们都窝在家中，就连那些平时到处乱窜的狗儿猫儿此时也懒得在外溜达。我自然也窝在家中，坐在躺椅上一边品茶，一边捧着一本知青们编写的文集，一篇一篇地读着，想着，全然没有察觉这乡间，这大热天的与市区有什么不同。

　　看书看得有点累了，放下书，摘下老花镜来到窗前，伸腿举臂之间，忽然听得一片知了之声。心想，这蝉也是，大热天的就不怕热吗？这样"拼命"地唱，就不怕累出汗来吗？又不是什么作秀大奖赛，还远近呼应着，实在让人觉得它们是在非常认真地演唱着夏日狂欢曲。

　　噢，想起来了，好像许久没有听过蝉歌了。住在市区的时候，市区到处都是混凝土建筑，自然是生不出蝉儿来的。即使是点点块块的绿化带，也因为管理人员们常常喷洒打虫药剂，自然就生不出蝉儿来了。所以，在城里有时候要想听到如此盛大的蝉歌音乐会，实在是一件不可能实现的奢侈事。

　　蝉，俗名知了，六足昆虫，在地下生活几年甚至十几年，夏天出得土后蜕变为成虫，善鸣叫，蜕与成虫皆有药用价值。蝉，可以食用，蛋白质含量很高，煎、炒、烤、炸皆可。其蝉蜕在《本草纲目》中有这样的记载："治头风眩晕，皮肤风热，痘疹作痒，破伤风及疗肿毒疮，大人失音，小儿噤风天吊，惊哭夜啼，阴肿。"

　　记得"三年困难时期"，我们一帮"赤屁股"玩伴就有吃过蝉的。有一次我们去郊区河浜游泳。那小河边的柳树上有好多知了没命地叫，惹得我们心痒了，就争先恐后地爬上树去抓，不一会儿就抓了好多。没地方放，我们就把汗衫的一头打上结，就这样，那天我们抓了上百只知了。当时大家看着那些知了都很开心，但回家后想想没什么用处，扔了吧，又觉得那么爬上爬下辛苦抓来的有点可惜。就在我们为难之时，老奶奶告诉我们"知了可好吃了"，于是大家你一把我一把地抢着分了。

回到家中我用自行车钢丝将知了串起放在炉子上烘烤，果真香脆可口。

来到小镇后，到处可见蝉的身影，看那树上、地上到处都是蝉，有活的，也有死了的。特别是在那挺拔的树干上，总能见到几只蝉在上面。晚上我与妻乡间散步，只要带上个马甲袋，举手折腰之后，总可以满载而归。

在佛学上，"禅"与"蝉"互为谐音，故人们常用"蝉"来表示"禅"的意思。这主要表现在中国的雕刻艺术和绘画艺术上，大凡我们见到某件作品有"蝉"的形象，那就是有"禅"的意蕴了。更有那坊间骚客，常爱将那金玉、骨头、红木雕刻的蝉佩在腰间，以示高雅，以示自己领悟"禅机"，乃"道"中之人尔。在汉代，大凡是皇亲贵族死后，入葬时在其嘴中放上一枚"金蝉"或"玉蝉"，也就是"禅机不可泄露""禅定不腐"的意思。

大概就是因为蝉与禅有些渊源，所以中国的文人墨客们赋予了"蝉"以高雅的寓意，也都爱将"蝉"引入诗文，"明月别枝惊鹊，清风半夜鸣蝉"便是其一。"蝉噪林逾静，鸟鸣山更幽"又是一番意境。我也曾以《知了》为题，写下过诗句："知了知了，未见怎晓？为何来此，你真知道？知了知了，不要乱叫。今是密约，告之过早。知了知了，不知害臊！我爱哥心，你怎明了？"

蝉，它不怕烈日炎炎，不怕酷热闷暑，总是乐此不疲地演唱着它那亘古以来永不改变的曲目；总是让这独特的天籁之音、自然之乐，伴随着灿烂阳光，跟随着酷暑热风，回响在深邃的蓝天下，流连在浓密的绿荫中，缭绕在乡里的屋檐边，飘洒在田园的阡陌间。

一阵清风吹来，蝉又开唱了。蝉，是夏天的产物，是田园的使者，是绿荫的精灵，是乡间的风情，也是酷暑中小镇的合唱团队。

（2013年8月2日）

天性爱水

"知者乐水,仁者乐山。"如果说爱山爱水的都是仁者智者,那我可不敢受此殊荣,因为我就是从心里喜欢山水,喜欢有山有水的地方,特别喜欢水。只要我有机会亲近水,我就从骨子里想着要往水里跳,跳下去一游方感身心愉快,方感满足。

在以往的岁月里,我游过很多的江河湖海。从江上讲,我游过黄浦江、澜沧江等;从河里讲,我游过苏州河、淮河等;从湖泊讲,我游过淀山湖、太湖等;从海面讲,我游过普陀山的海面、日照的海面等。至于那些水库、水塘,我去游过的就更多了,就不好意思在此一一显摆了。

我爱水,那是因为我是在上海的苏州河边出生的,是在苏州河边长大的,一直到十六岁上山下乡去西双版纳农场前,我就没有离开过苏州河畔。在苏州河边生活的那些岁月里,看着苏州河河水的涨落,看着苏州河上各种各样大大小小船只的来来往往,是我那段时间生活中必不可少的一部分。就连苏州河河堤的不断加高加厚,也都是在我的见证之下进行的。

记得上小学三年级的那个夏天,我第一次下苏州河。那是下午三四点钟,我站在河堤上看着哥哥他们那一帮比我大几岁的伙伴在河里嬉戏。他们中有一人见我心痒,就游到我站着的地方对我说:"想下来吗?很好玩的。"我说我不会游泳,他说:"跳下来,我保护你。"说着说着,他们中就有几个人爬上堤来,不由分说地抓住我,拎手的拎手,拎脚的拎脚:"一、二、三!"就将我扔进了河里。当我扑腾着钻出水面时,那几个大些的家伙倒也都在我身边,他们有抓着我手臂的,也有抓着我衣服的。从那以后,我就开始在苏州河里玩水。

起初,我只敢在两根相距五六米的船缆之间扑腾,不讲姿势,不求会游,就是练胆量,只要能抓住另一根缆绳就是成功。就这样,没几天的工夫,我就学会了游泳。

那时我的确很胆大。现在想想,以前在苏州河学习游泳和在苏州河边玩那些逗英雄游戏的"勇敢"举动,心里都有点后怕。可那时,虽然苏州河里每年都有溺水而亡的事故发生,但我却从来不知道什么叫害怕,可能就是"初生牛犊不怕虎"的缘故吧。

后来,下河成瘾,每年五一一过,我们就开始下河游泳,一直要游到十一以后。开始时只在码头边游,后来游着游着就游远了。再后来光游不算"勇敢",还学着跳水,跳那些五花八门的姿势。再再后来,就更胆大了,常常从长寿路桥这边跳下河去,一直游到昌化路桥、江宁路桥那边才上岸。

虽说在河里游泳危险,也让父母操心,但毕竟练就了胆量和水性。记得"文化大革命"中,那时的苏州河水已变得黑臭不堪,我也有好久不下河游泳了。有一天下午,我捧着一本书去苏州河边背读,没过多久,就听得有人在呼叫:"救人啊,有人不行了!"我往河里看去,只见河心中有一人头已没在水中,一双手正胡乱地拍打着。心想不好!于是丢下书本,连衣裤都没脱,就从河堤上一个纵身跳进河中。我游至那人身边,将那人从水下托起,没想那人却一把将我从背后死死搂住。幸好我是"艺高人胆大",并没有惊慌而自乱阵脚。我先是屏住呼吸向水中一沉,待那人松开手后,又从背后抓住那人的腋窝并直撑着手臂,将那人再次托出水面,游向岸边。后来,在几个小伙伴的帮助下,我将那人救上码头,就此积下一德。

上山下乡去到西双版纳,有一次去景洪出差,顺路我们到景洪果园买芭蕉,那果园就在澜沧江边。我看那江水喜人,就来了水瘾,不顾大家劝阻,便独自扑进江中,来来回回地畅游了一通。大家见我在江中几个来回都没事,也都冲进了江里痛痛快快地洗了把澡。后来才知道,澜沧江边的居民有个传说,说澜沧江中有种怪物,其形如藻、如席,硕大无比,又来无影去无踪。据说曾有大象在江中嬉戏时,被此物席卷而去。

还有一次,当是上山下乡的第一个雨季,我们班去农场挑粮,要经过一座流沙河桥。那天不巧,上游山洪暴发,大水冲断了木桥。当大家站在河边看着那湍急的河水一筹莫展的时候,我又来了傻劲,连衣带裤跳入河中,义无反顾地游向对岸。由于河面加宽,水流加急,当我游到对岸的时候,已离我下水的桥边有一百多米了。班长见我安全地游到对面,便鼓励会游泳的战友们一一游过河去。

1976年夏,我回淮南老家,正值淮河大水,那时淮水漭漭,水位很高,离坝顶只有二尺左右,这下我又来了劲。在家乡的那些时日,我几乎每天都跳进淮水,逆水游上一二里水路。

淮河发大水,淹了那些小动物的窝,淮河两边的树上到处都可见到蛇、老鼠。有一天我又下水游泳,游着游着,突然一根滑腻腻的东西绕在了我的手臂上,我立即神经紧绷,以为是条蛇缠上了我。于是,我停在水面,做了抓蛇的准备后,一举手臂,嘿!这哪是什么蛇啊,原来是一段鸡鸭的肚肠,让我虚惊一场。

在家乡时有一次游泳,差点丢了性命。那是家乡村子后面的一方约十几亩的水塘,我见其清澈,便不顾三七二十一,一个鱼跃跳了下去。跳进水中后我一展手脚,就觉得有东西缠住了我,睁眼一看,只见几株水草已绕在了我的臂腿上。再看那塘里,青青绿绿、密密麻麻的全是几米高的水草,就像幽灵那样漂荡在水中。我见此情景知道不好,但马上就冷静了下来,停止一切活动,让身体舒展放平,自然漂浮在水中。不一会儿,当我漂至水面时,那缠绕的水草也自然地松开伸直了,此时我才微微划动双臂，不动腿脚一点一点地游到岸边。上得岸来，我长出了一口气，心里直呼幸运。因为我的一个朋友就是在前两年死于乡下的这种水塘，当尸体捞上来的时候，那身上全是老乡们说的"水鬼掐的"青紫勒痕，其实凶手就是这些水草。

还有一次让我后怕的游泳，就在崇明岛上。崇明水源丰厚，河道纵横，我见那河水泛起涟漪，又上了水瘾。于是我来到大河边就要往下跳，此时崇明的亲戚大声地告诫我："不要跳水，水下有桩子！"我开始不信，还想往下跳。后在亲戚的再三劝阻下，我才一脸不高兴地走下水去。当我游了一会儿后，果真在水下碰到了两根桩子。我上得岸来看那桩物的位置，就在我先前想跳水的不远处，心中不由对亲戚感激起来。

我爱水，但并不是说我就是"智者"，应该说那纯粹是我的天性。中国人认为，龙在天，蛇在水，可我常说："我是属水蛇的。"

（2013年8月6日）

长城与都江堰

纵横中国封建王朝历史，统治者与百姓能够双赢的大约除了唐太宗的"贞观之治"以外，以我之见几乎没有。在中国，自秦始皇一统天下，专制和封闭所锻造的双刃剑，始终悬挂在中国的政治舞台上，斜架在中国人民的颈项。为什么呢？怎样才能实现政府与民众的双赢呢？由此，我想到了中国的两大历史工程——"长城"和"都江堰"。

有人说，在两千多年前，华夏帝国修筑的长城是中国古代人民智慧的结晶，是中华民族意志力量的象征，是中华民族的骄傲。我倒是有几点想再补充一下。

众所周知，长城修筑的历史可上溯到西周时期，总长超过2.1万千米。我们今天所指的万里长城多指明代修建的长城，它东起鸭绿江，西至嘉峪关，长8 800多千米。它像一条巨龙，越群山，经绝壁，穿草原，跨沙漠，起伏在崇山峻岭之巅、黄河彼岸和渤海之滨。

古今中外，凡到过长城的人无不惊叹它的磅礴气势和宏伟规模。

在中国历史中，许多封建王朝为了巩固自己的统治，曾对长城进行过多次修筑，我国古代千千万万劳动人民为它的诞生贡献了智慧，流尽了血汗，付出了生命，才使得它成为当今世界的一大奇迹。长城，作为一个完整的军事防御系统，用以抵抗外来的侵略，在以往的冷兵器时代，起到了一定的作用，在中国的建筑文化艺术上也有它的历史价值。

但是，我们必须清楚地认识到这一点：中国历代的统治者修筑长城，并不是为了显示长城的磅礴气势和劳动人民的建筑技术，也不是为了能让后人赞叹它的雄伟，长城的修筑就是为了封建统治阶级更加巩固的封建统治。长城，不论是巨龙似的城垣，还是形势险要的关隘，都体现了封建统治阶级对内"围"、对外"堵"的统治理念和战争思想。

再说说都江堰水利工程，它位于四川成都平原西部都江堰市西侧的岷江上，距成都56公里。都江堰水利工程建于秦昭王末年，是战国时期秦国蜀郡太守李冰率众修建的一座大型水利工程，是现存最古老的而且依旧在灌溉田畴、造福民众的水利工程。

都江堰水利工程是全世界至今为止，年代最久、唯一留存、以无坝引水为特征的宏大水利工程。这项工程主要由鱼嘴分水堤、飞沙堰泄洪道、宝瓶口进水口三大部分和百丈堤、人字堤等附属工程构成，科学地实现了江水自动分流（鱼嘴分水堤四六分水）、自动排沙（鱼嘴分水堤二八分沙）、控制进水流量（宝瓶口与飞沙堰）等，消除了水患，使川西平原成为"水旱从人"的"天府之国"。如今其灌溉面积达到1 003万余亩，灌溉面积达36县。人们为了纪念李冰父子，在山上修建了一座李冰父子庙。

都江堰创建两千多年来，以不破坏自然资源、充分利用自然资源为前提，使人、地、水三者高度和谐统一，开创了中国古代水利史上的新纪元，在世界水利史上写下了光辉的一章。都江堰水利工程是中国古代人民智慧的结晶，是中华民族文化的杰作。

所以说，都江堰水利工程是为民谋福的产物，它给我们的启示是：欲要为民造福，必须疏流开放。

综上所述，我想，这两项同样有着建筑艺术上磅礴气势的伟大工程，为什么所得到的结果却是完全不同的呢？那长城，如今除了还可供人们游览观赏外，在科学高度发展的现代，已失去了它原有的围堵作用，而都江堰呢，却在千年之后，仍然可以继续发挥其原有的水利作用。

如今，我们的改革开放正如火如荼，如果说到为民造福，我想都江堰不失为一个很好的典范。那么，不如敞开胸怀，效仿一下都江堰，多做些造福国家和民众的事。

（2013年11月9日）

小镇春歌

晨，在一片淅淅沥沥的雨声中醒来，懒洋洋的我真有点不想起床，便躺在床上边做着床上操，边听着屋外的雨点拍打着新发的芭蕉叶发出的声响。做完操，我伸了个懒腰，从窗帘的宽缝中看那窗外，一排翠竹在春雨中，正轻扬漫舞地摆动着她们那油绿的枝叶，就像是在为我展示着她们在春风中的美妙身姿似的。

我出得屋来，站在廊檐下，举目望去，小镇在一片片郁郁葱葱的橘林中若隐若现。橘树的枝头挂满了团团簇簇的橘花，那份纯净，那份雪白，正沐浴着春雨，在那春风中摇曳，发出了欢畅的吟诵："后皇嘉树，橘徕服兮。受命不迁，生南国兮。深固难徙，更壹志兮。绿叶素荣，纷其可喜兮。"

因为地湿不能进行大幅度的活动，我便站在廊檐下闭上眼睛，静静地感受着细细春雨的洗礼，深深地呼吸着散发在春雨中的清新香味，不知不觉便沉浸在了无我的境界之中。当我睁开眼睛，再看那庭院四面的花草树叶时，一片油亮的、五彩的花儿直扑眼帘，其间我们种下的虞美人、石蜡红、石竹、月季、大丽花都已相继开放，那大红、粉红、玫瑰红、橙黄、纯白、红白相间的好几种颜色，在绿叶的衬托下显示出不同寻常的美丽。

雨小了，我来到了院前的枇杷树下，看着那月前还是满枝苞蕾的枇杷树，如今枝头已垂挂了累累硕果。虽然那果实还未成熟，但大多已饱满地坠在了树梢那新发的嫩叶中。我看着那果实，开心地想着，轻轻地采下一颗熟透了的枇杷，把它轻轻地放在口中，只一抿，便可尝到那甜甜的略带些酸味的果汁，立时我的口水抑制不住地溢满口中。

为买些秧苗，我带上狗"乐乐"一起去集市。路过小桥时，被桥下春雨中的景色所吸引。虽然在以往的岁月中，我路过小桥时都会看一眼周遭的景色，但在今天的春雨中，我看那小河两边的景色竟是大有不同：一片片黄色的油菜花和那一棵棵红色的紫叶矮樱，装扮得小河色彩斑斓；那泛着嫩绿的垂柳和水杉在春风的吹拂下，带动着小河一起舞动起来；还有那星星点点的桃花杏花，点缀着红瓦白墙的民居，更是让小河锦上添花。突然间，一群鸭子相继地跳进河中，那小鸭嘎嘎的歌唱声打破了小河的宁静，在此时显得格外响亮。这时我才想起，在这春雨中，不仅仅是天空的春风和煦，大地的花红叶绿，而且这小河也是鸭鹅嬉戏呢。

随着狗"乐乐"的"催促",我们走在小镇的大路上。春雨中的大路也是异常清新,视觉中,一条大路南北通直,因了下雨,小镇路上的行人车辆,更加少了。路边那高大的樟树、挺立的水杉和红色紫叶矮樱把大路妆成了一条彩色的隧道,那黑色的路面硬是把一条三维的投影线拉得又细又长,直到变成个小点。

　　雨中的集市不似往常热闹,但因是播种繁殖季节,故而出售秧苗和小鸡小鸭的地摊很多。我带着狗"乐乐"穿梭在鸡鸭鸣叫和摊贩的叫卖声中。经过一番筛选,我最终在一老叟处购得了几株瓜果秧苗,便带着几分完成了采购任务的得意,离开了集市那交响曲的舞台。

　　午后,天空放晴,我带着八十五岁的老母亲去看看我们的母亲河——长江。待母亲穿戴好,便起动了我们家的"宝马"——电瓶三轮车,悠悠地向长江边驶去。我开着那天蓝色的三轮车,沐浴着春风,行驶在如画的大路上。不一会儿,我们的"宝马"就驶上了大江边的闸桥。站在闸桥上透过两岸新发的芦苇向那大江望去,大江朦朦胧胧,好像还不愿从那江南的烟雨中现身。再看那江水,滔滔涌涌地奔向大海,甚是壮阔。大江中,那来往的船只,隐隐约约地、慢慢悠悠地在那广阔的水域中行进,好像一条条大鱼在江中游弋。不大一会儿,云雾散开,一缕阳光从云缝中射出,阳光下,一弯彩虹已淡淡地挂在了天空。触景生情,我随口哼出一曲《享春》的小诗来:"彩虹欢追煦阳来,万花喜迎细雨开。踏青才上小桥头,大江豁然揽胸怀。"

　　天黑了,夜幕中春雨又下了起来。我听着那风雨拍打枇杷树叶的声响,心想,这不正是春在歌唱吗?是歌唱,那,要有伴奏才好啊。于是我取出了我的那支F调的竹笛,站到了阳台上,对着枇杷树吹起了《春江花月夜》来。

　　夜幕中,我的笛伴着风雨在瓦片上、树叶上、小草上、小河中尽情地歌唱着,那悠扬的笛声、柔和的风声和那欢快的雨声在小镇的上空,和谐、欢快地飘散开去……

(2014年4月26日)

小镇橘歌

橘,开花了,白白的,一片一片的,像是下了场雪,停留在了新绿的橘叶上。那花儿,小小的,一串一串的,又像是桂花绽放,在春风的吹拂中悠悠地晃动着,散发出淡淡的只有橘才具有的特别香味。

春雨沙沙地下了起来,细细的,柔柔的,立时让大地笼罩在一片雾霭之下,也让新绿的橘叶和洁白的橘花沉浸在了一片朦朦胧胧之中,就像初嫁的新娘,披上了一件白色的婚纱,让美丽尽显在隐隐约约里。我喜欢这细细柔柔的春雨,于是就情不自禁地走进了雨中的小路,也不用雨具,在那小路上徜徉,感受细雨的亲昵,心中好不惬意。

我停留在乡间的小路上,把视线投向了小路的远方。我顺着小路的投影线看那小路两边的橘园,白绿相间,景色如画,自觉自己似乎溶化,也成了这美妙图画中的一个色素,心中甚是得意。

我靠近一株橘树,第一次那么接近、那么清晰地看着新绿中开着白花的橘树,忽然想起了我国伟大诗人屈原的《橘颂》。

我喜欢中国文化,少年时在学校、在少年宫、在几位忘年交的指导下,较为系统地学习过诗琴书画,那其中就有他们推荐的《楚辞》,《楚辞》中就有《橘颂》一篇。屈原在《橘颂》中一下笔就唱道:"坚挺的橘树啊,生长在广袤的天地之间;它扎根在南国哟,什么力量也无法使之移迁。那凌空而立的意气,坚毅的神采哟,使人顿起无限敬意!"

诗人接着以其精工的笔致,用橘树的绿叶渲染出橘花那雪花般开放的素洁;它那层层的枝叶间虽也长有棘刺,但那只不过是为防范而生;

橘，所贡献给世人的，是有百益而无一害的鲜果。

屈原的诗，是从外美描绘，继而转入内在的精神讴歌。在屈原看来，橘树之美好，不仅显于外在形态，更在于它的内在精神。橘树虽然年少，却已抱定了独立不迁的志向；长成以后，更是内善外美而不放荡，坚定挺拔而高风亮节。纵然面临百花凋谢的岁暮，橘树也依然郁郁葱葱。

诗人笔下的橘是美的，现实中的橘也是美的，也是实惠的。橘的全身都是宝，其果实自不必多说，就其大多为人不知的叶，也有疏肝、行气、化痰、消肿毒的功效，能治疗胁痛、乳痈、肺痈、咳嗽、胸膈痞满、疝气。

因为一次偶然，我得知了一个橘叶的奥妙之处。橘树，在初夏刚结果的时候，果农们为保证果实的丰硕，都要打掉当年新发的嫩叶。我看那被打掉的诸多嫩叶，异香扑鼻，心中有所怜惜。就想这么翠绿异香的嫩叶，就这样扔了岂不可惜，是否可以制成饮品泡茶喝呢？于是我就收集了一些回来进行焙炒，然后泡茶试饮，不由喜出望外。

我将加工好的橘叶用泡茶方式进行试泡，从品茶的要求出发，一闻：异香扑鼻、直沁心脾。二看：汤色青翠、碧绿通透；再看那叶，原状恢复、嫩绿如新。三品：香中带苦、苦后回甜。妙哉，好茶！我欣喜地用京腔唱了起来。于是我立下决定：来年多多收集焙制，除了自己饮用，还可当茶招待亲朋品尝，岂不也乐乎！

橘树绿化了小镇百分之八十的土地，它不但美化了小镇，给小镇的居民带来了经济实惠，而且还供给小镇的居民以大量的氧气，有利于小镇居民延年益寿。

秋暮，橘，经过了春的滋润、夏的洗礼，带着鲜艳的红色在枝头欢呼着："我成熟了！"那满树泛着红光的果实，在阳光的照耀下通红亮丽。特别是在晚霞绚丽的时候，那橘与彩霞共舞，与夕阳一色，更是光彩夺目，真让人心旷神怡。

秋风阵阵，我站在橘树下，看着橘树和那挂满枝头的果实在秋风中摇曳，心中突然觉得，屈原就站在这橘园的上空，他对我微笑着，弹唱道："曾枝剡棘，圆果抟兮。青黄杂糅，文章烂兮。精色内白，类任道兮。纷缊宜修，姱而不丑兮。……苏世独立，横而不流兮。闭心自慎，终不失过兮。秉德无私，参天地兮。"

（2014年9月4日）

冬歌

一夜的梦：冬，银装素裹，跨过连绵起浮的群山，跃过广袤无际的平原，一路低吟浅唱、漫舞飞扬地从北面走来，路过了小楼，轻轻地叩击着小楼的门窗。

晨起临窗，漫天飞舞的雪，"忽如一夜春风来，千树万树梨花开"，像白天鹅抖落的羽绒，不紧不慢，优哉游哉，从天而降；像野云万里，飞雪纷纷，满地洁白；像仙女手中的素花，不结不化，似玉非玉，落地而安。

我，走在乡间的小路上，欣赏着白雪蒙蒙的田野，忘情地哼着"雪花飘飘，北风萧萧，天地一片苍茫"，感觉是走在了人生的道路上，历经童年的混沌、少年的无愁、青年的狂躁、壮年的奋进、中年的沉稳、老年到来的平静。参悟着人生，就像在感悟春种、夏长、秋收、冬藏的惮意，觉悟了人生的真谛。

忽然，一阵幽香扑鼻，惊诧间，举头望，闻香寻。没曾想，竟是邻村民宅中的几株蜡梅，亭亭玉立，静静地伫立在石桥旁。在一片飞雪中，蜡梅那满树的金黄，在这冬雪茫茫的乡间，让我觉得无可比拟。走近，看那花蕾、花苞、花朵，一朵朵，一簇簇，自信满满地挂在枝头，无怨无悔地散发着淡淡的、清清的幽香。再凑近，闭上眼，深深地嗅那香气，沁人心脾，再嗅，噢！再嗅就要醉了。

欣喜中，隐隐约约，耳边传来古琴的弹奏：轮指打圆，似山中清泉石上流；挑抹剔勾，如大珠小珠落玉盘。心想，这是哪来的清音？这清音又是谁在演奏？是俞伯牙，还是阮籍？朦胧中，又听得有人在吟诵："不要人夸好颜色，只留清气满乾坤。""墙角数枝梅，凌寒独自开。遥知不是雪，为有暗香来。"又想着，这是谁在吟诵？是王冕，还是王安石？

是啊，中华文明五千年，多少文人骚客，赋诗作文；多少民间艺人，情歌对唱。《诗经》、《楚辞》、乐府、唐诗、宋词、元曲、散文、民歌等，皆不外触景生情，情至而发；也都是借物喻人，以人比物，虽喜怒哀乐各有不同，却殊途同归，寄托着人们对社会的美好期待，寄托着人们对人生的美好向往。

生命如歌，生命的真谛是快乐。读万卷书、行万里路是一种快乐，舞拳弄棒、写写画画是一种快乐，与人为善、助人为乐也是一种快乐。这些快乐，从古老的、优良的传统文化中汲取养分，在平淡、平和、平静、平庸中得到升华。

我也曾寻找过人生的真谛，在寻找中，走过了山山水水，走过了春夏秋冬，走过了人生的童年、青年、壮年、中年。也曾为快乐而苦恼，在苦恼中，经历了坎坷，经历了无知迷茫。在人生的道路上，虽然有过"风刀霜剑严相逼""进退茫然两不知"，但今朝，看那蜡梅花，依然灿烂，依然飘香。

有时冬日暖暖，我会沏上一壶茶，坐到小院的枇杷树下，一边静静地品茶，一边舒适地晒太阳，一边又与冬说着悄悄话。有一次我就问：

"冬，你快乐吗？"

"快乐，说实话，我从没因春的取代而沮丧，也没因春的到来而颓废，我的性格就是一往直前。"

是的，冬，从不惆怅，也不彷徨。

冬，是快乐的。雪花洁白，梅花飘香。

冬的后面不是秋，不要为冬发愁。冬知道，三九过后是新春，是新一轮的春光明媚，是新一轮的风和日丽，是新一轮的百花齐放，是新一轮的万紫千红……

冬，是朴素的。素面无华，一览无余。

冬，是低调的。收藏秋实，孕育春华。

冬，又是无争的、恬静的。冬，不哗众，不取宠，不折腾，不炫耀，只是默默地承受，无声地奉献。

所以，冬，一如既往，低吟浅唱，漫舞飞扬，迎接着春的到来……

（2015年1月18日）

小狗"乐乐"

狗"乐乐"死了，它是被人毒死的，它临死前的痛苦状，老是出现在我眼前，这让我好生心痛！为此，我诅咒，诅咒那些毒死它的人。

狗"乐乐"的一生虽然只有十五个月，但在这十五个月的时光中，它陪伴着我们，给我们退休后的生活带来很多快乐，我是真的好喜欢它。

狗"乐乐"来到我们身边，是我们退休后搬到小镇的第四天，我们把狗"乐乐"从它母亲那抱了回来。初次见到狗"乐乐"，就有"一见钟情"的感觉。那时，它是一只不足一尺长、裹着一身灰色绒毛的小肉球。它那胖乎乎的身体后面，那条同样是灰色的小尾巴，一直不停地摇摆着，甚是可爱。当时，我们抱着它就向它许诺：我们将始终善待它，和它一起生活，一直到为它养老送终。

狗"乐乐"来到我们身边后，就与我们非常亲热。每天除了晚上睡觉，其他的时候，它都黏着我们，我们走到哪，它就会摇着小尾巴跟到哪。我们抱着它的时候，它的那个亲热劲，就更让我们怜爱它了。

不知为什么，在狗"乐乐"还小的时候，它就对我们的三轮车情有独钟。它来后，我们第一次开三轮车外出时，它就早早地坐到车上静静地等待着我们，我们怎么赶也赶不下车，真是又好气又好笑，无奈，只好带着它一起外出。有了第一次以后，狗"乐乐"便视三轮车为自己的"私有财产"了，不论是在家中还是在外面，只要有车在，它总是守在车上，不让外人靠近。有一次，我们去镇上帮朋友看一套房子，那房子在四楼。当我们看完房子出来时，发现狗"乐乐"不在我们身边，一时心急便楼上楼下地寻找起来。没曾想，当我们四下寻唤无果时，却远远地看见它安然地伏在三轮车上等着我们。

来到小镇以后，为锻炼身体，除了天气特别不好时，我们都要外出散步。每当此时，狗"乐乐"都会一马当先地跑在前面。后来，狗"乐乐"长大了，它更是为我们起到了"保镖"的作用。有一次，我们散步来到一个田野大棚边时，突然从大棚里蹿出两只狗来，那两只狗边吠着边向我们冲了过来。当我们见状正有些紧张的时候，说时迟，那时快，狗"乐乐"已勇猛地迎了上去，只见它直冲向那只大些的狗，一口咬住那狗的脖子，不住地摇晃着，直到那只狗发出尖叫并夹着尾巴逃跑后，它才返回到我们的身边。

狗"乐乐"来到我们身边八个月以后，就长成条大狗了。那时的它，两眼生光，肌肉丰满，金毛裹身，昂首翘尾，奔跑时像一阵风，站立时威风凛凛，这让我好生欢喜，又增疼爱之心。特别是我们在田野里散步的时候，有时它狂奔在田野上，就觉得它看上去像头狼；有时它在果园里捕鸟，又觉得它看上去像个猎手；有时它在我们身边撒欢儿，又觉得它看上去像个孩子。

狗"乐乐"也是只爱玩的小狗。它每天都会闹着要我跟它玩一会儿，除了叼网球、扯布条以外，拉狗车是我们玩得最多的游戏。每当我们玩这个游戏的时候，我便拿出那条专用的毛巾在它面前一亮相，它就会朝着毛巾冲过来。这时我便将毛巾上下左右地晃动，它也就随着我的晃动，上下左右地去跳跃，去扯咬，就像在玩"西班牙斗牛"一样。一旦它咬住毛巾，我就拉着毛巾，边拖着走边唱着："拉狗车，拉狗车，狗车就是小乐乐。一二三，三二一，乐乐就是小狗车。"它知道我这是在唱它，所以它也很开心地跟着我，一边摇着尾巴，一边跟着节拍在院子里走着。就这样，等它咬累了放下后，我们再进行第二轮游戏。有时候，拉着拉着，它会停下呼气，每每这时，我便放了毛巾，让他使劲地甩。我知道它这是在练习撕咬呢。

还有，都说狗不会笑，可是，我们家的狗"乐乐"却是一只会笑的狗。很多时候，狗"乐乐"见我坐在庭院休息时，它就会来到我面前往地上一卧，四肢朝天地看着我。这时我明白，它这是又要和我玩抓痒痒的把戏了。于是我就拿来那把专用的梳子，挠它的两肋，挠着挠着，它就会张开大嘴发出"呵呵"的声音，同时，四肢会跟着一起抖动。

总之，狗"乐乐"在我们身边的时候，让我们享尽了欢快，仿佛以往的天伦之乐又回到了我们身边。

狗"乐乐"也不是完美的，当然也有让我们操心的时候，甚至还有跟我们较劲的时候。人们常说，狗的智商跟四五岁的孩子差不多，从这十五个月的养狗经历中看，的确如此。贪吃外面的食物，是狗"乐乐"致命的毛病。我曾经三番五次地想纠正它，但最终还是没能成功。

十五个月过去了，在这十五个月中，除了我们去市区办事外，狗"乐乐"都一直陪伴在我们的身边，一年四季，春夏秋冬。春风和煦的时候，狗"乐乐"和我们相拥着坐在廊檐下，跟我们一起沐浴春风，一起看花赏花，一起看雨听雨；夏日炎炎的时候，狗"乐乐"常常卧在我们膝下，陪我们一起乘凉喝茶，一起下棋娱乐，一起闲扯杂谈；秋金遍野的时候，狗"乐乐"总是跟随在我们身边，同我们一起散步观景，一起四处游玩，一起走亲访友；冬寒风冷的时候，狗"乐乐"也是守候在我们左右，与我们一起晒太阳取暖，一起嬉戏玩耍，一起运动锻炼。

风萧萧兮"雨"水寒，狗"乐乐"一去兮不复还，呜呼！我心痛兮魂归来！

狗"乐乐"走了，我们把它埋葬在大江边上一块优美的风景区内。临别时，我又在春雨的伴奏下，吹起了竹箫，用《泣别》的音乐，送我们的狗"乐乐"最后一程。

"拉狗车，拉狗车，狗车就是小乐乐。一二三，三二一，乐乐就是小狗车……"

（2015年3月18日）

"禅"之我见

时下，谈"禅"、议"禅"的人又多了起来，"禅"一时间又时髦而神秘了起来。

"禅"是什么？它的内容又有哪些？在我的认知中，"禅"主要体现在三个方面：第一，它是一种宗教的修持，是一种无"禅"不成修、无"禅"即无佛教的修持，也是佛教教义中关于世间的构想。第二，它是一种社会运动，作为一种宗教的修持，为各种佛教派别所奉行，是对佛教的一种全面改革。它的基本内容，是与"智慧"结合在一起的。第三，它是一种人生体验和主观意境。经过一番洗礼和变革后，在禅修的方式方面，从原来单一的静坐修禅发展到凡日常生活中的一举手、一投足,都具有"禅"的意义。而"禅"的最高目的,也从一种非语言认识活动的"证",发展为在禅思中达到直观和直觉认识的"悟","悟"就是佛的最高"智慧"。

综上所述,可以看出"禅"的核心是"心",其功能为"智",为"知",为"觉",为"悟",归根结底为"悟性"。

佛教讲"自觉觉人",我以为,"禅",是佛教的"自觉"层面,就是一种"自觉"的"悟性"。那么,如果从世俗的层面上讲,"禅",又赋予了世俗世界什么样的功能呢?我想,它也是"悟",但这个"悟",却是在世俗世界里悟出的。我把它归结为,通过修持悟出"自信、自得",悟出"自静、自雅"。

什么是"自信"?世俗之人又怎样从"自信"中做到"自得"?中国人常讲"仁、义、礼、智、信"。这里讲的"信",是诚信,是守信。也就是说,为人、做事、说话要脚踏实地。为人要有担当,做事要诚实,说话要算数。但在"禅"意中,"自信"是讲人要有自知之明,为人、做事、说话要相信自己。相信自己为人、做事、说话的能力。有了这样的能力,才可能在学习中理解,在理解中升华智慧。有了为人、做事、说话的能力,有了在学习中的理解和在理解中升华的智慧,那么,就是有了收获,有收获就是自得了。这里的自得,不是得"物","色,空也"是讲在自信的修炼中获得的"悟",是内在的"灵",是在自信中变吃苦耐劳为坦然的修炼。

在世俗中,自信、自得是前期层面的修持,它的主要目的是"觉",也就是从世俗中经过修持而收获的感知悟性。

说到悟性,这不是每个人都具备的,也不是因为你今天去烧了几炷香,念了几声阿弥陀佛,就可以出来的,更不是因为你有了多大权势,有了多少财富就会生成的。我认为,无论是在佛教界,还是在世俗中,这悟性必须要经过一番修炼。当然,在以往的佛教经典中,也不乏因为挨了一棒，摔了一跤；或听到一声鸟鸣，闻到一阵花香；或读了一篇文章，吟了几句诗词而大彻大悟，而"放下屠刀，立地成佛"。但我还是以为，那也是有了前缘，事出有因的。

什么是前缘？我想，那就是前期的修炼。假如一个人从不读书学习，也不外出做事，又从不与他人交流，只一味地躲在一处无所事事，或者冥思苦想，我想，他就是再有"天才"，也不可能生出"悟性"来。

所以说，说到"禅"，就要说到"悟性"，说到"悟性"，就要说到修炼。没有修炼，就没有"悟性"。

那么修炼又是什么？修炼是学习，是学习各种对自己有用的本领。修炼是读书，是做事。总而言之，就是尽一己之力，去学习自己可以学习的，去阅读自己可以阅读的，去做自己可以做的。做到以上这些，还有一条是不可或缺的，那就是行万里路。走出去，去看，去听，去想。只有在走出去之后，才能认识大千世界，才能聆听万籁之音，才能思考天下的因果。所谓"悟性就在脚下"，便是此理。

我认为，一个人只有通过修炼，才可以实现"自信""自得"，从而进行下一步的修炼，走向"自静""自雅"的境界。

在世俗中，自静和自雅是进一个层面的修持。它的主要目的是"禅"，也是从感知中经过修持而收获的理知悟性，也是一个从表象到内在的禅悟过程。

所谓自静，那是在感知觉悟中进行的再修炼。在有了自信和自得之后，修炼者会从各个方面自觉地规避，规避人世间的一切假、丑、恶，自觉地心向真、善、美，就会自然达到非真不信、非善不行、非美不求的境界。静是自我的清静，是自我的心灵洗礼。当然也可以借助山水、人群来清静自我。如移居田园山林，如结交高人雅士。或徜徉于山水美景，散步于园林；或与亲朋小坐，清谈简论。亦可一人读书吟诗，手舞足蹈；或琴棋书画，舞剑弄棒；或思考作文，低吟浅唱。如若有了这样的自静，自雅也就在其中了。这里的自雅是讲在自静中"自得其乐"，是在自静中化苦为乐为超然。自雅是禅悟的上乘境界。

在禅悟的修炼过程中，自始至终有一个"舍"字贯穿其中，"舍"是决定着整个修炼过程的，"舍"是禅悟中的必要。要修炼，首先就要舍得"舍"，无舍无得，无所舍，也就无所得。如无"舍"，根本就谈不上"禅"，也就没有自信、自得、自静、自雅。

什么是"舍"，"舍"即是放下。人来到世间，赤条条并未带来一物。反过来讲，世界并不是因为你的存在而存在，所以说若有所失，大可不必惊慌，不必惋惜，不必追讨。中国人讲，"塞翁失马，焉知非福"，我想就是这个道理。简言之，"禅"的目的就是要解决这个"舍"的问题，"悟"的出路也就是要悟出这个"舍"的道理。

综上所述，"禅"就是自信的修炼、自静的觉悟，就是自得的坦然、自雅的超然，而这一切又都是通过"舍"而取得的。

（2015年6月8日）

竹恋

夏雨连连，后院的竹，在夏雨的滋润下，亭亭玉立，郁郁葱葱。我站在后阳台上，看着正沐浴在夏雨中的竹，禁不住想起了西双版纳的竹来。

返沪几十年了，西双版纳那美丽的景色仍在我心头萦绕。有时梦中醒来，回味着梦中的境遇，仿佛又置身于西双版纳的翠峰山巅，在那高大肃穆的杧果树下举目远眺：

层层山峦，涌绿叠翠，古木参天；原始森林，野花争芳，百鸟依恋；平川大坝，稻香千里，畦水清涟；澜沧江水，欣载轻舟，龙舞翩翩；傣家寨子，竹楼映辉，情歌流连。

是啊，西双版纳真的是太美了！山美，树美，花美，草美，鸟美，虫美，水美，鱼美，可谓美不胜收。在我的心中，最美的还是那挺拔苍翠的竹。

在西双版纳，竹是无处不在、无处不有的。无论是在澜沧江边、小溪两侧，还是在林间山中、村前寨后，无处不是竹迎风高歌的身影。你看，那潇洒的凤尾竹，展开着枝梢，活像一只开屏的孔雀；那挺拔的龙竹，周身缀满了白斑，似乎一条青龙从天而降；那纤细的箭竹，摇曳着翠翎，仿佛一支爱的神箭，牢牢地插在泥土之中；更有那坚强的实心竹，酷似一条钢铸的汉子，宁折不弯；至于那些常见的毛竹、紫竹、筇竹、箬竹以及许许多多说不出名字的竹，也是各具其色，各展其容。

在西双版纳，竹是那么浪漫，浪漫得使人常常梦想着自己的未来；在西双版纳，竹又是那么幽静，幽静得使人几欲去尝试那隐居的生活。在西双版纳，不论是什么地方，只要有竹，那肯定就是一处美景、一处天然的艺术盆景。不管是在山间、在树下，还是在石边、在溪旁，竹，都显得那么潇洒，那么和谐，那么适中。若是配以兰花、山茶花和杜鹃花，就更是无与伦比了。待到傣家节日的时候，傣家的女孩们身穿艳丽的节日盛装，袅袅婷婷，穿行在那竹丛之中，远远望去，彩姿互映，那傣女的曲线美在竹的衬托下，真是一览无余。那竹，也在傣女美丽的身影后，显得更加苍翠挺拔。

呵，醉了！有时候，我躺在竹林中，喝一口甜甜的溪水，吸一腔清香的空气，仰视着直冲九霄的竹，我的心，也会随之激动、升腾。

七彩的霞光，无私地洒向大地，映照着西双版纳的坝子和山峦，也映照着竹。竹，尽情地享受着这彩霞赐予的霓裳，五颜六色，舞影婆娑，不时地发出阵阵自豪的、欢快的笑。

难怪历代文人墨客都爱把竹作为自己抒发情感的对象。清人石涛作竹，寄郁勃之气于笔墨，其法恣肆洒落，纵横奔入，画风独特，终为后人师表。

还有那西安碑林中的竹诗碑，匠心独具。粗看那碑上镌的是竹，临风飘洒着错落有致的叶，再仔细看时，那疏密交叉的叶，竟是一首五言小诗："不谢东君意，丹青独立名。莫嫌孤叶淡，终久不凋零。"

竹，不但有观赏价值，而且有实用价值，那时的西双版纳，生活中的每一个环节都离不开竹。造房、编箩、制桶，不说桌椅床凳，就连水烟筒也是竹制的。更不用说那实心竹了，是斧柄、锄把最理想不过的材料，若是有幸吃上一顿用水竹烧出的清香宜人的米饭，也可以算是人生的一次特有享受。

"破土凌云节节高，寒驱三九领风骚。不流斑竹多情泪，甘为春山化雪涛。"白驹过隙，转眼几十年过去了，但西双版纳那多姿多彩的竹，却始终在我心中挥之不去，就像那竹根在泥土中自由地延伸一样。竹，那美丽的倩影，在我的心中扎下了根。我爱竹，我爱竹那在风雨中欣舞喜扬的身姿，更爱竹那"咬定青山不放松，立根原在破岩中。千磨万击还坚劲，任尔东西南北风"的精神。

退休后，回到乡下，见着别人家的竹，又勾起了我对西双版纳竹的眷恋。就想着也要在自家的后院栽上几株竹。没想到，天遂人愿，一阵春雨之后，菜地里竟然一下长出了十来根竹笋，这让我惊喜万分，真是"踏破铁鞋无觅处，得来全不费工夫"。再仔细一看，原来是邻家的竹根长了过来。如今，自家的菜地里，也是竹影摇曳了。我看着那坚劲挺拔的竹，心中欢喜，自然来了诗意，到那竹丛中捻来《竹枝词》一首："春花夏雨人几何？举笔丹青四季和。无心挺翠迎风舞，我自节高向天歌。"

（1988年10月17日作，2016年7月2日修改）

小院之歌

我有一方小院，虽然只有几十平方米，但，那是我梦寐以求的地方。清晨，小院在旭日的照耀下，清辉满满；傍晚，小院在夕阳的挥洒下，彩霞丽丽。阴天，小院和着风雨一同歌唱，让我听到天籁的清音；晴天，小院伴着鸟儿一起欢唱，与我分享人生的欢欣。

我有一方小院，小院里有我种下的花草，因此我可以随意地触摸大自然馈赠的芬芳；小院里有我种下的瓜果，因此我可以自由地收获大自然赐予的甜蜜。沏上一壶好茶，我独坐在廊檐下品尝。看那小院边的小河，缓缓流淌，流过了春夏秋冬，一直流入了长江；望那小院上的蓝天，白云飘荡，飘过了酷暑寒冬，一直飘向了远方。

有时，我坐在廊檐下读书，眼累时，看看楼下小院角落的芭蕉。那芭蕉高大挺拔，碧绿滴翠，让我遐想着南国的美丽风光。有时，我看着那结满果实的枇杷树，想起了儿时的歌谣："太阳光晶亮亮，雄鸡唱三唱，花儿醒来了，鸟儿把歌唱。"

呵，醉了。在小院，我看着那猫狗打闹玩耍，看着那鸟雀恩爱嬉戏，看着那小河波光涟漪，看着那天空湛蓝无边，深深吸上一口满是清香的空气，真是良辰美景，赏心悦目啊！在小院，我自由地放飞心情，感受阳光的明媚、彩霞的绚丽；在小院，我自在地倾吐胸臆，与鸟儿一起歌唱，与花儿一同绽放。美亦美矣，善也善哉。

春，在布谷的呼唤下，是紫藤爬上了小院的门架，那紫色的花，清雅恬淡；夏，在知了的催促中，是葫芦挂在了小院的门架，那青色的瓜，奇异圆硕；秋，在喜鹊的告知下，是葡萄盘上了小院的门架，那深红的果，甜美滋润；冬，在鸡犬的鸣吠中，是枝杈留在了小院的门架，那枯干的枝，孕育新芽。

我有一方小院，让我尽享人生的舒适和惬意。春的百花齐放、夏的绿意丰满、秋的喜悦收获，已让我在舒适中度过。没想到的是，小院的冬天也让人惬意。每每冬季来临，蜡梅绽开，哪怕是数九寒冬，但凡是有太阳的天气，我都会抬出躺椅，抱着小狗来到小院中闻香晒太阳。虽然有时气温已是零度以下，但在太阳底下，不出十分钟就能晒出一身热汗来。

更让人意外的是，数九寒天，院中一树枇杷花开。忽闻院中"嗡嗡"之声，迷茫里，遍寻小院，只偶一抬头，才发现枇杷树上不知何时已是蜜蜂飞舞。若有不知，还真会误以为是春暖花开的季节呢。

曾几何时，我也曾流连在车水马龙，也曾迷茫在喧嚣繁杂，但我几经世事，早已疲惫，决心逃离。我想去旅游，去到那怡人的景色里，寻找一方净土。抛去忧伤，忘掉烦恼，放松身心。不去想那走过的岁月，其中曾有多少对、多少错，多少真、多少假。

我有一方小院，黄杨竹篱为墙，朴素简洁，低调地将那世间风尘统统挡在院外。而我，在小院里养狗养猫，看书读报，抚琴吟唱，写字画画，舞剑弄枪，不惊不扰，自由自在。我不稀罕大都市的热闹，也不留恋霓虹灯的繁华。我甘愿与流光执手，不言沧桑，慢慢老去。我没有与天斗与地斗的想法，也没有与人斗的乐趣。我没想过出家，也没想要做什么隐士，我只想在这小院里平淡地度过余下的时光，去晨迎旭日，暮送晚霞。

人生苦短，生老病死，是谁都不能把它撇开的。只有把人生的苦涩尝遍，才能回味其中的甘甜；只有把以往的悲伤过尽，才能得到明日的笑颜。坦然面对人生的坎坷，信心满怀地走在春夏秋冬那花雨月霜的路上。与世无争地生活在这恬静的小院里，看着那自栽的紫藤、月季、桂花、菊花、水仙、蜡梅，还有那黄瓜、丝瓜、青菜、萝卜、枇杷、葡萄。守着平和清淡，不担心流年似水，也不担心转瞬白头。和心爱的老伴，一起看那日出日落，彩霞蓝天。

古人云："山不在高，有仙则名。水不在深，有龙则灵。"我有一方小院，虽无仙名，但，那是我在这繁杂世界的角落里，为自己用心安排的去处；虽无龙灵，但，那是我在这喧嚣红尘的遗忘中，为自己刻意寻找的归宿。

（2017年2月22日）

感悟恬淡清静

恬淡清静，无欲之源。古人云："海纳百川，有容乃大；壁立千仞，无欲则刚。"当今世事，人心不古，是是非非；鱼龙喧嚣，纷纷扰扰。唯恬淡可以避之，唯清静可以消之。

恬淡，身置域外，能看清万物之形；清静，心处自然，可聆听万籁之声。人，只有淡下个性，才能忍住不满；只有静下凡心，方可耐住寂寞。淡而有趣，静中生馨。于不俗、不艳中守住恬淡，于不争、不谄中寻得清静。

恬淡清静，非与世无争、世事无虚、处世无恶、现世无我而不可得。

人生最大的敌人是自我，自我的表现是任性，任性的内容却是欲。欲之不足，而孳计较；欲之无度，而生嫉妒。

计较，是欲之不足之象，性恶之本，害人也害己。不计不较，人生安详，心生欢乐。

嫉妒，是欲之无度之象，心恶之源，损人不利己。不嫉不妒，人生和气，心生高贵。

人生，懂得退让，才能大气，才能海纳百川而有容；人心，知道包容，才会大度，才能壁立千仞而无欲。故人生之大气，非恬淡而不足以驻守；故人心之大度，非清静而不足以修得。

恬淡清静，是愉悦，也是修性。有时候，一个人，一支笔，研墨铺纸举毫，或泼洒或挥舞，篆隶草楷，古今不易。

恬淡清静，是快乐，也是修身。有时候，一个人，一柄剑，身披灿烂彩霞，或劈刺或撩扫，春夏秋冬，豪情不坠。

恬淡清静，是欢欣，也是修心。有时候，一个人，一把琴，运弓弹拨滑弦，或高山或流水，抑扬顿挫，天籁不泯。

恬淡清静，是舒适，也是修行。有时候，一个人，一壶茶，面对狂风暴雨，或吟诗或作文，风花雪月，雷电不惊。

今，吾虽年近古稀，仍乐守田园，以自然为伴。勤于劳作而求恬淡，居于简屋而守清静，以此修养身心，磨炼性行，自始至终。

（2017年7月1日）